本丛书由中坤诗歌发展基金赞助出版

孙 玉 石 文 集

渴望一片永远的绿地

孙玉石 著

北京大學出版社
PEKING UNIVERSITY PRESS

图书在版编目(CIP)数据

渴望一片永远的绿地/孙玉石著．—北京:北京大学出版社,2010.11
(孙玉石文集)
ISBN 978-7-301-18005-1

Ⅰ.①渴…　Ⅱ.①孙…　Ⅲ.①散文-作品集-中国-当代②随笔-作品集-中国-当代　Ⅳ.①I267

中国版本图书馆 CIP 数据核字(2010)第 214335 号

书　　　名:渴望一片永远的绿地
著作责任者:孙玉石　著
责 任 编 辑:张雅秋
封 面 设 计:奇文云海
标 准 书 号:ISBN 978-7-301-18005-1/I·2278
出 版 发 行:北京大学出版社
地　　　址:北京市海淀区成府路 205 号　100871
网　　　址:http://www.pup.cn　电子邮箱:pkuwsz@yahoo.com.cn
电　　　话:邮购部 62752015　发行部 62750672　出版部 62754962
编辑部 62752022
印　刷　者:三河市北燕印装有限公司
经　销　者:新华书店
650mm×980mm　16 开本　18.125 印张　260 千字
2010 年 11 月第 1 版　2010 年 11 月第 1 次印刷
定　　　价:33.00 元

目　录

一枚小小的徽章

60年前，十月革命的曙光，赵家楼上的烈焰，照亮了中国现代革命历史长河中的第一朵浪花。在这朵闪光耀眼的浪花上，镌刻着几个多么引人遐想和深思的字眼：五四、鲁迅、北大……

翻开鲁迅先生1917年的日记，在八月七日这一天里，有这样一句记述："寄蔡先生信并拟大学徽章。"

这里的蔡先生，是当时的北京大学校长蔡元培；所说的"拟大学徽章"，就是指鲁迅先生应蔡元培的要求，为北京大学所拟画的校徽。

这是鲁迅先生与北京大学接触的值得纪念的开始。在这件极为平凡的小事里，蕴涵着不平凡的意义！

1916年12月26日，蔡元培被任命为北京大学校长。1917年1月10日，刚刚从家乡绍兴回到北京才三天的鲁迅先生，便风尘仆仆地去拜访了蔡元培校长。这一天的日记里，就有"夜……访蔡先生"的记载。

蔡元培曾经是鲁迅在教育部的上司，也是共同提倡进步美术事业的诤友。旧的北京大学，是封建文化思想盘踞的阵地。蔡元培接任校长之后，按照西方资产阶级的办学方针和制度，着手对学校进行整饬和改革。他仿照世界各大学的通例，"循思想自由原则，取兼容并包主义"；并在一年里三次扩大招生，广开才路。这些做法，适应了当时历史潮流发展的需要，在实际上，起到了有利于保护和发展已经蓬勃兴起的新文化、新思潮的进步作用。当时一些提倡新文化的先进的知识分子，相继应邀来北大任教。高张思想革命和文学革命大旗的《新青年》杂志，也随着陈独秀被任为北大文科学长，由上海迁到北京编辑。从此以后北大逐渐形成了以《新青年》团体为中心的进步势力。就在第一次拜访蔡元培校长之后，鲁迅先生即收到了自创刊以来的全套十本《青年杂志》(后改名为《新青年》)。

对蔡元培这种改革北京大学的努力，鲁迅给予了大力支持。在这一年春夏间，他曾多次拜访和书函给蔡元培校长，为北大推荐和聘请进步教员而热情奔走；在这一年的夏天，他受先进思想的鼓舞，产生了摧毁中国封建社会"铁屋子"的希望，答应为《新青年》杂志撰稿，决心用自己战斗的呐喊，来"慰藉那在寂寞里奔驰的猛士"；也正是在这一年的夏天，他亲手为北京大学拟画了这一枚徽章。

一枚小小的徽章，一个伟大战士的心意！

在这里，闪耀着鲁迅对新生的战斗的北大充满希冀的目光；在这里，回响着鲁迅为造就人群新的战士热情的呼喊。

一枚小小的徽章，一个坚实闪光的起点！

不久，鲁迅即参加了《新青年》营垒的战斗，用他那些彪炳千秋的小说和杂文，为中国文学开创了一个崭新的时代。

不久，鲁迅登上了北京大学的讲台，用真理和科学的声音，灌溉青年的心灵，历时六个春秋。

鲁迅后来曾说："'五四'事件一起，这运动的大营的北京大学负了盛名，但同时也遭了艰险。"

从"山雨欲来风满楼"的五四运动前夕，一直到1926年8月鲁迅先生离开北京的时候，他光辉的战斗生涯，始终同《新青年》团体所倡导的新文化的命运联系在一起的，始终同前进的战斗的北京大学的命运联系在一起的。

在巍峨肃穆的北大红楼，在风云弥漫的"民主广场"，在讲授《中国小说史略》的课堂上，在写给青年的信稿的字里行间，都留下了鲁迅先生的身影、足迹和心血……

啊！一枚小小的徽章，一个永恒的纪念！

载1979年5月7日《北京大学校刊》

敲向灵魂的钟声

——读鲁迅的小散文诗《螃蟹》

用作装饰的宝石，只能一时炫人眼目；艺术的宝石，却可以长久地光照人们的灵魂。

1980年春天，由方锡德同志和我发现的鲁迅五四时期的佚文《自言自语》，就是这样一串闪闪发光的宝石。

《自言自语》原来刊载于1919年八、九月间的《国民公报》上。都署名“神飞”。60年后，这些作品湮而复见，重新发表在鲁迅研究学会创办的《鲁迅研究》第一期上了。

《自言自语》是一组小散文诗。它们寓意精神，笔致熟稔，运思优美，耐人咀嚼。读了，不仅给人以深警的启示，也给人一种美的享受。各篇既洋溢着哲理思想的战斗气息，又散发着隽永睿智的诗意光辉。而在这几篇中，我尤其喜爱的，还是那篇寓言色彩颇重的《螃蟹》。

请读这篇不到二百字的短文吧：

> 老螃蟹觉得不安了，觉得全身太硬了。自己知道要蜕壳了。
>
> 他跑来跑去的寻。他想寻一个窟穴，躲了身子，将石子堵了穴口，隐隐的蜕壳。他知道外面蜕壳是危险的。身子还软，要被别的螃蟹吃去的。这并非空害怕，他实在亲眼见过。
>
> 他慌慌张张的走。
>
> 旁边的螃蟹问他说：“老兄，你何以这慌？”
>
> 他说：“我要蜕壳了。”
>
> “就在这里蜕不很好么？我还要帮你呢。”
>
> “那可太怕人了。”

"你不怕窟穴里的别的东西,却怕我们同种么?"

"我不是怕同种。"

"那还怕什么呢?"

"就怕你要吃掉我。"

读过这篇散文诗之后,怎么能够不叫人惊叹鲁迅先生见识的深沉和笔锋的锐利呢!

我的家住在太子河边的一个小乡村里。很小的时候,在家乡河边的沙滩上,常常见那些就要脱壳的螃蟹,总是在沙地上慌慌张地爬来爬去,找到一个沙坑或洞穴,便急急忙地扒动沙土,把自己埋起来。过了多时,一个蜕壳新生的螃蟹便爬出来,钻进河里去了。我偶尔拾到一只蜕壳不久的软壳螃蟹,便向玩的伙伴惊叫起来,共享一番孩童时代的快乐。至于蜕壳的螃蟹,怎样被另外的老螃蟹吃掉的,我却没有亲见那情景,但我是相信的。达尔文在他的海上考察中,就目睹过这类"惨剧",后来还用来做例证,说明他所现的生物之间种内竞争的道理。

这是人们常见的自然现象,似乎并没有么诗意可寻。鲁迅却能以他敏锐的观察和诗的眼光,从中发现了诗意的哲理。他为我们绘了一幅生活和自然交融的图景。在这样一幅拟人化了的艺术图景中,抒写了他在现实战斗中产生的诗意的情怀。

乍看起来,这是一段极普通的寓言故事,仔细嚼味一下,我们就不难懂得其中所蕴涵的深刻的思想。那个为了安全蜕壳而慌慌张张寻找窟穴的老螃蟹,"亲眼见过"多少螃蟹在蜕壳时,因为"身子还软",而被口称要"帮"忙的"同种"吃掉了。这一幕幕惨剧,使老螃蟹对那个用"帮忙"的名义而等着吃掉他的"同种"保持了足够的清醒和戒心。"那还怕什么呢?""就怕你要吃掉我!"这是怎样一针见血的回答啊!

鲁迅通过这样一个富于寓言色彩的故事,揭示了一个发人深省的道理:任何新生的事物,往往都是从某些旧事物的基础上脱胎而来的。一个蜕旧变新的事物,在它还处于幼小软弱阶段的时候,都有被旧的事物扼杀的危险。因此,在这蜕旧变新的过程中,对于那些口称"帮忙"而心怀叵测的"同类",应当加倍地警惕!鲁迅在文中还说,老螃蟹有这个“顾虑”不是没有根据的“空害怕”，而是“实在亲眼见过”，这就更加语重心长地告诉人们，他所说明的这些道理，是在痛苦的历史经验中得来的真知灼见。即如鲁迅后来说的，“这虽然不是我的血所写，却是见了我的同辈和比我年少的青年们的血而写的”(《写在〈坟〉后面》)。

这篇短文写在五四运动之后不久。这时期，刚刚勃起的新文化运动，由于军阀势力的镇压和复古派文人的围攻，正处在备遭摧残的境遇之中。鲁迅和其他新文化运动的提倡者们，正是在这种“四面受敌”的境遇里，进行着艰难苦涩的战斗。他们不仅要还击来自敌人方面的进攻和破坏，而且要谨防那些伪善者们的窥伺和暗算。《螃蟹》，就是这种战斗情怀的艺术结晶。它不仅是写世情，写新生的艰难与凶险，而且包含了更深广的现实战斗意义。在这里，闪耀着鲁迅特有的清醒的现实主义精神的光辉，蕴蓄着鲁迅对自己战友们最深情的告诫。

这是敲向人们灵魂深处的钟声。它使人警惕，使人奋发，使人从斗争中去勇敢地获取新的力量。

在《三闲集》这本杂文集后面所附的作者《译著书目》里，鲁迅称呼他的《野草》为“散文小诗”。其实，比起《野草》的一些篇来，《自言自语》中的《螃蟹》和其他短文，更近于“散文小诗”这种体式。这篇作品以生活中习见的事物入诗，写了老螃蟹蜕壳时慌慌张张的情景，写了老螃蟹和“同种”饶有意味的对话，在巧妙的构思和朴素的语言里传达了深邃的思想。战斗的哲理隐藏在形象的叙述中。它表现了鲁迅沉着而深警的散文的风采。《螃蟹》也以它犀利的文笔开了中国现代文学中短篇寓言的先河。这就更值得我们珍视了。

《螃蟹》文字虽短，却意切情深。鲁迅以自己痛苦的经历和血的教训铸就了这篇短文。因此，篇中深警的哲理并没有随着时间的流逝而泯灭它的光辉。今天读它，仍使人倍感亲切而有益。人们永远不会忘掉，“四人帮”那些祸国殃民的历史丑类，在他们像螃蟹一样横行霸道的时刻，不是顶着各种桂冠和美名，装着各种真诚伪善的面孔，以革命的姿态，干着扼杀革命事业的勾当吗？欺骗和丑行擦亮了人民的眼睛。人民胜利了。祖国大地新生了。在他们覆灭的那个金色的秋天，人们竟以大嚼惯于横行的螃蟹庆祝胜利。这，绝不是偶然的趣闻。人民不可欺！

读了这篇小小的散文诗，使我联想起了多年以前的往事。那是难忘的50年代一个春天里，我和一些胸怀理想而朝夕相处的同窗学友们，是那样如饥似渴地争抢着阅读尤利乌斯·伏契克写的《绞刑架下的报告》。从那里面，我们吸取阳光，吸取雨露，吸取哺育自己成长的思想养分。多年以后，书中那些“雕像和木偶”，都通通忘却了，然而伏契克书中最末那一句话，却像警钟一样，一直震响在我心中：“人们，我爱你们，你们可要警惕啊！”

今天，我又在鲁迅的小散文诗《螃蟹》中，听到了这警钟的声音。

这声音，响在耳边，响在心头，响在今天和未来为争取人类美好生活而奋斗的道路上。

鸣响吧，敲向灵魂的钟声！

载1980年6月14日《北京大学校刊》

根情缕缕

× ×同志：

你要我谈谈在国外任教的情况，这次，我先向你介绍一个新结识的华侨学生吧。

那是刚到日本的第三天。我参加东京大学文学部一个会议。散会之后，一位陌生的青年走到我的身边，十分亲切而有礼貌地喊道："孙老师，您好！"当我心里正为他的汉语说得那么标准而熟练感到有些惊异的时候，他已经开始向我简单介绍自己的情况了。

他是从东南亚一个国家来的，现在是东京大学大学院修士（即硕士）课程的研究生，攻读中国语言学。他说，作为在异国的海外华侨，能够见到从祖国来的亲人和老师，总是感到很亲切的。

以后，我们在上课之余来往渐渐多了一些。我也开始慢慢体味到他对于祖国深厚热爱和怀念的感情。他时常关心我的生活，为了熟悉购买合乎中国口味的点心和食品，他带我逛了东京池袋的一个小中华街商店。为了使我看到有关中国情况的节目，他常常夜里打电话来告诉我电视播放的频道和时间。大约是为了怕我一个人在异国他乡生活太寂寞了吧，没过多久，他又特意送来了录音磁带。有几盘是来自祖国的声音：梁祝小提琴协奏曲，影片《骆驼祥子》和《牧马人》的录音。

原来，中国驻日本大使馆有时举办一些电影放映会。这后两盘磁带，就是他一边看电影时一边做的录音。他还时常托朋友和同学从祖国带些录音带来。他深情地说："有些老一辈的华侨有叶落归根之感，我们这些年轻的海外侨胞也是非常想念祖国的，但又没有机会回国去看看，因此也就只能从书本和报刊上，从祖国的音乐和电影里，来了解祖国美好壮丽的山河风光，了解祖国人民欣欣向荣的生活了。”

从此以后，梁祝小提琴协奏曲那优美动人、如泣如诉的旋律，影片《牧马人》中那深情粗犷、引人遐思的歌声，也就成了我独处异国的生活中不可缺少的伴侣了。

随着时间的推移，我对这位青年华侨的了解也稍稍多了一些。他南洋的家里并不富裕。他在东京一所大学获得了新闻学修士学位，由此满可以回去找到一个在一家报馆做记者的工作了，可是他重又考入东京大学大学院，决心今后从事祖国语言学的研究工作，以便回去在中华侨胞中努力传播祖国的语言和文化。

说实在的，对于他攻读的学问，我作为一个外行，是说不出什么来的。可是在我和他的接触中，却触摸到了一个海外青年侨胞的那颗跃动着爱国热诚的赤心。而在东京，怀着这样情肠的侨胞和台湾青年又何止他一个！有的台湾青年，在这里孜孜攻读中国古代文学、中国历史学和考古学，对于祖国学术界取得的成就表示十分的钦佩和赞赏，有的台湾青年，思念着自己那盛产水仙花的故乡，对于祖国来的亲人表达了真挚的问候和热情。

匆匆中在东京已五个多月了。上野烂漫的樱花，东大古老的银杏，街旁火红的杜鹃，闹市辉煌的灯火，特别是日本朋友们友情的温馨，都在我的头脑中烙下了极深的印象。然而，在我的心的一角里，却不时涌动着一种难以磨灭的感觉：多少海外年青一代侨胞的心里，也装着古老而又新生的祖国的大地，也深深埋藏着一个生命的根，也热切怀想着祖国母亲光辉灿烂的未来。在这远离祖国的他乡，我似乎更清晰地听到了他们的心声。

载 1983 年 10 月 1 日《文汇报》

访日本郭沫若旧宅

到了东京,总想多寻访一点中国现代文学作家的足迹。郭沫若于大革命失败后流亡日本时的旧宅,自然也在其中。

年近六十的东京大学文学部主任教授伊藤漱平先生,是世界著名的《红楼梦》研究专家,《红楼梦》和《娇红记》的日译者。我没有想到,他对郭沫若及其著作也是那么熟悉与热爱。他似乎猜到了我的心愿,便有意为我安排了这项日程。

依照伊藤先生的安排,访问活动是在 9 月初秋的一天。他和他的学生,现在是千叶县一所高中的国文教师福田末富先生,一同陪我驱车前往。离开我住的东京大学对面的西片町舍,经过上野公园附近的闹市区,穿过郭老当年常常行越的江户川桥,便进入显得有些宁静、开阔、略带东京郊区风味的市川市了。路上大约总共不到一个小时。时间还早,我们就首先来到须和田公园。

这是一所建在山坡上的公园,当年郭沫若与郁达夫两人登真间山远眺就在这里。园内留有仿古还原的弥生时代文化遗迹。我们径直走到矗立在绿树丛中的郭沫若诗碑前瞻仰。1955 年冬天,以郭沫若为团长的中国学术文化考察团访问日本期间,郭沫若曾经重返阔别了 18 年的须和田旧居,他感慨万端,当即挥笔写下了格调昂奋、充满了中日情谊和爱国感情的长诗《别须和田》。1964 年春天,日中友协市川支部发起建立诗碑,到 1967 年 4 月 16 日这座浇铸着中日两国人民友情的诗碑便静穆地出现在这公园的一角了。碑身像一本打开的书,分正面和侧面。正面是苍劲飞洒的郭沫若亲笔书写的《别须和田》诗,侧面是郭沫若青铜色的浮雕头像。碑身均为朴素的灰色大理石。周围为青绿的乔木与灌水环抱着，一条石子铺成的小路，静静地候在那里，似乎在接待着远方的来客和近处的游人，又似乎在倾听着中日两国人民世代友好的足音。

离开诗碑，下了山坡，转入一条狭窄的街道，很快就到了郭沫若旧宅门前。沿着细长的小甬道，走进了我久已盼望来到的地方。在住宅拥挤、地皮昂贵的东京来说，这算是一所比较宽阔的日本式庭院。整个房屋建筑呈一个直角的曲尺形。走尽通道，进入玄关，坐北朝南的和式房间是客厅和居室；郭沫若当年的工作室，则拐出来在房屋西南的一端，三面有玻璃，阳光充足，很敞亮。给我的第一印象是：这旧宅很像俯卧在地上的老虎形状，客厅和屋室是老虎的身子，那狭窄的通道是老虎伸出的尾巴，而这突出来的工作室，则是昂扬吼啸的老虎头。当年，在中国和日本的天空都布满了乌云的时侯，在这远离东京的一角，这僻静的山坡下的一席之地，原来却有这么一块藏龙卧虎的地方！就在这里，郭沫若抖却了北伐征次的烟尘，排除了日方警宪的骚扰，以他惊人的天赋和勤奋，完成了他那些用马克思主义观点研究中国古代历史和金石甲骨文方面的辉煌的学术著作，同时也写下许多交织着时代风云的文学传记和优美的散文；也是在这里，他会见了当时流亡或重访东京的许多朋友：郁达夫、林林，还有当时左联东京支部与主编《质文》的一些文化战士们。十年生聚，十年创造，十年心血。这块小小的无名的地方，发出了不灭的历史光辉！

谈话间，我望了望窗外的院子。接待我们的主人、在这里出生的郭老的儿子郭志鸿明白了我的心意，便拉开和式的窗门，领我们走进院子。周围是不高的院墙，把这所旧宅与其他人家隔开。据说，以前这所旧宅另有人住着，前些年市川市才把它买下来，专门辟作郭沫若旧宅纪念地。这种情形，在东京，对一个外国的作家来说，是绝无仅有的。院子里长满了花草树木。当年郭老亲手栽种的柿子树，叶子已几乎飘落精尽的枝头，还挂着一些红得诱眼的果实。那时养金鱼的一个小池，已完全干涸，上面长满了青葱碧绿的水仙。郭志鸿一边说着，一边顺手从树上摘下两个通红的柿子，送给伊藤漱平先生和我留作纪念。他指着南边的院墙说："当时这里没有墙，出去是一片稻田。1937 年，父亲在天还没有亮的时候,就从这院子南面的水稻田里化装逃走的。”现在,那昔日的田畴上已是一片整齐的和式小楼了。风物虽异,精神犹存,我想象着郭老当年的风姿。为了民族的光明与解放,他在叱咤风云的时代洪流中奔波辗转;为了保存革命的力量,他来这里避居异国,潜心著述;又为了拯救祖国的苦难,他从这里别妻抛子,化装潜行,踏上轮船,越过大海,投身于民族解放战争之中,去谱写另一阙更为壮丽的“洪波曲”。

在正对客厅的地方,栽着一株小小的泰山木。这使我想起郭老在他的散文里描写过的那棵泰山木来,散文的题目叫《大山朴》。到了东京,我才看到这种日本特有的高大开花乔木,厚厚而尖形的叶子像枇杷树的叶子,油光而青绿,硕大的花朵像洁白的玉兰花。郭老在《大山朴》一文中描写,他栽的泰山木,忽然开出了第一朵白色的花,他高兴地从屋子里跑出来扶着它,闻着它的香味,没料竟把它碰断,使这初开的花朵过早地衰落了。文中郭老为一个美好的东西因过分的爱怜而损害了它,而感到十分惋惜。这篇优美的散文增加了泰山木对我的一种特殊吸引力,我到东京一个多月之后,樱花刚落,泰山木的花就潇潇洒洒地开放了。在我住宅的附近,门前、路旁到处都可以看到高过屋顶的笔直的树干,洁白而又硕大的花朵,非常招人喜爱。当时就自然地想到郭者的散文,想到郭老在市川生活的日子。现在,终于在郭沫若旧宅看到这泰山木了。可惜,它已非郭老原来描写的那株树。

据主人说,原来那棵老的泰山木一直长在这个地方。树也有灵,传说郭老去世的那一年,那棵泰山木同时也枯死了;剩下的木桩,又被台风吹倒。后来,市川人民为了纪念郭老,又在这同一地方栽下了这棵幼小的泰山木,现在已经长得有一人高了。我对听到的这个故事颇感兴趣。虽然,过后我在一篇文章里看到说,郭老亲手栽的泰山木并不是1978年死的,这种传说只是市川人民的一种附会,但我仍愿意相信这传说是一种真实。因为我仿佛感到这种附会埋藏着一种比真实更真实的感情,它表达了市川人民对郭老深厚热爱的心,表达了中日两国人民世世代代永远友好的愿望。

驱车归来,已是东京又一个不眠之夜的时候。经过古老的江户川,凭窗凝望飞驰而过的耀眼的灯火，我沉思着：当年，躲避“特高”的耳目，从市川到东京，博览群书，研讨学术，探求真理，郭者曾多少次只身来往于江户川。如今岁月飞逝，此地已非旧貌，但是我想，在这古老的江户川的流水里，似乎还飘映着郭老当年匆匆来去的身影吧！

载湖南《朋友》1985 年第 7 期

按：郭沫若访须和田旧宅诗二首，因文字所限，不能尽引，特补录于此。第一首五律，忆及当年自己亲手栽种之大山朴、水仙、银杏、古梅等花木，岁月倏忽，如今依旧，花馨远播，欣悦于怀；第二首五古长句，写故宅邻舍，热忱欢腾，草木今昔，人情依旧，睹物骋怀，寄望湛远。造访旧宅后，读之尤倍感亲切也。

2010 年 2 月 25 日

访须和田故居

山朴余手栽，居然成巨材。
枝条被剪伐，茎干尚崔巍。
吊影怀银杏，为薪惜古梅。
漫云花信远，已见水仙开。

别须和田

草木有今昔，人情无变迁。
我来游故宅，邻舍尽腾欢。
一叟携砚至，道余旧所镌。
铭有奇文字，俯思始恍然：
“后此一百年，四倍秦汉砖。”
叟言“家之宝，子孙将永传”。
主人享我茶，默默意未宣。
相对察眉宇，旧余在我前。
忆昔居此时，时登屋后山。

长松荫古墓，孤影为流连。
故国正涂炭，生民如倒悬。
自疑归不得，或将葬此间。
一终天地改，我如新少年。
寄语贤主人，奋起莫俄延。
中华有先例，反帝贵持坚。
苟能团结固，驱除并不难。
再来庆解放，别矣须和田。

郭沫若诗原载 1956 年 2 月 19 日《北京日报》

稚嫩中预示着希望

——读一首诗的随想

这是常见的历史事实:有的诗人或作家艺术创造的第一颗果实,就显示了他富于个性的成熟的风采,有的诗人或作家初期之作只是一种学步式的稚嫩的尝试。但是,一些人后来的艺术创造的自立也就从这稚嫩的尝试开始。刘国尧的《心中的珍珠——她的泪》大约就属于后一种。

这是一首并无更深寄托的爱情诗。它是诗人艺术的初恋期唱出的人生的初恋之歌。

人人皆有初恋。人人皆有一曲初恋的歌,初恋的感情有甜蜜有苦涩,有笑声,有眼泪。有时候即使眼泪也是甜美的。人们往往把它埋藏在深深的心底,如珠之于贝,贝之于海,一旦经过诗人的发掘披露,就可能闪出动人于哀乐的光泽。多少诗人把初恋的感情视为"心中的珍珠"而加以吟咏,就是这个道理。刘国尧这首诗,就感情领域来说,走进的就是一条多少诗人早已开采过的矿脉,并无多少新的艺术掘进。但是,这滴"泪"展示了作者一种可贵的艺术品格:他在创作的一开始就懂得了"一粒沙石见世界"的艺术辩证法。以小见大,从"泪"这个具体意象切入开掘初恋者的感情世界,就成为这首诗作值得凝视的一点光亮。

整首诗分四章。各自可以独立,却又有感情的联系,形似散而神不散。泪是珍珠,也是把珍珠联结起来的串儿,由它造成了一种"藕断丝连"的效果。第一首写初恋时少女泄露真情的滚烫之泪,叙述者受伤的想象是笨拙的,姑娘的"两滴热泪"如名贵药针注入肌肤的比喻也太实,缺少一种灵气,大有破坏诗美的诟病。"她急匆匆跑进病房,/却又慢慢走进我的床铺”这两行描述式的诗句，却抓住了初恋少女的真实心理和情态。第二首写感情冲突时的晶莹之泪。不太懂事的小伙子大约有什么不慎的言语刺伤了姑娘的心。她流下了委屈的泪。这出自纯洁少女心灵的透明而晶莹的泪鉴照了自己的过失。两颗泪珠还没落下，自己的心就由于备受谴责而痛碎了。诗太直，情也过分浅露，诗情的隐藏度几乎等于零，除了向读者说明自己而外，就没有什么可给人以想象之美的回旋余地了。第三首写感情浓得化不开的初吻之泪。诗以设问开头：“泪水，泪水，/只有苦涩的味？”然后以姑娘的悄声细语作结：“泪水哟，还有别的味……”虽然语言不多，却留下了更多的“味”让读者咀嚼和思索。那删节号也如点点泪花一样引人遐想。可惜的是，到这里诗人稍稍瞄了一下诗的本质——含蓄美的要求，却又匆匆离开了。沿着感情的脉络，第四首写久别相会之泪。抒情句式变换了，由设问回答，变为假定否定，但是寻求含蓄的诗美追求的足音刚听到一点又完全消失了。两滴泪点起心中烈火一堆，“泪是油！/不是水”这结句真是索然无味了。不点明“油”字而写出似火的感情，会得到更多的诗美。鲁迅说过，“笙歌归院落，灯火下楼台”，没有富字而极尽富家之态，比那些满篇金银财宝的“穷措大”更懂得诗的个中三昧。太显露了会将诗美杀掉，讲的就是这个道理。

诗人懂得了一点艺术以小见大的辩证法，但还未懂得更多的诗这种艺术形式特殊的辩证法：意象隐藏度的恰适会获得更多美的特质。而没有这美也就没有了诗。

稚嫩中预示着希望，稚嫩也可以与希望同枯。走出这稚嫩，诗人才走上了创造之路。

其一

她急匆匆跑进病房，
却又慢慢走近我的床铺。
我受伤的手臂上，
留下她两滴滚烫的泪珠。
——仿佛是最名贵的针药，

注入了我的肌肤……

其二

别伤心了！姑娘，
是我委屈了你呀。
你两颗晶莹的泪，
还没落下，
我这颗受谴责的心，
已经碎啦。

其三

泪水，泪水，
只有苦涩的味？
初吻时，她含热泪，
急急的、悄声告诉我：
泪水哟，还有别的味……

其四

都说泪，是水。
久别相会，
她在我怀里淌下两滴泪。
我只感到热呼呼的，
心中似有烈火一堆。
泪是油！不是水。

写于 1975 年初恋时

载 1987 年 7 月 23 日《太原日报》

匆匆脚步走向未来

——日本青年生活散记

三月。

又是东京大学银杏吐绿、樱花初绽时节了。遥隔茫茫的大海，许多学生和青年那些熟悉的面孔和匆匆的脚步又牵动了我的思绪。我也在匆匆的时光里，拾起几片嫩绿的叶子和淡红的樱花，夹在我的记忆中……

永远未完成的交响曲

我住的文京区西片町，就在东京大学对面不远的地方。七十多年前，许寿裳、鲁迅、周作人等五个青年所住的“伍舍”，离我的住处只有十来分钟的路。或许出于一种职业怀旧病吧，每当晚饭之后，我一个人常常散步走过那里。那块园庭的旧址，那隔墙可见的茂密的花草，那高过墙头的火红的石榴树，我总希望从里面能寻觅到一点往日的影子。

从学生名录上，我知道有两个研究生也住在西片町。

一天晚上，这两个研究生约我去做客。地点在研究生篙仓一广的住处。他住的是一座学生寮（出租的小公寓）楼上的一间小屋，大约只有六平方米。满塞着书籍的书架，放电脑打字机的桌子，还有做饭的各种用具，卧具，把小屋挤得满登登的。三个人席地而坐后，已经没有多大转身的地方了。

另一个叫藤重典子的，是一个很干练的姑娘。她是广岛人。为了研究老舍，她考入东京大学，在研究老舍的专家、东大教养学部伊藤敬一教授指导下进行研究。也是为了研究老舍,她考取了日本文部省的公费留学生,想到北京大学留学。但是,中国教育部把她先分配到山东大学了。我问她:“怎么样?高兴吗?”她说:“高兴!山东有青岛啤酒!”她听完我半年的课以后,果然到了山东大学留学,还参加了山东召开的全国老舍学术讨论会,写了大会的侧记,寄回日本发表了。一年后,她又转到北京大学,继续为她的论文搜集资料。

笹仓同学更是一个现代化的青年。他正用电子计算机研究《聊斋志异》。在他的桌子和书架上,有《聊斋志异》的各种本子和译本。他说:正把各种本子的篇目分别输入电脑中,然后编出一本篇目页码索引。在他这里,手工业方式的研究方法正在被现代化的方法所代替。在这个小小的房间里,我看见了一个比六平方米更广阔的世界。

在日本,这种现代社会中奋发向上的精神,我在许多学生身上都感受到了。

一位叫江上幸子的硕士研究生,在著名的御茶之水女子大学毕业以后,已经做贸易方面的翻译工作 10 年了,并已是两个孩子的妈妈。但出于一种对专业的更高追求,她又放弃工作,考进了东京大学,开始了她研究丁玲的长途跋涉。

另一位“妈妈研究生”松本雅子,因为生小孩休学一年,然后继续攻读博士课程,专心致志地研究艾青的作品。因为婆婆家在奈良,丈夫在东京工作,她常常要抱着孩子,两天到东京上课,然后又回到奈良去。为了交一份考试的报告,也为了向一位异国的老师告别,她冒着大雨,抱着孩子,按响门铃,突然地出现在我的面前……

还有一位博士课程的“妈妈研究生”白水纪子,讲一口流利的汉语,一方面专心地在攻茅盾研究,发表了颇有份量的学术论文,一方面在埋头翻译介绍中国的小说。因孩子没有人看管,她不得不向我说:“老师,这半年我不能听你的课了!”但就在我回国以前不久,厚厚的一本刚刚出版的由她翻译的茅盾的《印刷工》,送到我的手里。

我拿着沉甸甸的还散发着墨香味的译著,无法估算它的份量!

在这些可敬的学生的足迹中,我看到了日本青年的未来,日本妇女的未来,看到了搏击进取的人生……

约翰·克利斯朵夫曾引用贝多芬的一句话:“要是我们把自己的生命力在人生中消耗了,还有什么可以奉献给最高尚最完善的东西?”

人生是一部永远“未完成的交响曲”。

迷惘中的思索

我很想探求一下在日本青年匆匆的脚步后面隐藏的心灵,渴望知道他们在高度优裕的物质生活漩流中思索些什么。可惜,由于语言的障碍,这方面深谈的机会太少了。

有几位日本朋友常对我说:“现在的日本青年,和我们五六十年代那个时候不一样,越来越不关心政治了!”

是啊,很多事实也给我留下这样的印象。

我到东京第二个月,就碰上了东大的“五月祭”。这是东京大学学生的最盛大的节日。设在每年五月份最后一周的星期六和星期天。事先,伊藤漱平教授约我星期六下午两点在文学部门口等他,一起逛一逛五月祭的盛况。为让我了解情况,还预先送我一本厚厚的十六开的书,是第56回五月祭的活动项目、地点以及各式各样的广告。真是花花绿绿,应有尽有。

下午,我一进校园,就看到一幅十分热闹的景象。广场和各条通道两旁,都搭满了五光十色的大大小小的塑料篷子,里面摆满了各种风味小吃的摊子。都是饭馆厨师和服务员打扮的男女大学生们,热情地向游人喊着“欢迎!欢迎!”前来观看的人,有成群结队的男女青年,有中学生,也有带着孩子的爸爸妈妈。真有点像老北京的厂甸过春节一样热闹了。

时间还未到两点。我穿过挤得水泄不通的人流,随意浏览了几个棚子里的情景,饶有兴趣地在一个美术社的棚子前边站住了。这儿是给人们画漫画像的。只见几个男青年,认真地挥着画笔,对面坐的是几位女学生,他们一边谈笑,一边画,不到三五分钟,一幅画像就完成了。被画的女学生签上自己的名字,画画的写上“五月祭”的字样。女学生交了四百日元,高兴地和她的女伴们走了。他们虽是陌生人,但却看不到严肃的空气,也看不到丝毫的羞涩。一切是那么自然、和谐而有情趣。

两点钟和伊藤先生会面后,他领我逛了整个校园的各种热闹场所。这里有卖各种小吃的棚子,有出售唱片和书籍的地摊,有招引无数小孩和少女、卖吱吱直叫的小鸡子儿的,也有穿着波兰民间服装手拉手跳波尔卡舞的人群。在各楼的教室里,还有音乐会、学术演讲会、摄影和铁路模型展览会等等。忽然,一辆小汽车开进校园,青年们扒着车窗往里探视,原来是五月祭请到的最有名的女歌星来了。

我带着逛庙会一样的心情,跟着伊藤漱平教授观看这眼花缭乱的一切。一位从台湾来日本留学、在文学部攻读中国古代文学的研究生遇见我们,热情地拉我们到他们的棚子里坐下,请我们吃了中国的粽子。原来这正是端午节的时候。

到了农学部一个教研室,农业化学系的学生摆满了一屋子的日本名酒,供人们任意品尝。伊藤漱平教授特意让我品尝了他家乡爱知县的名酒。虽然只抿了一点,也为他的盛情而有些醉意了。

五月"黄金周"过后,我在一次汉语课上留了一篇作文《五月祭》。许多学生说他们没有去参加今年的五月祭。有的学生写道:"过去的五月祭,主要都是一些学术活动和音乐活动,现在尽是卖吃的东西,卖了的钱,学生们又用来喝一次酒就完了。越来越商业化了,真没意思!我已经几年没去参加了。"

在灯红酒绿的浪潮冲击下,一些青年在迷惘中思索着。

在东大教养学部学习地域文化的一位四年级学生,名叫浅见靖仁的,选修了我的《茶馆》讲读和汉语口语课。1983 年 6 月 30 日的一次用北京话词汇造句的作业,他是用对话形式写的:

甲:关于在泰国的日本企业的活动,你是怎么想的?

乙:压根儿不满意。

甲:为什么呢?

乙:日本企业在泰国挣很多的钱,挣很多的钱本身并不是不好的，但应该把利益还原于泰国社会上。不过日本企业并不把利润还原于泰国的社会，而是把大部分的利润都送到日本国了。

甲：不过，听说70年代前半期泰国知识分子激烈地非难日本企业的行动以后，日本企业送到本国的钱减少了。

乙：是啊！可是日本企业倒会想办法。日本企业先在香港、台湾等地设立虚构的新公司，把有些商品搬到这些新公司。然后在泰国的日本企业从那个虚构的新公司买这样的商品，支付了不合乎常理的许多钱。然后那个虚构的新公司再把这样收到的钱送到日本。由于这样的办法，在统计上，虽然日本企业送到本国的钱减少了，但是，实际上，以跟香港或台湾的公司的交易为口实，泰国的日本企业还是把大部分的利润送到本国了。

甲：日本企业可真会出鬼点子！统计上的汇款减少了，原来是这么来的呀！

乙：现在泰国到处都有日本商品，贫穷的泰国人民支付的钱也都送到日本。日本人民应该认识我们使用的钱，有的是从贫穷的泰国人手中得来的。

我读了浅见这篇作业以后，为他的认真态度和思考精神感动了。深夜的灯下，我一字一句地抄录下来。他那个子不高、朴实无华的样子，一下子浮现在我眼前。他本来是国际关系科的学生，研究泰国文化经济的，毕业前课程很繁重，要学习英文和泰语，但却毅然选了我的两门课。上面的作业就是《茶馆》讲读课上留下的，他却那么认真地写了这一大篇我所未闻的情形。

一次，期末最后一课上完了，他和几个同学一起，请我到闹市的一家越南饭馆吃饭。我也模仿迎新会的方法，问他们每个人的兴趣是什么？当我问到他的时候，他回答道："赚钱！"这真出乎我的意料。我想不到这个不爱说话的非常用功的大学生竟会有这个心思。

于是，我好奇地问他："赚钱干什么？"

他答道:“旅行。”

我又追问他:“是出去玩吗?”

他摇了摇头说:“不!是到泰国去调查。”

这时我才恍然大悟,想起他过去告诉我每星期怎样在晚上去做家庭教师的事来。他一边吃一边告诉我,他靠自己挣来的钱,已经三次去过泰国,而且不是在大城市里,而是跑到一些贫困的农村和偏远的山区,有时吉普车开不了啦,还得自己走路,目的就是为了研究泰国人民的经济和文化!尽管他吃了不少苦,可还在继续攒钱,准备放了假还到泰国去调查。

随着物质文化生活的高度发展,日本青年的享乐思想确实在滋长,迷惘中一些人过着昏天黑地的生活,一些人为找到一个称心的工作而拼命,但也有不少像浅见同学这样的青年,他们把享乐和安逸视为浮云,宁肯去吃苦,去探求,去思索,去获得自己开掘的真理的金子……

绘马板上的祈愿

歌德说过:“尤其是回忆中,人是按照他的特性来塑造外部世界的。”

我不想使我枯黄的记忆流出的每条溪水都染上朝霞的颜色,因为我的眼前也飘落过许多的败叶,许多的黄昏。

在东京这个最现代化的大都市里,我看到了一个充满矛盾的五光十色的世界。最文明礼貌和最糜烂腐朽的,最科学的和最迷信的,最富有的和最贫穷的。像那古老而又混浊的江户川一样,在一些日本青年的思想和血脉中,同时交汇着各色流水,不停息地奔腾着,喘息着……

无论你走到哪里,随处都可以看到摆满黄色书籍和画报的小书铺。一些黄色的连环画报,装在用电脑操纵的无人售书机里,只要你塞进几块硬币,就可以得到一番无聊的消遣。有的“成人书店”的橱窗里,居然明晃晃地陈列着电动的男性生殖器,做出售的广告,招徕一些堕落的青年。自动电话亭的四周玻璃上,贴满了比豆腐块还小的广告,大都是某某女大学生的年龄、无病、地址和电话,自然也有价格的。尽管日本政府过一阵就把它刷得一干二净,贴上一条"禁止张贴"的示告,可是没过几天,那些小方块纸又像苍蝇一样爬满了玻璃。至于那些下流的电影院,土耳其风浴室,夜半酒吧和地下舞厅等,更是比比皆是。

难怪我的朋友、东京女子大学教授伊藤虎丸先生对我说:"做家长的,不担心别的,就担心自己的女儿和儿子长大了变坏,都希望自己的女儿能考上一个管理严格的女子大学。"他说,东京女子大学录取分数高,很多家长把能送女儿上这个大学看做是最大的福气。因为这所学校除教员外,男子一般是不能进的。宿舍则管理更严,晚上什么时候必须回来,平时不准接待男学生来访。尽管这样,社会上依然有不少无法防范的东西。伊藤先生是研究鲁迅的专家,我对他说:"鲁迅当时讲过,中国是个黑色大染缸,现在的日本社会,也是个黑色的大染缸,而且是现代化了的!"他很赞同地说:"是啊! 这一点还是中国的社会好!"

这里,我想起了那些迷信的景象。在东京新宿最繁华的街头,在上野公园最热闹的路边,看手相的小摊子几乎处处可见。有的还用电子计算机看手相。你把手往那机面上一放,不要一会儿,那看手相的人就会条条是道地给你讲你的命运和前途,讲你的吉凶福祸。花钱看手相的人中,不少就是青年学生!

我住的东京大学,离一个古老的汤岛神社很近。那里有东京有名的梅花,一首民歌就叫《汤岛的白梅》,是很好听的。那里也有东京有名的求学问的神。为了观赏汤岛的白梅,我去过那里几次。比满园梅花更引起我的好奇心的,是神社里挂得琳琅满目的"绘马板"。像一个工作手册那么大小的一块原色木扳,背面画着这一年的数相,前面空白。花上 600 日元买一块,可以在那上面写上你求学的祈愿。无论是新年的初始,梅花盛开的季节,还是神社的祭日,只见许多爸爸妈妈领着自己的孩子,身着节日的盛装,挤挤压压地来到这里,抢着买一块"绘马板",然后认真地在上面写下自己的祝愿:希望保佑考上某小学!然后又虔诚地合掌默念,再把"绘马板"挂在那已经挂得满满的架子上。这使我不禁想起小时候家乡房檐下挂的滴里嘟噜的老玉米了。

怀着一种好奇心,我仔细找寻有没有东京大学的?

没费多大功夫,果然找到了。一块板上端端正正地写着:“祈求神保佑我通过博士论文的答辩。”下面署名是:东京大学农学部大学院××××。

我心中不禁暗笑起来。科学和迷信竟成了朋友和邻居!

学的是最现代化的科学,又将通过博士论文答辩,该是有很高的学问了,没想到还要来这里祈求那子虚乌有的神的保佑!

但愿这只是为了好玩而和那些虔诚者走到一起来了。我于是想起了绿原的两行诗:

伽利略在真理面前。
在真理面前,伽利略是人的标准。

看到这比茂密的树叶还多的小木板构成的世界,伽利略会说什么呢?

他为什么悄悄地离开了人世?

听说日本青年自杀的每年都不少。没想到,这样的事情也曾发生在我教过的学生里,而且是文学部三年级的一个很优秀的学生!

他叫铃木达朗,是在教养学部一年级上课末了的时候,在我讲授老舍《茶馆》的时候转来的。

我开始还有些奇怪,课已接近尾声,怎么又来了一个新的学生呢?经介绍,才知道他是决定学习中国语言学,下一年就要升入文学部,所以先跟同学们来听课了。这样,他将做我的学生,我自然是很高兴的。

课下,他告诉我:“我喜欢《茶馆》,也喜欢中国的京剧。寒假里,我要到中国去旅行。”他对中国是很有感情的。

我们一起读了《茶馆》最后一幕的悲剧的尾声,一起看了电影《茶馆》的第三幕的录像。最后一课结束之后,他还和其他五六位同学一起,盛情邀请我和我的爱人到新宿有名的中国餐馆东京大饭店吃饭。

在那里，我和这些可爱的学生们一起照了相留作纪念，并且约定，请他们四月开学后的一天一起到我的住处做客。他很高兴地答应了。

然而，他听了我新学期的第一堂汉语课，没料到一天早晨，我到研究室去时，助手告诉我说："铃木同学自杀了！是在御茶之水电车站，跳轨死的！"

我听了不禁愕然！上课时，我发还批改过的同学们的作业，在一种沉默的气氛中，我把他的第一次作业轻轻放在他习惯的座位上。

当天，前去处理这件事情的平山久雄教授在电话中也告诉了我这件事情，并且说："铃木同学是个很有希望的学生，口语能力很强，前两天还找我谈过一个多小时的话，问我学语言学还要学什么外语。他早上来东京时，书包里还背着练习弓箭运动的衣服。怎么也不会想到他会自杀。"

我又问同学们和其他老师，都说找不出他自杀的一点点原因。他的父母也相信自己的孩子决不会自杀的。但是在场的乘客和司机，都说他双手伸出自己跳下去的。

他为什么这样悄悄地离开了人世呢？

带着这个疑问，我继续问了一些老师和学生。有一种推测大约是可信的：他在竞争的压力下失去了信心。同学们告诉我，他从小就是独生的宝贝，小学到大学一直是成绩优秀的佼佼者。当他一跨进东京大学本部三年级时，看到别人都是博士课程和硕士课程的学生，自己相比之下就感到一种沉重的压力。当这种压抑感超过了自己内心自信的张力而崩毁时，他便选择了这一个结局。对于这个答案，我当然还是不能理解，也只能姑且相信了。

不少青年告诉我，他们爱樱花，因为它开放得热烈，凋谢得也迅速。有些日本青年常用樱花的精神来自比。因此他们或者做竞争中的强者，或者轻易地毁灭了自己的生命。

在到著名的瀑布风景区日光的旅行中，在观看一条叫华严潼的瀑布时，有日本青年告诉我："这是日本青年'自杀的圣地'，每年都有一些青年从这里跳下去自杀，因而有了这个名称。"

我似乎明白了一些那位刚刚踏上朝霞铺成的道路、年仅20岁的青年,为什么那么悄悄地离开人世了。

平山先生说:"在铃木同学遗物中,效率手帐的这个星期天下午,还写着'孙老师家'"四个字。我听了,心中更有些黯然。我把洗印出来的那次会餐的照片,送给了他的父母,以表示我的悼念之情。

我为那些考上了东京大学的被视为"天之骄子"的学生而庆幸,也为他们那种紧张竞争的心理压力而忧虑。我忘不了教养学部一个四年级的学生在作文中写下的那段话:

银杏叶子黄了,看起来就属东京大学的秋色最浓。

但是,学生们也有这样的俗话:"公孙树黄的时候,学生们的脸色就苍白了。"

这是说,到了秋天,考试也不远了的意思。

我真愿日本青年学生的脸上永远飘着微笑的春光!

《猫头鹰》与读书会

我忘不了在东京大学看到的许多令我颇感兴趣的事物。学生或老师们的各种各样的读书会,就是其中之一。

一次课后,我推开研究室的门,看到我熟悉的几位研究生正在一起读书。他们每个人手里都拿着一份复印的材料。我问他们:"你们在读什么?"

他们告诉我说:"是《黄帝魂》。"

我拿过来一看,正是我国清末刊印的《黄帝魂》。字挺大,密密麻麻的旁圈,没有现代的标点。对外国学生来说,读懂它是比较难的。

我问:"是用中文读吗?"

他们说:"先是由一个人用中文读一遍,然后译成日文,接着大家再来讨论。"

后来我才知道,这是一个很小的读书会。一共三四个人,都是攻读中国文学的博士或硕士研究生,他们正在按照汉语的原文,一字一句地研读这本清朝末年洋溢着中华民族爱国精神的论著。他们是想通过这本书,了解那个时期的中国社会吧?我以为。

就是这个《黄帝魂》读书会的部分成员,同时又参加了另外一个更大一点的读书会,名字叫"《新青年》读书会"。

也是一次课后,一位研究生走到我面前,把一本薄薄的但印得很好的杂志送给我说:"老师,这本东西送给您,请您指教!"

我感激地收下了。略一看那封面:呵,这不是鲁迅亲笔画的猫头鹰的画像吗?上面的"猫头鹰"三个大字,也是鲁迅先生的手迹。我回到家里仔细一翻,原来这是《新青年》读书会主办的一个刊物。内容以中国近现代文学和中国近代思想研究为主。创刊号为白色封面,印字为褐色,32 开,共 78 页,扉页还印有鲁迅购赠给许广平的《露谷虹儿的画选》中的一幅很美的画。

这本小刊物在一年里出了两期。上面刊登了有关鲁迅、巴金、章太炎、林琴南等人的文章。也有论当代小说的,如《刘绍棠与现代乡土文学》。我任教的第二年,他们又出了一期,是巴金研究专号。这样一个小小的读书会的小小的刊物,能出这样一个颇有水平的专号,实在是不易的。

主持这个读书会的,名叫藤井省三。我们原已是研究鲁迅的神交的文友了,到东京后才第一次见了面。有一次我到他工作的汉籍中心,和他聊起天来。他告诉我说,他们这个读书会是在三年多以前成立的。开始只有五六个人,创办目的是通过阅读杂志,了解五四运动发生前后中国的社会和思想界的情况,以便在更广泛的意义上来研究中国的文学运动和思潮。每期杂志并不全读,只读几篇主要的、有代表性的文章,但通信的文章他们是必读的。读书会的刊物《猫头鹰》,是由他们自己出钱印刷,有工作的助教、讲师,出的钱多一点,研究生和学生,出的钱少一点。杂志出来后,除在文学部出售之外,还由指定的书店代销。夏天,我到神田街的内山书店买书,就曾看到这本小小的刊物,吸引着一些读者好奇赞赏的目光。藤井告诉我,读书、办杂志和他们的研究活动是完全一致的。读书促进了研究工作的深入,撰写研究论文,办杂志,又总结了他们读书的成果。现在,这个读书会已经发展至 14 个人了,有的还是远在广岛的年轻朋友呢!

藤井省三还告诉我说："每出一期杂志，我们要开一次刊物合评会。由读书会的成员和会外好友，一起来评论这一期杂志的内容。每一篇文章，都要有人预先专门阅读、研究，在会上作为主要发言人进行评论，其他人参加讨论。"

读书会还有个习惯，每次读书会的合评会完了，都要到一个酒馆或饭店里，一边喝酒，一边继续交谈。直到兴尽，才互道"再见"各自回家。

看来，读书会活动不仅是课外的主要学习研究方式，也是朋友们紧张的学习和工作之余，在一起畅谈学术见解、交流思想感情的一种形式。"你们有争论吗？"我问。藤井开玩笑地说："有！但我们是讨论第一，友好第二啊！"

像这样的读书会，在东京大学文学部，我知道的就有好几个。像中国古代小说读书会、《诗经》读书会。读书会当然也有以教授们为主组织起来的，如凡山昂教授主持的中国三十年代文学研究会。那一年多他们每周都在一起开一次会，阅读茅盾的回忆录《我走过的道路》。

每当课余，漫步校园，古木葱葱，花草繁茂，每每给我的心添些愉悦的绿意。而这众多的读书会，恰如那绿树与繁花一样茂盛。这时，我常想：在东大，在东京，在整个日本，这样的读书会该有多少啊！

当我为日本青年学生这种学习形式激发一种兴味，而草写一篇小文向中国青年推荐的时候，没料，我自己也与丸山昇、伊藤虎丸、木山英雄等几位教授先生们以及年轻人一起，开始每周一次共读何其芳、李广田、卞之林的一本新诗集，姑名之曰"《汉园集》读书会"吧！

为了明天美好的一页

"你到过中国吗？"

与一些较为熟悉的日本大学生和青年谈话，我常常这样问他们。他们不少人会带着一种十分兴奋的语气和神情告诉我：

"我到过中国，我喜欢中国！"

是啊！在一年半的时间里，我不知听到过多少次日本年轻人这发自肺腑的声音。

这声音在我心中汇成了一股暖流。一股温馨而透明的暖流，一股充满了对于明天的希望与信念的暖流。

一次，我从喧闹的池袋阳光城回来，信步走进了地铁新大坞站附近的一个小小的画廊。

这是明治时代留下来的一幢京都风格的古旧房子。

我走进屋里，环顾一下，画廊真是太简朴了。小小的屋子里，展出三四位画家的近20幅油画。大概来看的人太冷清了，抓住我这个新来的观众，一位老太太一边倒了一杯咖啡，一边对我说个不停。我又不好回答什么，只是不断地点点头。我实在过意不去这位日本老人的热情，便用笨拙的日语对她说："我是从中国来的，现在是东京大学的外聘教师，不会说日语，很对不起了！"

没料我的语音刚落，旁边坐着的一位女青年便站起来，用中文对我说："你是从中国来的老师吗？"

"是的。"我简单告诉她我的情况之后，便在屋中间的炭火盆边坐下来，随口问她："你学什么的？"

她告诉我说，是学中国历史的，现在是圣心女子大学的研究生，课题是中国唐代公主的研究。她还告诉我，她很喜欢中国，喜欢中国古老的文化，特别是唐代的文化和历史。

我问她："你去过中国吗？"

她说："去过，可是时间很短，很想再去！"

我告诉她："你应该去西安，去看那里的大雁塔、碑林，还有秦始皇兵马俑、唐太宗和武则天的墓。对你的研究一定有好处的！"

她说："我一定要去的！"

一个完全陌生的青年，与我在这小小画廊里偶然见面，却那么坦率而热情地与我交谈。最后，还给我写下了她的姓名和住址、电话。

我告别了老人和那位青年，又走进喧闹的大街。我感到在这异国的土地上，有很多热爱中国的年轻的心。

在日本，像这样的青年太多太多了。

1983 年 6 月在仙台,阿部兼也教授带我参观鲁迅当年学习生活的旧址。同行的有七八位他教的东北大学教养学部中国语科的学生。阿部先生说:“我暑假要带领他们去中国访问。他们都在自己攒钱呢!”第二天去美丽的松岛的路上,同来的是两个男同学。我问一个人:“你们去一趟要花多少钱?”他说:“连飞机票,来回要 30 多万日元。”

“这么多的钱,是父母给吗?”

“不! 都是我们自己挣的!”

“怎么挣呢?”

“有的做家庭教师,有的到饭店洗盘子,有的去公园为电脑编程序,女同学多数是下课后到学校商店作服务员,也有的干重体力活”,他指着另一个身体魁梧的男生说:“他夜里去修地铁,掘土,很累,但收入多,一夜就挣许多钱!”

我问:“这样要多长时间呢?”

阿部教授告诉我:“半年就够了。准备暑假去中国,我春天开学就告诉他们了,现在他们已经准备得差不多了。”

8 月,阿部教授由东京一家旅馆匆匆打电话给我:“学生们的愿望实现了! 他们都高兴地说,终于看到了中国,还想把看到的一切写成文章呢!”

果然,最近我收到了阿部先生寄来的一本印得精致的 16 开共 127 页的书,封面是《东北大生中国游记》,署名是:《鲁迅在仙台的记录》调查会、东北大学教养部访中国班,由阿部兼也教授监修。

翻开扉页,不仅有许多美丽的照片,还有同学们写的约三十篇有趣的文章。不少文章中倾注了日本青年对中国的深厚感情。

一些日本青年,把实现日中人民世世代代的友好,看做是自己终生奋斗的目标。我在东京新结识的一位日本女青年,叫黑泽圭子。她是长野县一个普通农民家庭的女儿,高中毕业后就离开家乡到东京参加工作了。她 19 岁就开始参加促进日本和中国友好的活动,到现在已经十年了。她每月的收入并不高,但还用多年攒下的钱,自费到北京中央民族学院留学半年。她结识了许多中国同学朋友,至今还经常通信。

她从中国朋友的信里得知,他们在中央民族学院读书时的老师、我的爱人要来日本，她非常高兴。后来，我们邀她来家里做客，她一见到我们就亲切地说：“我爱中国，中国很大，中国人心也很大！”

在东京，她约我们到她家里做客，请我们参加日中青年友好“熊猫号”列车旅行活动。新年时，还几次邀请我们去长野县她的家乡一起过年。我们有事不能如愿，她显出很难过的样子说：“真遗憾！”临行之前，我们特意到池袋西武百货公司的北京中国老铺买了一坛绍兴老酒，请她带给爸爸妈妈，并叫了出租汽车送她到上野车站。她非常高兴地说：“待春天时候，一定到我家乡来，那里山区是很美很美的！”

一次，到她东京的住处做客，我们发现她家里有一个精致的木雕佛龛，有些奇怪。收入并不丰裕的姑娘，却花钱购了这价格昂贵的佛具，而且天天念经。我们问她：“你这不是迷信吗?”她认真地说：“这不是迷信，是信仰！”我们看到佛龛上摆着一张纸，写满了祈愿的条文。问她：“可以看吗?”她高兴地拿给我们看。哈，共三十多条，祈愿的第一条就是：“愿日中两国人民永远友好！”

我有些惊异了！这哪里是一个普通日本姑娘的祈愿，这是日本千百万青年的内心声音。这的确不是迷信，而是一种信仰和追求！

1984 年春节，按照中国习惯，我们请她和在东京进修的两位中央民族学院教师一起来过年。她在一种洁白的纸上写了下面一行汉字：

“永远为日中友好的金桥工作，是我一生的目的！”

我爱人张菊玲要提前回国了。黑泽很难过，她特意写了一张纸，送给我们。最末一段话是：

您离开日本之前，正是樱花盛开的季节。樱花是本人最喜欢的花，希望您利用这个最后的机会去欣赏樱花，把日本人民的友谊带回中国去，希望您在樱花盛开的季节再来日本。

像黑泽这样的人，在日本青年中，何止千万个！

为了 21 世纪，为了明天美好的一页，他们匆匆的脚步正走向未来……

原载《西方大学生活现实》，农村读物出版社，1988 年

心中的祝辞

——写于中文系贺林庚先生80大寿之际

我们欢聚在这里，在林庚先生长期生活的美丽的燕园，在翠竹掩映的林先生家里，为我们敬爱的林庚先生庆祝八十大寿。

林庚先生是现代著名的诗人、诗论家和文学史家。他就读清华大学中文系的时候，就酷爱中国传统诗歌，并立志于沟通中国传统诗歌和西方现代艺术之间的关系，创造出具有中国作风和格调的现代新诗。林先生30年代初以特殊的风采出现于现代诗坛，成为卓绝夺目的青年诗人之一。他先后出版了《夜》、《春野与窗》、《北平情歌》、《冬眠曲及其他》四本诗集，用最美丽的笔唱出了当时一代青年寂寞而又热烈的心。这些充满人生哲理和人生真性情的诗篇，在新诗发展史上写出了杰出的一页，当时就受到人们很高的赞许和好评。林庚先生自30年代至80年代，几十年来致力于现代格律诗的创作实践和理论探讨，已经成为中国新诗发展中一份十分珍贵的遗产，它将给未来以永远的启示。

林庚先生这种现代人的眼光对中国传统诗歌的酷爱和审视，后来集中表现在他的文学史研究中。还在清华大学刚毕业的24岁的时候，林庚先生就有志于写一本中国文学史。12年后，林先生为荒芜的学术界送来了他厚厚的一本《中国文学史》专著。这部文学史以“为生命的文学”观为主线，着眼于艺术和时代的密切关联的文学主潮的起伏，将文学发展看成是有生机的嬗变，以人的童年而少年而中年而老年然后衰而复生过程为喻，来探索文学发展的轨迹，把文学发展的曙光寄希望于未来。朱自清先生为此书写序，作了很高的评价。朱自清先生说：“著者以诗人的锐眼看中国文学史，在许多节目上也有了新的发现，独到之见不少。”朱自清先生还特别肯定了林先生书中的两种精神，一是反对摹仿,包括对中西方文学传统在内的摹仿,而是“呼唤一种真正的创造精神的实现”;二是它反映着五四时代的文学生机观,即“为生命的文学”观。林庚先生相信,文学要尽改造时代的使命,但“能产生优秀文艺的时代,才是真正伟大的”,因此,他迫切“要求那能产生伟大的文艺的社会”的诞生。朱自清先生说:“明白了著者的这种气度,才能了解他的这部《中国文学史》。”林先生正是基于这种精神气度,致力于唐诗研究,致力于屈原研究,直到近年又写出了新的力著《天问论笺》,出版了《唐诗综论》,修订了《诗人屈原及其作品研究》,开辟了唐诗研究和楚辞研究的新格局和新天地。

林庚先生从1933年清华大学毕业后,先后任教于厦门大学、燕京大学、北京大学,至今已57个年头。在漫长的岁月中,林庚先生于教学竭心尽力,于学生循循善诱。林先生能将考据、鉴赏、历史的批评结合起来,以最轻松的、充满诗意的语言传授他独到的见解。如今,林先生执教五十余年,已是桃李满天下,许多学生已经成了教学科研的骨干,他们又在培养更多的人才。作为一名教师,林庚先生所作的贡献,他的精神影响与光照,将远比一个人生命的年龄更悠长,更绵远。

在我们的心灵深处,常常喜欢用“建安风骨”、“盛唐气象”、“少年精神”几句话概括林先生的形象。林先生为人正直,胸怀坦荡,性格豪爽,学问渊深,待人亲切。每次到林庚先生家谈天、求教,得到的不仅是学问知识,更感到他那光彩照人的品格的熏染。林庚先生多年来经历了很多风雨,遇到过种种坎坷,但他却能做到不戚戚于寂寞,不汲汲于声名,甘居淡泊,不畏冷清,潜心于著书立说,培养高水平的学生,为学术与教育事业默默作着自己的奉献,他的这种高尚的品格与情操,是我们这些学生永远的楷模。林庚先生虽年已八旬,却有一颗少年的心。他永远把自己的希望寄托于青年一代身上。记得在80年代最初的日子里,林庚先生在《诗刊》上发表了《乡土》一诗,表述了自己那颗经受“多年劳苦的心”在企盼“黄金的日子”到来的时刻,对青年一代怀有极大的希望,读起来令人感动。我愿借林先生这首诗作这篇祝辞的结尾,以表示林庚先生的学生们不辜负自己老师期望的决心。

黄金的日子
系住了多年劳苦的心
秋天的风是黄金色的
如同从来的豪爽爱情

年轻的朋友拍着窗口
说是他们要明天就走
世界是属于少年人的
如同从来的最新消息

青色的梦想飞向天心
红色的梦想暖在人心
惊涛骇浪中也有宁静
如同从来的乡土乡音

时间的招认像一本书
不停的指针画一张图
人的觉醒啊终要成熟
让山山海海写上征途
世界是属于少年人的
如同从来的最新消息

原载 1990 年 4 月 30 日《北京大学校刊》

生命之路

——为中文系“尊师重教”座谈会而作

在中国古老的传统节日又一次到来的时候，我们中文系老中青几代教师和职工欢聚一堂，心里都充满着一种喜庆的气氛。

这是因为，有近20位教师跨入了生命最值得纪念的时刻：这里有年逢七旬的我们十分尊敬的老师和前辈，有16位刚刚度过或即将迎来人生花甲之年的老师们。他们大都在教师的岗位上辛勤耕耘了三十多年或四十余年，有的还更长一些。

世界上最最值得宝贵的是人的生命。生命的60岁、70岁的时光，对于每个人来说只有一次。我们这些师长和同窗学友的老师一辈曾经有过他们的辉煌。比起他们来，我们生命的分量轻得多了。但是，当我们自己聚在一起，为自己也来“辉煌”一下的时候，大家回顾自己几十年风风雨雨的生命之路，不免会为我们历尽人生坎坷、会为我们尝尽酸甜苦辣而感慨，或许还会为我们今天怎么活到这个份儿上而叹息，然而我想，倘若问起这些同志，你会不会为自己做一名北京大学教师的选择而后悔的时候，大家一定从心里升起一个响亮的回答：决不！

是的，决不后悔！

这是因为，大家都知道，我们这一代人注定了要承担这一沉重而光荣的使命。我们选择了北京大学教师这一职业，我们也就选择了自己真正的生命价值。我们几十年如一日，在这块传授知识的圣地、造就人才的最高学府，为培养一批又一批国家民族需要的新人，洒下了我们辛勤的汗水。许多同志甚至积劳成疾。我们没有向人民索取什么份外的奢望。我们给这个国家这个时代奉献的很多很多。我们吃的是草，挤出的是奶和血！这或许会在我们这一代教师的生命之路涂上某种不无遗憾的悲剧色彩，但同时这也正是我们这一代人生命的真正价值和光辉之所在。

这几年，我们派了很多人到国外去讲学，包括不少世界著名的学府、神圣的殿堂，都留下了我们在座或没在座的教师们的声音和足迹。比起外国风度翩翩、西装革履的教授们来，我们的老师有时是显得寒伧了一些，穿的西服也有的发皱，不那么整齐，不那么美观，然而我们的学术水平、认真精神和高尚人格，都是与北京大学中文系这个称号相称的，受到世界各国的学者和学生们的高度赞誉。这些年，也有各国的教师到北大来交流，他们看到，我们的一些国内外颇有盛名的教授，工资待遇不高，住房条件也比较差，有人不禁赞叹说："想不到你们那些具有国际水平的专著和论文，竟是在这样狭窄而拥挤的环境中写出来的！"是的，我们物质上没有人家那么优裕，我们的学术水平却是一流的。在物质上我们并不富有，在精神上我们却拥有一个最高尚的世界。回顾走过的生命之路，我们可以聊以自慰地说："我们活得还无愧于自己的时代。"

面对历史的长河，我们的生命是短暂的。但我们的汗水和心血已经溶进一代又一代的新人的生命之中。我们的生命将在无数代人的生命中得到继续和延伸。教师的职业之光永远是属于未来的，故我们的生命永恒！在这样一个值得纪念的时刻，我真愿唱一首生命的赞歌，为在座的寿星、为我系年近七旬和适逢花甲的老师同窗们，也为我们自己！

仅仅用感谢这个充满情感的词儿没法表达我此刻的心意。为几十年来的中文系的建设、为近几年来中文系的生存和发展、为培养高水平的合格人才，大家日夜苦战，熬过了多少只有自己才能品味的日子。北京大学中文系的昨天、今天和明天，镌刻着你们的名字，镌刻着你们的劳动、创造和期望。无情的岁月使我们不再拥有青春的年华。我们变得老了，额头爬满了皱纹，头发和两鬓染上了白霜。但我们的心都还年青。我们的心是鲜红的。我们的心没有白发三千丈！不管是已经离退休的同志，不管是仍在教学第一线的老师们，不论是生活近在咫尺，也不论是远居海外、执教他乡，大家依然魂系中华，魂系喧闹而又宁静的燕园，魂系北京大学中文系，魂系我们系里的师友。我们中文系的希望在是，我们中文系的精神在是！

今天在座的寿星和自己的师友们一起，不仅为建设发展中文系作出了宝贵的贡献，也以自己的教学和研究的成果，以自己的品性人格，为中文系树立了具有永恒魅力的风范。北京大学中文系有一种无形的精神特征，它像长城一样永远是古老而又年青的结合体。电视连续片《望长城》主题曲唱道：“我们走近了你，不知道常在你身边；我们离开了你，才知道你常在我心里。”中文系有刻苦严谨扎实创新的优良学风，有被校内外视为高水平的教学和科学研究，有磁石一般充满吸引力的学术环境和气氛，有一股相互竞争又相互关心、相互依存又相互理解的巨大凝聚力。这是中文系的系魂，是中文系发展与建设最可宝贵的财富。正是包括今天在座的和不在座的几代老师们共同创造了这一精神财富。这种精神会任它们自生自灭吗？我们会让中文系在我们一代人手里发生精神滑坡吗？我相信，在座的中老年教师、青年教师和学生们都会从心底里响亮地回答：不！决不！这一精神、这一传统，一定会一代一代地继承下去！而且我更相信，后来者超越前人是必然的规律。青年一代教师会把中文系建设得更好。他们会让北大中文系的精神在更高的层次上发光！

召开这次座谈会，也是对于一种精神的提倡，这就是“尊师重教”。“尊师重教”是我们民族的优良传统。我们在座的寿星和我们同辈人，对于我们的老师是十分尊敬的。这种关系已经成为联结师生的精神纽带。它使老师们的学识和品格变成了我们的血肉。它在我们一代人身上绵延发扬。我们希望年青的一代，也都能继承这个好的传统，尊重自己的老师，尊重他们的劳动，尊重他们的知识，尊重他们的人格，并把这种尊师重教的风气传给自己的学生，让这种精神成为一种风气。在今天知识贬值、教师贬值、后继乏人，几乎近于“前不见古人，后不见来者”的情况下，这种“尊师重教”的风气尤其值得提倡和发扬。办好中文系，要这种风气；办好北大，要这种风气；振兴一个民族，更要这种风气。

原载 1992 年 3 月 10 日《北京大学校刊》

知识结构与传统文化素养

我进大学的时候曾有过无数美丽的幻梦，成为一名作家或诗人的愿望常萦绕于心头。后来由于自我一点朦胧的觉识，感到自己不是当作家的材料，便放弃了这个幻想。此后遂将在图书馆或一个教室角落里那些乱涂的时间变成读书了。读诗经，读楚辞，读陶渊明，读唐诗，我深深爱上屈原、陶渊明、李白、杜甫、王维、李商隐这些中国古典文学的精英。我也读了许多外国文学的作品，特别是俄国和法国作家的作品。这些人类思想美丽的结晶，在我头脑里打开了一个广阔而美好的天地。后来在几次编写中国文学史的工作中，我都是在唐代诗歌组，对唐诗耽爱的兴趣更浓厚了。1960 年大学毕业的时候，我突然被分配做现代文学研究生，短暂的偶然决定了我一生学术研究的方向。我成了一个现代文学的研究者和大学教师。我同许多人一样在“文革”那场民族空前灾难中，失去了宝贵的时间，真正进入自己研究的生命不过十来年。十年里，我讲授现代文学史，研究鲁迅，研究中国新诗发展史，也关心当代文学和诗歌的发展。似乎由古老文化的迷恋进入了一个现代新生的学科领域。但在多年的教学和研究中我意识到：我曾经流连的故土——中国古典诗歌，特别是唐诗，与我的现代文学和现代诗歌研究，是有着怎样千丝万缕的联系。现代文学史研究的对象只有 30 年，但在自己整个思维中起作用的却包括了我过去所学过的一切。它们中许多作家作品不仅直接影响了我对自己研究对象更为开阔的思考，更重要的是已经进入自身的文化构成。它们成了泥土和血液。我播种和收获的是现代文学、现代诗歌研究的果实。这果实无形中浸染着那些泥土和血液所给予的丰富的养分。现在写文章，开展研究工作最大的苦恼不是在本专业范围内知识对象把握太少，而是自己中外传统文化的准备和了解的匮乏。思路的无法拓展有时不在思路本身，而在这思想给养的供应不足。

由于家庭教育缺乏，由于时代政治运动的冲击，我们这一辈五六十年代培养起来的研究者常有一种"文化残废意识"的阴影笼罩心头：无论就中国古典文学还是外国文学的素养，都远远落后于自己的老师一辈，在我们的眼里，他们的素养水平常是不可企及的规范，有时只能望其项背而叹息了之。一代人的大多数都患了天生的缺氧症，这当然不能全由个人负责。讲民族素质在下降，恐怕不能只看受教育的程度和文盲的多少，接受高等文化教育的人自身的文化素质的高低亦是一个重要的方面。进入现代生活阶段的文科大学生的自我塑造中，提高对中国文学传统的修养是一个重要的课题，无论学哪一个学科的，都是如此。就在前几年，有位50年代成长起来的颇有名气的作家，开文化会议期间同两位30年代著名的老作家与研究现代文学的老教授一起聊天，两位老人谈起朱自清先生来，那位作家竟问道："朱自清是谁？"当两位前辈告诉他之后，他说："原来如此，我只知道有个夏志清，从来没听说过还有个朱自清。"我听到两位老先生之一告诉我这个故事，心中顿时产生一种悲哀之感。我由此想到自己，想到何其芳先生《画梦录》里一段常被误解的对话：

> "你说我们的听觉视觉都有很可怜的限制吗？"
>
> "是的。一夏天，我和一患色盲的人散步在农场上，顺手掐一朵红色的花给他，他说是蓝的。"
>
> "那么你替他悲哀？"
>
> "我倒是替我自己。"

文盲或文化层次低的人素养不高，视野不广，固然值得悲哀，但一个进入高等文化教育层次的青年，对自己民族的传统文化一鳞半爪，知之甚少，甚至以无知为荣耀，就是真正值得悲哀的了。那位名作家，未受过高等或中等教育，不知道一两个知名作家的名字，那有历史因由，也有个人的弱点,是可以理解的。作为面对现代生活的 80 年代的大学生,就不能降低自身要求的水准了。他们应该有一个健全的智力构成,有深厚的文学素养。但愿这些青年在将来不会再有我们这代人“文化残废意识”的心理产生。

大学生的知识结构和智能结构是一个复杂的文化生成系统。文学修养,特别是民族传统的文学和文化素养,是这个系统中一个基础性的环节。一个现代意识越强的人,越应该自觉地摄取本民族传统文化的乳汁,丰富自己,提高自己,使自己的知识结构更臻于合理和完整。传统文化本身也是一个复杂的构成。无选择地沉迷会陷入骸骨的迷恋,抱着轻蔑或拒斥的心理而加以疏远,会使自己走向残缺。一些伟大的文学家、科学家,传统文化的素养越高,他们的创造力、想象力也越活跃。相反,有些高呼反传统的青年学者或作家,却由于自己对传统文化的一知半解,使自己的创作乃至思维方式,或者漏洞百出,或者不自觉地带上传统的惰性的痕迹。满足于一种偏枯性的知识结构和思维方式,必然使自己在更高的理论起飞中发生滞重和倾斜。鲁迅是一个反传统的骁将,他的传统文化知识与对世界最先进文学潮流的了解是并重的。双向的吸收形成了他全方位的知识结构。当他弃医学文,以创作来为民族的新生呐喊的时候,他便达到了 20 世纪文学高层建筑的水平,成为近百年史上我国唯一跻身于世界文学之峰的伟大作家。他在 27 岁时写的著名文化哲学论文《文化偏至论》中就提出了一个民族文化发展的方程式:“外之既不后于世界之思潮,内之仍弗失固有之血脉,取今复古,别立新宗,人生意义,致之深邃。”鲁迅理想中的新生的民族如此,理想中的富于时代觉识的新人亦如此。鲁迅自己是一个具有充分现代意识的文学家。我们在他的文化素质中,在他的文学创作中,却又清楚地感到“内之仍弗失固有之血脉”的精神特征。他作为一个世界性的伟大作家,具有的知识结构是十分完整而深厚的。这种全面式的知识结构,在鲁迅这一辈作家中,在我们前一辈的学者教授中,如果还有由于家庭教养而造成的自然形成的特征的话,在我们这一代人,或今天的年轻的大学生中间,就必须以更艰苦的自觉追求方能够获得。因为今天的青年学生面对的是世界新潮的涌入和冲击。刚刚由闭塞转入开放，这些新潮的种种知识自然表现了对青年更大的吸引力。广泛地摄取外来的新潮对于自身的思想观念乃至思维方式、研究方法的更新是十分重要的，没有这种更新也就不能产生一代人文化层次上更大的超越。事实上这种超越的历史任务在近几年的校园中和知识界正在逐渐地完成中。我们作为教师为自己的学生这种知识结构的变革与智能发展的飞跃，由衷地感到高兴。我们身上的历史负荷与失落已无法改变。最近我在一篇文章中谈到老一代和同一代人的历史作用与局限时说了这样一点想法："我们有审视足迹的自省精神，但我们不是理论的圣人。时代铸成的沉重的十字架，不应该由我们的前辈和我们自己这两代人来背负。在荆棘丛中跋涉，拣拾微薄的果实和不招人爱的野草小花，耸起疲削无力的肩膀，让后来的人从上面呼啸而过，然后去营造他们美丽的海市蜃楼，或真实的高层建筑……这是我们这两代人应尽的责任。"

令人感到忧虑的是，一些青年学生在知识结构的更新中，敏于对外来新潮的吸收，而薄于对自己民族文化传统的关注。他们对传统文学和文化抱着狭隘的偏见。在东西文化的对比中，只看传统文化落后的一面，没有一个科学眼光的审视就采取一种全然淡漠的态度，心理的偏枯导致了文化吸收的倾斜，得到了一个异域的天地却失去了一个丰富的文化空间。这样的发展最终会导致"文化残废意识"在青年一代心理上的重生。但愿这种担忧是多余的。但许多现象不能不使我产生这种感觉。许多学生沉湎于接受一些新潮理论的洗礼，偶一回首，翻了中国传统文化的精英之作，竟然如发现新大陆一样："中国传统文化也有这样好的东西呀！"一种文化心理的回归现象正在某些青年学生中悄悄地发生着。与其说是回归，不如说是文化心理结构或文化知识结构的自我调整。偏枯是一种自我专制，得到的是知识结构的畸形。

我自己也有过这样的经历。中学时代，受一个我永远不能忘怀的语文老师的影响，我喜欢了外国文学。当时我如饥似渴地读遍了在一个中学图书馆里所能借到的西方文学作品，普希金、莱蒙托夫、果戈里、屠格涅夫、托尔斯泰、巴尔扎克、罗曼·罗兰、海明威、梅里美……一直到马雅可夫斯基、希克梅特的诗歌与小说，我都囫囵吞枣地找来阅读。

对中国古典文学作品，课本之外的东西几乎很少问津。考上北大中文系后，这位老师还说："你要多读外国作品，大学二年级如果莎士比亚还未读过，那就完了。"我理解这位老师的个人兴趣和对我的期待。但我没去认识自己知识结构生成合理化的走向。直到后来放弃了搞创作的观念，心中找到中文系一些名教授的楷模，才转回对中国传统文学的嗜读。我走进了另一片金色的森林。我还清楚地记得，林庚先生是一个我所羡慕的著名现代诗人，他在一次唐诗课上，讲授王维的"大漠孤烟直，长河落日圆"，从几何学的角度体味这两句诗无穷的意境；讲授杜甫的"无边落木萧萧下，不尽长江滚滚来"，为什么用"木叶"而不用"树叶"，从屈原至杜甫，以大量诗例做了透辟的分析。有的同学下课后说："这一堂课胜于听半年的课程。"在我，不仅是美的享受，也打开了一个美的天地。我后来的喜欢唐代诗歌，不能不说受了林庚先生的启发。走进一个新的世界，我才发现自己过去对传统的无知，发现做一个大学生的个人兴趣不能代替知识建设的合理布局。到今天我研究鲁迅的《野草》，研究新诗的流派与创作，过去对中国古代诗歌，特别是唐代诗歌的热爱与了解，仍是我受用不尽的源泉。它不仅作为一种美的整体进入了我的文化素养，提高了艺术感受和鉴别能力，也为我考察接受西方和传统双重影响的新诗提供了参照系统。一些诗人传统的烙印不是在陌生中重新寻找，而是常有一些熟悉的直感信息与我头脑的存蓄相印证。即使再去寻找严密的印证也就自如得多了。为了更新知识结构，冲淡"文化残废意识"的压力，我这些年更多看了一些西方的新潮理论与创作，为了建设合理的知识结构，不再重生"文化残废意识"，我也愿青年学生们在接受西方新潮理论创作的时候，对传统的文学和文化给予更多的关注。

以中国现代文学为例。起自 20 世纪到 40 年代末这一段文学的历史，本身就是古今中外文化相撞击的产物，不了解西方各种文学思潮的深刻影响，不了解古代传统文化的参与创造，就无法真正了解几十年文学走过的既丰富多彩又曲折回环的道路。一些作家和潮流，同中国传统文化的联系更是十分紧密的。对古代文化的深刻了解几乎是研究现代文学一些思潮、作家、作品的必经的通道。鲁迅的小说与中国传统文化的联系已经成为一个古老而常新的课题。废名、沈从文的小说与中国古代唐诗的意境、禅宗的韵味之间的联系也是人们很容易觉察的事实。老舍的小说与民族文化心态、民间通俗文学的关系，戴望舒、卞之琳、何其芳、林庚等诗人深受唐诗，特别是晚唐五代诗歌的影响，也是作者自认不讳的。现代文学的整个过程是接受外来文化思潮影响逐渐走向现代化的过程，也是由对传统文学的反叛走向对传统文学回归的过程。即使在被称为“断裂”峰巅期的五四初期的新文学，也是“断而不裂”，同传统文学和传统文化保持有千丝万缕的联系。在寻求新声于异邦的同时，就有寻根于民族文化传统的心理因素起着制约作用。我们学习和研究现代文学，可以看到中华民族在内外双重吸收中逐步走向现代化的艰难历程的一个缩影。这是任何强大民族走向现代化过程的必经之路。我们了解中外文化之路的知识结构也必须具备相应的特征。对任何一方面的漠视或偏枯，都会使我们无法对这一学科做完整而深入的把握。

妨碍我们更多深入接近和关注传统文化或传统文学的心理是什么呢？有两种心态表现值得注意。

一种是对传统文化的偏见，一些同学认为传统文学或传统文化在思想和艺术上离现代生活远一些，不如西方现代文化的水平高，读起来没兴致。这里有一个价值标准问题。对于民族文化几千年发展中创造的灿烂财富，对于那些富有悠久艺术生命的文学作品，对于从屈原到《红楼梦》构成的中国文学的独特的精神与审美系统，我们要有自己的价值观念与价值标准。它们是不可取代的。在这个超越时空的文化长廊中，你不仅可以看到一些足以与世界文学媲美的耸立的高峰，也可以找到属于东方民族审美土壤上的花草和溪流。它们为世界文学奉献了价值系统完全不同的美的天地。如果对这个传统文化的价值视而不见，一味以西方现代文化为观照的尺度，自己就会变成民族文化陌生的弃儿。“神州不乏他山石，李杜光芒万丈长”，闻一多这两句诗讲诗歌的，也可以用来看整个中国优秀的传统文化。站在一个双向观察的角度，以最新的眼光审视自己的民族传统，你会发现一个吸之不尽取之不竭的源泉。“登高壮观天地间，大江茫茫去不还，黄云万里动风色，白波九道流雪山。”发源于黄土高原的文化有一个灿烂的过去，也会有一个辉煌的未来。我们应该有比唐人更加闳放的气概，让民族文化的大江大河流进自己的血脉。这样，也只有这样，我们才能肩起振兴民族精神、创造民族新文化的任务。

另外一种障碍是急功近利的思想心理。许多青年学生和从事文学创作的青年文学工作者，对于学术和创作有一种躁动的情绪。安不下心来好好读书，从根本上提高自身的文化素养，提高自己理论思考能力的锐敏性与深刻性，太看重眼前的一点点成果的获得，羡慕一些人理论或创作上短暂的“轰动效应”，对自己知识结构中传统文化的匮乏没有急迫的变革心情。总想从一些流行或时髦的书本中撷取一枝半叶，立竿见影，而对文化修养基础的训练总是觉得远水解不得近渴。这是一种文化修养上的短视症。我也经历过这种情形。初读研究生的时候，看到毕业后的同届同学纷纷发表文章，心里有一种急躁和压力，不太想按部就班地系统读书。导师王瑶先生大约看见了这种心理，就对我说：“不要急于求成，要认真读一些书，其实只要基础打好了，想使自己的东西由文字变成铅字并不难。”不久前，面对社会上急功近利的理论思潮的强大冲击，王瑶先生对他新招的博士生第一次谈话，还是要他们不要去急于应付社会上的约稿，荒废了宝贵的读书时间，还送给他们两句话：“板凳甘坐十年冷，文章不写一句空。”我虽已年过五十了，这些话听起来仍感到十分恳切而语重心长。读什么书，是西方的书，是传统的书，且不去论，最重要的是克服急功近利，急于求成的心理。有了这种心理，就不易花苦功夫认真读书。有了这种心理，就容易对中国传统文化产生一种疏离与淡漠。总想找一点新理论新方法，走捷径，追求空疏的急就之章，或想法炮制理论模式，或以新奇制造轰动效应。创新固然是好事，但没有深厚文化基础，带着知识结构的偏枯症去创新，可能只是一种沙上建塔。海市蜃楼固然很美，但那毕竟是悬于空中的幻影。

吸收传统文化，使自己有一个合理的知识结构，绝非一朝一夕可以完成的。立竿见影的事偶或存在，但毕竟不可能给你准备更高起飞的土壤。现在一些青年文学爱好者，一些青年作者，许多人还没有一种提高文化素养、特别是提高传统文化素养的紧迫感，眼睛盯着刊物，心里想着发表,即使读书,也是只鳞半爪,东抓西搔,舍不得花大功夫在文化素养上去“寻根”,创作如此,学习也这样。取法乎上,适得其中;取法乎中,只得其下。这也可看做知识结构合理与否,文化修养基础打得丰厚与否的一条规律。文化短视症只能降格以求,无法得到硕美的花果。

有眼光的学人、作家都是在广泛地吸取营养中建造自己丰厚而又合理的知识结构的。四年多前,我在日本东京大学任教期间,看到东大图书馆举办的“森鸥外文库展览”,展出的都是日本著名作家森鸥外珍藏的书籍。森鸥外不仅法文很好,汉学修养也很高。我看到两本书,一是《水浒全传》,一是《金瓶梅词话》,上面有不少他阅读时的批语,有些描写技巧高超的地方他常给予很高的赞赏。值得注意的是,森鸥外不仅以艺术眼光来读这些书,而且对《水浒传》的版本做了一些非常认真的校勘工作。翻开回目一页,可以看到他用彩笔所写的许多校勘小字。由此我颇有些感慨,一个作家能如此认真读这些汉文古籍已属不易,竟还肯花那么多工夫去做琐碎的校勘工作。这在一个作家看来似乎是耗费光阴的傻事。我仔细看了那些校勘文字,发现从中作家得到的不光是版本异同的知识,还可以吸取前人如何修改作品,致使艺术创作精益求精的启迪。看前辈大家修改作品的过程,不同版本的手迹,其实是非常有益的。但要我们今天的一些大学生,一些青年作家坐下来下一番这样的读书功夫,我想可能简直不可理解。合理的知识结构,丰厚的文化素养,不是凭空得来的,也不是靠灵机一动唾手可得的。要实实在在地下一些死功夫,给自己定一个更高的发展目标,就得舍弃急功近利的心理,而花大心血来完成自我塑造。

培养大学生合理的知识结构与智能结构,在今天的条件下,要有一个现代的价值标准。传统文化中一些陈腐落后的东西,不但要抛弃,就是一些至今仍灿烂发光的精英,也要用我们现代的眼光来加以审视。陈独秀在接受外来新文化思潮时曾说:“近世学问,竞尚比较的研究方法,以求取精用宏、取长补短。”我们对传统文化的摄取也不能完全泥守传统的方法。“熟读唐诗三百首,不会吟诗也会吟”,简单的模仿最终会失去自己,更谈不上知识结构的调整与更新了。以现代的眼光和比较的方法来读中国古代一些文化优秀遗产,发挥吸收主体的创造能动性,我们就会有一种比较自觉的文化选择意识,吸收那些合理的自己所需要的东西,舍弃那些不合理的自己不需要的东西,让传统文化的精华化成自己的血液的一部分。知识结构的更新和智能结构的发展,就会有更大的飞跃的可能了。

近几年来,我们的教育受到冷落,处于前所未有的低谷时期,民族文化素质也在明显下降。能够进入大学学习不仅是个人的一种深造的机会,也肩负着提高整个民族文化素质的重任。我不相信一个物质发达了的而精神文化上却十分贫困的民族,可以迈进现代强国的行列。民族文化素质的急剧降低和失落的危机感袭击着每个有识之士的心头。五四新文学是由一个充满希望的启蒙运动开始的。欧洲文艺复兴经历了 300 年,产生了一个辉煌的文化黄金时代,出现了无数的文化巨人,成为西方文化由蒙昧走向现代化的伟大前导。五四十年过去的时候,北京大学的老校长蔡元培曾经充满乐观和期冀,他说:"我国的复兴,自五四运动以来不过十五年,新文学的成绩,当然不敢自诩为成熟。其影响于科学精神民治思想及表现个性的艺术,均尚在进行中。但是吾国历史,现代环境,督促吾人,不得不有奔逸绝尘的猛进。吾人自期,至少应以十年的工作抵欧洲各国的百年。所以对于第一个十年先作一总审查,使人有以鉴既往而策将来,希望第二个十年第三个十年时,有中国的拉飞尔与中国的莎士比亚等应运而生呵!"(《中国新文学大系·总序》)第二个第三个十年过去了,五四文化启蒙运动整整过去 70 年了,我们的民族文化发展又怎样了呢?蔡元培老先生期望的中国的拉斐尔与中国的莎士比亚出现没有呢?"鉴既往而策将来",作为这一段文学发展历史的研究者,不免会感到寒心。我们一些文化先驱者尽了他们的责任。但是为什么他们的愿望一个个化成了泡影呢?从客观的社会现实条件可以找到一些原因,但是,作为启蒙者自身的知识结构与智能结构的合理性,是不是也有些教训值得我们去深刻反思呢?我们无法改变社会的历史制约,但却可以完成对各自的文化素养的建设。一个民族的多数人能有较高层次的文化素养,能在个体的知识结构中有充分的民族文化传统与外来文化养分的培养基,这个民族才有进入世界先进文化民族之林的希望与可能。他们所怀有的才不会是被挤出世界的大恐惧,而是消化一切外来文化以充实发展民族文化的大气概。日本过新年的时候,有一个并不属于传统文化的习惯:每到除夕晚上,最重要的电视广播台 NHK 向大家播放贝多芬的第九交响乐《合唱》。许多老少观众均凝视收看,甚至激情高唱,几十年来至今坚持不衰。“全世界人民团结起来,相亲又相爱”的歌声和那雄壮的旋律久久萦绕心头。他们的民族文化素养与物质现代化进程是同步发展的。欧化事物的迅速引进与民族化东西的强大存在并生于这个民族的文化之中。没有受过高等教育的个人知识结构的合理化,没有整个民族文化素养水平的提高,这一现象是不可能实现的。听懂美丽的音乐要有能够理解音乐的耳朵。我们要有两个耳朵去迎接那八面来风。文化的偏枯症不仅是一个人的悲哀,也是整个民族的悲哀。

美丽的梦幻破灭之后我拣拾了许多贝壳。它们并不美丽,但我愿常把它们放在耳边倾听着大海的涛声。今天,我把它献给又在潮汐中来到海边的年青的学生们。

原载《学者论大学生的知识结构与智能》,北京大学出版社,1992 年

徜徉于书海

——我与北大图书馆

我很喜欢“老大馆”。50年代入学后，那是我常常去的地方。一排排旧式的长桌，每个座位前有一盏灯。在一尺见方的灯光下，静静地读着自己喜欢的书。周围静悄悄地，人们各自埋头思索阅读。听见的只是翻动书页和沙沙写字的声音。在那种情景里，找到一个位子，借到自己需要的书来阅读，是一种享受和满足。那片宁静，那些匆忙的脚步，那些灯光下偶尔碰见的目光，给我说不出的催促的力量。就是这时候我写下了一首小诗：

每天每天我都很早起来
很早很早我就把窗子打开
如今不能不说出我隐秘的愿望
我不忍晨光在窗前徘徊

追着晨光，得到老师的指导，我从北京大学图书馆里，得到了很多很多。面对知识的宝库，我永远敞开着自己心灵的窗子。

60年代初，做了现代文学的研究生以后，我最喜欢的是图书馆里那些解放前的旧期刊、旧报纸和原版本书籍，几乎是和它们朝夕相晤。仿佛置身当时的历史氛围中，看到昔日文坛的面影，活跃着的作家们的灵魂，他们那些美的创作散发出的最初的气息。走进历史才能研究历史。图书馆给了我这一启示，也给了我拥有和实践这一启示的宝贵的机会。

最快乐的是在读书过程中发现许多旧期刊、旧报纸、原版本书，有的很少人翻阅，有的我竟是第一个读者。图书馆所藏原版本书最后一页上贴的借书日期条是我特别注意的，常常可以发现在上面签名的，有的是在北大读过书的著名的前辈、作家等许多熟悉的名字。在书的扉页上，偶尔的发现也常令我惊喜。有一本书上面，有巴金亲自题赠北京大学图书馆的手迹。20 年代在法国留学的青年诗人梁宗岱的第一本诗集《晚祷》，扉页上有几行工工整整娟秀的小字写着：

呈

冰心女士并备评正

梁宗岱
一九二五、五、一二、于瑞士
之琴妮华埠

这本书寄自瑞士日内瓦，此时冰心正在美国威尔斯利女子大学读书。冰心怎样收到这本书的，无从想起，但从两行字里，我似乎读到了几十年前两个青年诗人的文字情谊。还有臧克家在他的一本诗集上写给闻一多的赠言，也使我看到这位“烙印”诗人和自己老师之间心灵的对话。我曾经抄录下来，如今找不着了。

发现一条史料、一篇文章和一片墨迹，当然更是喜出望外的了。有一次为了撰写关于鲁迅改造国民性思想的研究生毕业论文，我曾从头至尾翻阅胡愈之、叶楚伧主编的《东方杂志》。偶然在一期杂志上翻到一封叶楚伧给友人的信，信笺精美，字迹俊秀，谈的大概是编辑事务。这份墨宝我取出后，通过一位叶楚伧的亲友转给了他的后人。1962 年我在一个刊物上读到用“徐文雄”的名字发表的一封信，是讨论创造社一篇文章德文误译问题的。经过我的考证，徐文雄即革命诗人殷夫在上海同济大学读德文时用的本名，我写了文章在刊物上发表，纠正了过去殷夫传记资料中的讹误，也为殷夫研究提供了新史料。

70 年代末，图书馆旧期刊重新开放，我又着魔似地钻了进去，重新体会到寻觅和发现的快乐。1978 年为了研究鲁迅与《新青年》杂志的关系，我翻阅《新青年》周围的刊物，在《每周评论》上意外地发现了署名“庚言”的四篇短文,其中三篇是随感录,一篇是写得很美的书评——《〈美术〉杂志第一期》。此前不久在钱玄同家属捐赠的藏书中,鲁迅博物馆的人找出了鲁迅给钱玄同的一封信,署名就是“庚言”,我想《每周评论》这几篇文章不也是被遗忘了的鲁迅的作品吗?经过悉心详尽地考证,确认了我的看法,并得到鲁迅研究前辈专家李何林、唐弢、王瑶等人的鉴定,都肯定了我的意见。这四篇珍贵的短文,很快在刚恢复出版的《北京大学学报》上发表,并由新华社广播,见诸全国各大报刊。在《〈美术〉杂志第一期》文章中,鲁迅对刘海粟当年创办的《美术》杂志给予了很高的评价。刘海粟先生见到我寄去的《北京大学学报》后,在回信里说:

> 北大学报发表鲁迅佚文《〈美术〉杂志第一期》,系对上海图画美术学院出版美术杂志的评价,鲁迅对这本杂志评价甚高。另外一篇你写的对佚文考证也极好。鲁迅此文实为近代中国美术史的重要文献,对中国美术运动也可由此而概见了。

这封珍贵的信至今为我珍藏。

80年代初,中文系方锡德同志在孙伏园主编的1919年《国民公报》文艺副刊上,发现了署名“神飞”的一组散文诗和杂文。经过我与他共同考证,确认这是鲁迅未被发现的最珍贵的一组作品。我们花了差不多一个月的时间,整天钻在旧报刊阅览室,对鲁迅文章的背景、文中提到的人物事件,做了翔实的搜寻考辨,撰写出考证与介绍文章,送给唐弢先生审阅,唐弢先生当即应允撰文推荐在《人民日报》全部发表。题为《〈自言自语〉和随感录》。这11篇佚文,被认为是建国以后鲁迅佚文最重大的发现,后来收入1981年新版《鲁迅全集》中。

每次走进图书馆书库,如山似海的藏书,使我感到一种沉重。一个人在知识的崇山峻岭中,只是一棵小草、一滴水珠。那浩瀚的书海,又常常给我清澈的启迪:要做学问,必须老老实实,必须有从大量的史料归纳出一得之见的坚实的学风。为了研究一篇现代文学作品,我常常翻阅它最初发表的期刊,看看它前后的一些创作和评论。有时连一段编者的后记、一句勘误的话语都不放过。注释郭沫若《三叶集》,为了找到一个人名和一条材料的出处,几乎在图书馆里呆上个把月时间。撰写鲁迅《野草》产生的历史背景一文的时候,我花了整整两个月的时间,坐在旧大馆楼上翻阅了当时几种北京的报纸。社会的黑暗、人民的贫困、知识界的绝望与反抗,这些真实的历史,一幕一幕地出现在眼前,给我写作中一种深厚的历史感,也使我对鲁迅的《野草》理解更加真切、更加有血有肉。有些从来未被引用过的史料,被我写进《〈野草〉研究》一书。

北京大学图书馆是一个宝库,那里藏着取之不尽的精神宝藏。我的青春和中年岁月,在北京大学图书馆里静静地流去了。北京大学图书馆里,也留下了我的青春,我的脚步,我的痛苦与欢乐的沉思。

1992 年 3 月 15 日于畅春园寓所

原载《文明的沃土》,北京大学出版社,1992 年

回顾与祈愿

小时候，东北老家的冬天风很大、很冷。在村里算是阔气一点的瓦房，木框的窗户也是用纸糊的，没有现在的玻璃钢窗。一到刮大风的日子，那嗷嗷直叫的西北风夹着飞沙，向窗纸扑过来，听起来真有点毛骨悚然。若是哪里窗户纸破了个洞，妈妈立刻就叫我用撕下的心爱的作业本或捡来的破纸片粘上，以防风沙刮进屋来。“针鼻儿大的眼儿，牛头大的风”，这句不知念叨过多少遍的古训，我至今还记忆犹新。

冬天夜里刮大风最可怕。每逢这时候，我总躲在被窝里向老人发问：“这大风从哪里来的？”慈祥的老祖母就把我这个不懂事的孩子抱在怀里，讲起这样一个故事：有那么一个年纪挺大的风婆子，成天背着一个大袋子，在大地上转悠啊转悠，她不高兴了就把口袋的绳子一松，风就从口袋里放出来了。那袋子的口放得越大，风就刮得越大，什么时候风婆子高兴了，扎起袋子来，风就不刮了。从那时候起，我恨那个风婆子，也讨厌她背上那个装满了风的长长的口袋。

四十多个冬天过去了。前些年到烟台，吃粉笔灰日子之余暇，朋友带我去蓬莱参观。第一次登蓬莱仙境，自然是高兴的。海市蜃楼没有福分看到了，过海的八仙也是蜡做的，缺少想象中的仙气。远眺茫茫的海天一色之外，到处是挤挤讶讶的人群，真有点扫兴。赶快从蓬莱高阁下来，想清净一点。忽然逢到一个小小的龙王庙，没有多少人光顾，我们便决定进去一观。一进殿里，龙王端坐正中，当然是一付神气十足的样子。这是童年求雨时拜过的，早忘了。再往左边看去，一座泥塑的风婆子兀然站立在哪里，她似乎已年近六旬，背上真的还是背着那一个鼓鼓囊囊的口袋。我心里突然一震。小孩子时的记忆一下子涌到眼前。

心中想:“原来那个风婆就是你啊,真是久违了!”同时又有另一种祈愿在脑袋里转悠:“谢天谢地,真心请您老别再把那口袋打开了!”

离开那次的蓬莱之行五六年了。那个风婆子的印象和我的祈愿,还活在我的脑海里。

我阅读和研究中国现代文学史,总是不喜欢看那些争论啊运动啊一类的篇章。比起作家那些多彩的历程和有个性的作品来,那些篇章过于枯燥,大约是一个原因。讲课时,学生也不爱听,人同此心吧。但更重要的,我自己觉得有许多争论、运动,理论多,旗号大,怪吓人的,而且双方都说了些理直气壮的话,而结果呢,却没有什么真正永久性的东西拿出来。

我想起20世纪开始的前几年,梁启超先生写过一篇文章,题目叫《论中国积弱由于防弊》。文中说:“先王之为天下公也,故务治事;后世之为天下私,故务防弊。务治事者,虽不免小弊,而利之所存,恒足以相掩;务防弊者,一弊未弭,百弊已起,如葺漏屋,愈葺愈漏,如补破衲,愈补愈破。”说到文人学子的情形,梁先生似乎更加不客气了:“古之学者,以文会友;师儒之官,以道得民。后世恐其聚众而持清议也,于是戒会党之名,严讲学之禁。防之诚密矣,然而儒不谈道,独学孤陋,人才凋落,士气不昌,徒使无忌惮之小人,借此名以陷君子,为一网打尽之计也。”这篇文章登在他主编的《时务报》上,颇带点初生牛犊的气概和“笔锋常带感情”的风格,道的倒是实情。证之近百年的文学发展的历史,走过的道路,除自豪之外,仍不免有一点为之言中的不幸之感油然而起。

就文学来讲,“弊”当然是要防的。如五四时期有些文人用那些红男绿女的鸳鸯蝴蝶文学充斥市场,犹引青年之吸鸦片,新文学倡导者为新青年新文化计,就群起而攻之过。又如,今天经济大潮的冲击下,一些书商和文商,搞那些黄色东西的泛滥,充斥“地摊”文学市场,此中流弊,也该清它一下。但是,我们几十年的“防弊”,自有其自身的“弊”之所在,世纪快走到末尾了,应该反省一下才是。

我们的防弊之弊有三:一是只“防弊”而不“治事”。破坏有余而建设不足。有的时期(如“文革”),对一些作家动不动就大批判,就彻底清算,就捕风捉影,无限上纲,就轻易宣布禁止出版发售。鸡蛋里可以挑出骨头,可以拣出沙子。那些打着红旗反红旗的理论骗子之流提出的“宁要社会主义的草,不要资本主义的苗”,对于这种防弊者的心态是一个绝妙的公式。我们的文艺怎么能正常发展?一些作家怎么能不搁笔而沉默?治事者心灰意冷,防弊者弹冠相庆,中国又向哪里去讨文艺更大的繁荣?

二是对艺术问题的防弊而加权力。30 年代,戴望舒、卞之琳、何其芳们的现代派的尝试与探索,本来是“化古”与“化欧”,建设东方民族现代诗的一种实践,是新路子的一种拓宽,当时一些值得尊敬的理论家却判定为地主资产阶级文人颓废没落的歌唱,进行声讨。但是,我们30 年代的诗坛还是留下了今天人们看到的那样纷繁多样的面貌。40年代,“九叶”诗人被骂为“才男才女们的大聚会”,甚至是粪坑里的一群猪,但是舆论的压力不能禁止他们的现代主义艺术探索,他们的一些艺术的高层建筑,才能以忠于时代与忠于艺术内在的统一为特色,在40 年后又重放异彩。倒是后来的一些理论加上权力形成的压力和个人的遭遇,使这群渴求善、理想和真理的人们,却寂寞地无声无息了。艺术问题上的“防弊”的被防者,是否是弊,本来就大可讨论的。偏于防弊一旦与权力结合,它的魔力制造的就会是利弊混淆,是文学创作的萧条。

三是防弊要尊重文艺规律。文艺自身的特质应当尊重,不能忽视,更不容违背。按文艺规律办事,我们就会繁荣些。违反了文艺本身的规律,文艺就会衰微。有些防弊者,用心何其善良,但抱着一大堆不符合文学创作规律的框子,什么反客观主义啦,什么决不可把表现反面人物和正面人物放在同等地位啦,什么现代主义在中国没有土壤啦等等,花样虽然翻新,骨子尚是依旧。我们中国的文学家,近一百年来,承担着世界上任何国家的作家都没有承担过的重荷。他们应该按照自己选择的道路和原则去完成自己。少一些精力的内耗而多一些的内心的安定,是中国作家的唯一的渴望。鲁迅讲的那种“横着站”的生存方式和心理担忧,应该只能成为20 世纪作家们的一份遗产,不要留给后一代。老是抱着“树欲静而风不止”的警觉心来看作家的创作,我敢断定,中国文学的繁荣没有希望,中国大作家的产生没有希望。

应该更多考虑的是如何“治事”。用鲁迅先生话的意思,最要紧的是“做”。20年代,郁达夫写了一篇小说《沉沦》,一些卫道者抡起“不道德文学”的板斧又砍起“弊”来了,周作人等起来颇为郁达夫辩护了一番。那场关于“不道德文学”的争论过去70年了,作为《沉沦》不道德的各种文字早已成尘,而真正第一个敢于“做”出来的郁达夫和他的作品却留下来,成了文学史上不可泯灭的一页。个中消息,可思之。至于防弊者为私的深层意蕴,就不好妄说了。

人类童年的梦是很美的。连童年里的噩梦也别有一番风味。但我还是祈愿,明天不会再有严寒的风袭来。下一个世纪的孩子不会再做风婆子的噩梦。

为了这个世纪的末尾和下一个世纪的方来,中国文学家坚信的仍然是一百年前梁启超文章末尾的那句话:“因噎而废食者必死,防弊而废事者必亡。”

1992年12月

原载《文艺争鸣》1993年第1期

大山与小小的酸石榴

人生中，许多大事儿，往往并不那么叫你动心。相反，偶然遇到的一些不大起眼儿的小事情，却令你很动感情，会引起你的联翩的浮想。在大理，或者说，在去大理的路上，在大理逗留的短短三天里，我重又经历了这样的一番感受。

大理真是我国西南高原上的一颗闪亮的明珠。那里有说不完的神话传说和一串串的历史故事。我这里讲的是真实的而又没有故事的小事情。或者叫做一堆散乱的思绪吧。

离开大理已经几个月了。我总是忘不了那里的山山水水，忘不了那里的一些事情。这中间，去新加坡参加世界作家周，到韩国参加他们的一位大儒学家宋时烈的国际学术发表大会，时间过得真叫匆匆，手头的事情纷繁杂乱；有不少新鲜事儿，又一堆一堆地进入脑子里；加上有时我懒得动笔，没有随手记下一些应该记下的东西；那些大理自然风光景物的美丽，大理之行的种种所见所闻，诸处名胜古迹花样繁多的名目，似乎可以说是忘得差不多了，难得再一一记起它们来，更不要说留下什么一鳞半爪的文字迹痕了。

但是，人们心里的迹痕是很难抹掉的。这明证就是，有两样我作为这次大理之行的纪念的东西，直到今天还赫赫然地摆在我房间的书架的玻璃橱窗里面。他们像是两只炯炯发光的大大的眼睛，时时地看着我，刺痛着我的心，不断地唤起我对于祖国西南高原上那颗闪亮的明珠一种充满甜蜜而又酸楚的回忆，一种难以说得清楚的复杂的情思。

两样东西就是：两块插放在咖啡色木架上的大理石板画；一个已经完全干瘪，没有一点水灵味儿，然而还残留着一点淡淡的红色的枯石榴。

石板画是大理的名产。太名贵的，自然是买不起的；稍普通一点儿的，还可说是物美价廉。只要自己喜欢，花上十几元或几十元，买上它一块，也值。在蝴蝶泉，在三塔寺，在南诏古城的商店，在大理市自由市场的地摊上，我买了好多块。回来以后，都当做旅行中远道带回来的纪念品送给朋友了。我自己只留下了两块。

这两块大小一样：在一块直径六七寸，厚薄不到三四毫米的石板上，生着许许多多天然的花纹。由这些花纹构成了种种图像，每一个图像，都活似一幅小小的水墨丹青。你看吧，一幅是这样的：整个石板的下半片，是黛黑色的连绵起伏的山岚，上面，则萦绕着弥漫的白雾，而于似乎还在飘动着的云雾里，淡淡的远山的影子，似有似无，如仙如梦，起伏的山上，好像还点有树林的影子。在大山的山脚底下，一抹淡白，几点墨痕，又似一片烟村，一湖秋色，远远近近，朦朦胧胧，好像一幅“秋山晨曦图”。看上去，真还有那么一点儿“蒹葭苍苍，白露为霜”的意境味道。另一幅，带一点赭褐与淡青的颜色，画面也是烟云升腾弥漫，远处有淡淡的山影，时隐时现；近处是于云雾中露出的峥嵘耸立的峻岭与险峰。画面十分开阔，背景悠远无边，看去给你一种清心爽目之感。记得14年前，一场大雨过后，我与刚刚步入中年的几位朋友，早晨登在峨嵋山上，看到的，就是此番令人心旷神怡的壮丽的景象。平时工作累了，站在书橱前，看看两幅小小的大理石板上的山水画境，用想象去添补那些空白，不但于欣赏怡悦中得到小憩，也颇可以引起各种各样的富于诗意的联想来。

有一点却非常令人遗憾。在两块石板画上，都写上了一段所谓的七言诗句。什么“云风清山千年秀”，什么“青山不老春常在”，字写得叫人实在不敢恭维，诗更俗气得不堪卒读，短短一句“诗”里，还硬塞上个把的错别字；而且，在歪歪扭扭的字的后面，又装模作样的都画上了一个红色的印章。这番用心实可佩服，其结果却让人看了之后，觉得俗不可耐，完全破坏了画面的那种天然美。说得不好听点儿，真是叫你感到有些“惨不忍睹”。记得在三塔寺，和南开大学中文系研究中国古代美学史的专家罗宗强教授一起，在热闹的个体摊贩那里买大理石画，曾经问卖者：“有没有不写字的？”他们均答曰：“没有。”而且，都拼命地推销说:“有字的比没字的好看喽!”我们只好一笑了之。

由此,我联想起从昆明到大理几天里遇到的一些小事。最快乐也最难忘的,是乘船在洱海上游览,站在船舱外的甲板上,看万顷碧波荡漾,一望无边的湖水,清澈如镜,一尘不染;时时还有自由自在的水鸟,一群一群地,在浪花与碧波间翻飞,掠过船边时,向人们发出友好而纯洁的叫声。有时,我们在船舱的休息室里,年青的和年纪大的老师们一起,有唱有笑,载歌载舞。从50年代那些难以忘怀的歌声,到当今最流行的“潇洒走一回”,从青海的“花儿”,到白雪皑皑的西藏满带着洁白的哈达味儿的“在北京的金山上”,甚至忘情地跳起了那个叫人心酸也叫人无法忘记的年代的“忠字舞”……这群几乎多数是已经年过半百的大学教授们,平时在学生面前不敢稍有怠懈,而今天,在教学和工作繁忙的一点余暇里,忘记了烦恼和痛苦,没有隔膜,没有陌生,没有羞涩,他们以相互的友情和真挚,点燃起了心中的那一缕无法泯灭的最纯洁也最神圣的火焰。他们用自己的歌声和舞姿,为自己的生命已经或正在作出的奉献,为自己所倾注心血地培育人们灵魂的最崇高但又最清贫的事业,作着心与心的交流,用自己的热情融化别人心头的一丝丝积雪,给这短暂的相聚添一点欢乐。他们心里都有一种自豪感。在没有被物质与金钱污染的大自然的怀抱里,他们好像又变成了一群天真的孩子。

从游船上下来,遇到的却完全是另外一番“风景”。

从岸边一直到很远的地方,一群一群的女孩子,手里拿着各种小的劣质的玛瑙等工艺品,围着这些新来的顾客“抢卖”。她们不断自己往下杀价,你不买,就追着你,拽着你,把东西往你的手里塞,硬是让你掏出钱来,才算“大胜”而完。她们一直追到你的汽车边上,即使你怎么说不买,她们还是拼命地向你“倾销”,甚至将手伸到车窗里,想尽法子来让她的生意成交。直到汽车开了,这幕“抢卖图”才算结束。

坐在汽车里,我与其他朋友都交换着在这场抢卖战里上当的情景。于宁静之后,心里总是有一种难以说清的苦涩之味儿。这些女孩子,有的正还是受教育的年龄,她们为什么不去上学,而在这里浪费自己宝贵的少年时光呢?有些孩子,到了赚钱养家糊口的年纪,做点生意并无不可,但是那种抢着赖着卖东西的本领,委实叫人感到可畏。她们的文化教养实在太差了一些,她们过早地失去了学习的时光。我暗暗地为她们难过。在沉思中,游艇上那种轻快的感觉,几乎全都被轰毁了。疲惫中,头微依着车窗,如噩梦般的又想起另一件小事来了。

是在从昆明到大理的路上,到一个忘记叫什么名字的小镇,汽车稍作短暂的小憩。在很冷清的街上,卖东西的人几乎没有几个。我和罗宗强教授刚刚漫不经心地走了没几步,突然,一个小男孩儿出现在我们面前。他提着一个已经半旧了的小篮子,里面装的是十多个石榴,还有几个很小的青苹果。他站在那里,仰着头,一双带着渴求的模糊之光的眼睛,向上望着,似乎要我们买他的东西,又羞涩地不说一句话。看上去,他只有七八岁的样子,甚至可能还要更小一些。我们动情了,当然也为了尝尝鲜,就走过去,指着石榴,问那个小男孩儿:“多少钱一个?”他用很轻的声音说:“五角。”没有讨价还价的心境。每个人买了两个。付给小男孩儿两块钱。上车后,我掰开一个石榴,里面籽粒很小,放到嘴里,又酸又涩,吃了几颗就放在背包里了。一路上,不知为什么,我总是忘不了这个小男孩儿,总是忘不了他那双带着渴求的模糊之光的眼睛。

离开大理的前一天下午,我们在大理师专开最后一段教学研讨会。大理师专的校长向大家很详细地介绍了他们十年生聚、十年创业的经过和情景,他们怎样为培养少数民族边远山区、贫困地区的中学教师,作出了令人敬佩的贡献。听了之后,我掉了眼泪。我想,我常常抱怨,国家对我们教师的待遇太不公平了,这是应该改变也必须改变的事实,但是和他们比起来,我们的生活,自称是“贫下中农”就感到非常惭愧了。他们是祖国西南边陲的民族的真正的脊梁和希望。他们的经历和存在,是古老而美丽的大理城中的一片璀璨的精神风景线。

一路上,我看了许多,想了许多。蜿蜒升沉起伏的千百万人的血汗与生命筑成的滇缅公路,如祖先的鲜血浸染而成的红土高原,浩瀚无边的洱海与终年积雪不化的苍山,一直拨动着我心中的诗情。因心绪的杂乱,始终没有理出一点光亮来。这时候,洱海边上那些不快的情景,路边那个小男孩儿渴求的眼光,大理师专普普通通的教师们的精神丰碑,我的诗情一下子被点亮了。

那颗酸涩的石榴,应该回到树上去。那个街头的小孩儿,应该回到学校里。

为此种种,为了大理以及所有的造就人的灵魂的人们,也为我们自己,我从心底,终于唱出了这样一首久已想唱的大山之歌,这歌的题目,就是《山》:

是什么一只神奇的手
雕塑了这无边无际的连绵
把万顷大海的波涛
凝固在西南边陲的高原

渗着阳光和血的泥土
是你丰沃的肌肉
那峻峭的岩石
是你隆起的骨骼
你坦然面对
历史千百次的
升沉和起落
毁灭与飞腾
该隆起的都已经隆起
该凹陷的都已经凹陷

你贫困在
大野里,听不见
市声与金钱的喧嚣
你富有,在默默中
奉献
你的每一块胸怀
铺出一片片

颠簸起伏的蓝天

你常常是沉默无言
迎着八面来风
用你丰富与长满新的枝芽
的痛苦,刻下一道道
岁月的伤痕

我坐在车里如坐在船中
蜿蜒在你的怀里
像梦里甜睡的婴孩
无声地翻读你
一页一页的思想
推开窗子,让
接近太阳的风
轻轻地抚摩我心灵的
一沟一壑

在阅读你的姿态中
呼吸你的品格,你的风韵与
姿色

你有你的静穆
你有你的高昂
你有你的妩媚
你有你的缠绵

虽然你也有苍老
让白发抖上你的
峰巅

让岁月风刀霜箭
雕你满面皱褶
但你年青了千年亿年
棵棵不落叶的树是你
碧绿的头饰
那一湖永远闪亮的海
宝石在你
胸膛

升沉起落在你的
胸膛中,我如一滴水
揉进你永远永远绿色的波浪里

于是我闭上眼睛
让高原的光与风
用温情的手
涂一层太阳在
我的脸上

1993 年 11 月 29 日
于北京大学畅春园遗庐
原载 1994 年 1 月 1 日《文明日报》

阿苏、别府行

——日本札记,1995

2月20日　　星期二　　晴

早起,菊玲在电脑上打关于阿苏、别府行之札记。谈起在熊本之行,令我也想起刚刚过去的往事。

去年7月8日,应九州大学之邀,到福冈访问。由新神户驿出发,乘新干线,三小时后,于中午12时39分到福冈。下车,先到离车站很近的饭店休息片刻,即前往大学,参加他们这里创办已久的文艺座谈会。我作讲演,题为《关于中国近年来的小说——以九十年代为中心》。会后,岩佐昌璋教授等陪同一起,参观福冈海滨。这里一带,原是我向往已久的郭沫若诗里所写的"十里松原",现在,均已填海造地,盖起楼房,海港,除身后一古老神社的高大的鸟居,仍披一些时代风霜的痕迹,面海矗立之外,那些当时美丽之极的大自然风光,一切均被现代化的脚步所吞没了。晚上,由竹村则行教授主持欢迎晚宴。

9日,同芦田肇君一起到长崎,得长崎大学当代文学研究专家福地桂子教授的周到安排,一天过得极丰富。

于10日返福冈,由久留米大学一年青的教授陪同,去二日市参观太宰府。太宰府为这里的古代名胜。此地,我久已心向往之。因为,当年郭沫若在福冈留学,曾盛情接待由东京前来的只在通信中相晤的田汉,他们一起到太宰府看梅花。郭沫若在车上吟现代派的诗,沉醉其中,忘乎所以,手里的车票也飞掉了。他们站在太宰府一铜像前,照相留念,以歌德与席勒之友谊自诩。这些佳话,都记载于五四初期出版的郭沫若、宗白华、田汉的通信集《三叶集》中了。我为新版的《郭沫若全集》注过《三叶集》,又为研究多次读过此书,并收藏有它的初版本,对于书中记载,多有所爱。只是,现在不是梅花的季节。游太宰府之庙,又时在雨中,只好匆匆而别。只是那座被视为神牛的铜牛之卧像,是此庙之名物,印象甚深,为菊玲属牛,想购一个,留作记念,但走了几家小店,做得均粗糙,无佳品,扫兴而别。

至太宰府遗址,只几个石柱之根基存留,余下为一大片开阔草地。遇雨,在一亭中暂避,稍停而返。

11 日,岩佐昌璋教授专门陪同我们,游阿苏山、别府温泉城。昨日到福冈参加研究会的熊本大学永末嘉孝教授,专门驱车前来车站接我们,先绕日本三大古城之一的熊本古城观光,然后即去熊本县立近代文学馆,参观那里正在举行的"漱石与予规"文学交谊展。

夏目漱石与正冈子规,均为我们素所喜爱的日本近代作家。鲁迅的介绍,更增加了我们对于他们的理解和亲切。夏目的小说《我是猫》,经鲁迅介绍,现代文学研究者几乎无人不知。观览中,深感那个时代的日本作家,汉文、汉诗、绘画、书法之功底甚深,后莫能及矣。漱石的汉诗、书法,我们甚喜欢,当时,即动手抄起来。离开文学馆时,永末教授又特意购得一展览会的纪念册,赠给我们。回神户后,稍有余暇,仍不时披阅,赏心悦目,也算是一种享受。现将所录汉诗及其他,仅抄记一二如下。

明治二十二年 9 月 15 日,夏目漱石到房总半岛旅行终,完成他的随笔《木屑录》,书请王冈子规批评。《木屑录》中夏目所撰汉诗,功夫甚深。中有《客中忆家》一首,尤为我们所爱。

北地天高露若霜,客心虫语两凄凉。
寒云和月秋千里,玉笛散风雁两行。
他国乱山愁外碧,故园落叶梦中黄。
何当后苑闲吟句,几处寻花徙绣床。

子规称赞曰:此诗如真的"唐调",天衣无缝。第三句读之,亦颇能引起在异国游子的同感。

漱石善画山水、静物与墨竹等。一幅水墨竹画上,有如下赞诗:

二十年来爱碧林,山人须解友虚心。
长毫渍墨时如雨,欲写铿锵戛玉音。

此画作于大正二年,漱石用友人从北京买来的纸画竹并题。一淡色长幅,画二细竹,一枝稍短,叶伸向右,一枝长,上伸,三枝叶,一向右,二向左。竹干极细,时有断笔,而竹叶略肥,多无尖,概有意为之。上面为题诗,下写“漱石子”,并印。

另见漱石的另一首汉诗,最是喜欢。他先于大正二—大正三年,在画家素明一幅人物立轴画上题诗为赞;同时间内,再于一幅工笔山水画上题此诗,画中于高山下的松林平台上,有茅屋一座,鹤二只,上右角题诗,落款为“漱石山人诗画”并印;后于大正五年顷,又将此诗单独细草立轴一幅。漱石亦自喜此诗,由此可知。此汉诗为七绝,内容是:

起卧乾坤一草亭,眼中只有四山青,
闲来放鹤长松下,又上虚堂读易经。

素明之画,画面上,如单勾速写,为日本水墨,与中国古人物画不同,用笔甚淡,似现代漫画。中为三位老人站立,宽袍大袖,潇洒逸然,相对而笑,神态各异,无忧无虑,怡然自乐,无山水,无长松,似天地之间,此为桃源,别无他物,一副道家气息。行书之字,飞动飘逸。诗与画配合,甚为和谐。画因诗而增色,诗以画而气灵。个中之味,道尽古今东方文人洒脱不羁、天人合一之心境也。

又另录有诗如下:“……只有古佛坐磅礴,雨湿苔蒸阅沧桑。似嗤浮世荣枯事,冷眼下瞰太平洋。”(《房州见罗汉》)“大风鸣万木,山雨撼高楼。病骨棱如剑,一灯青欲愁。”(明治四十三年 9 月 20 日)“日似三春永,心随野水空。床头花一片,闲落小眠中。”(大正四年 10 月月下浣写于漾虚碧堂漱石山人)学唐人诗,韵味十足。

大正四年,一条幅上,以行草写唐诗人郭良句:“月从山上落,河入斗间横。”书法甚美，有的字，几近狂草，洒落得很。

晚年，夏目漱石书大字横幅：“则天去私”、“随缘放旷”、“云山碧层层”、“红雨满身僧折花”等。此类诗、字，多佛、道造语，亦反映漱石晚年心境。概古今中日文化人，同此一心。

子规的草书水平甚高。汉诗条幅一枚，字体飞动洒脱，如笔走龙蛇，非有深功底者，不能为之。内容是：“数片白云笼古寺一条绿水绕青山。”另一横幅，竖写大字，每行二字：“水流元入海月落不离天。”写于明治二十八年秋。概录自《禅林句集》中“五言对句”中之前二句。

明治二十八年（1895），子规作为从军记者到过中国辽东半岛。5月，在那里会见森鸥外。归中咳血，于神户住院治疗。在金州城见战后之迹，写有一诗：“旌旗十万卷天来，一战国亡枯骨堆。犬吠空垣人寂寞，满城风雨杏花开。”此为日俄战争之时，列强争夺，窥视辽东，争战于我国领土之上，今读之，仍有余痛，录此备考。

漱石与子规，同生于庆应三年（1867），子规 1902 年离世，35 岁；漱石 1916 年离世，49 岁。离世时均甚年青。鲁迅在日本时，正是他们作品盛行之时。

鲁迅在东京与周作人、许寿裳租住的西片町“伍舍”，正是夏目漱石住过的旧居。我 1983 至 1984 年在东京时，曾住西片町，离“伍舍”处，散步只七八分钟可到，曾常去那里光顾历史的身影。

明治、大正之日本作家，均于中国古代文化素养甚深。1983 年在东京大学任教时，图书馆的森鸥外文库展中，曾见他读过的《水浒传》等中国古代小说。他曾对照《水浒传》的不同版本，自各回目至本文，作过详细校勘，蝇头小楷，字迹了然；他读过的《金瓶梅》，上面有不少汉文批语在。平山久雄先生曾代我们借出阅览，不禁感慨：他们这一代文人之汉文化功底之深，令人惊叹！今再看漱石、子规之诸多墨迹，更有一番新的感受。特补记于此，用以自警，我辈青春，均为动乱错过，瞩愿后来者辈，能以深厚造就为目标，以成大事业也。

宫津旅札

——日本札记,1995

11 月 20 四日　　　　　　星期五

明天去京都宫津市旅行,文学部教职员工会每年一次的例事,去年去松江,看见小泉八云旧居。今年是去西部一半岛,有日本三大风景之一。其他二者为仙台的松岛,广岛的官岛,我与菊玲,均已去过。此次回来,算东瀛岛国之三大风景均观过矣。

楼外路旁,一株白山茶花已开放。其他也均含苞。矮矮的杜鹃,一片绿色。山上红橙黄绿,色彩缤纷。这就是神户深秋的六甲颜色。

晚九时,接芦田肇自北京大学五号楼来电话,说:“北京变化很大。”9 时 30 分,自北京来开会的陆俭明来电话;稍许,同来开会的林焘先生也来电话,问询朱师母情况,林先生情况,均很好。因日程很紧,明天上午他们即回东京,我们又十时出发去旅行,无见面时间了。遗憾!

11 月 25 日　　　　　　星期六　　阴,西部有小雨

十时,车自文学部玄关前,少数人上车出发,经阪急六甲驿前梅仙寺前,全员上车,向日本西海岸的宫津市,作“六甲曙之旅”——他们给此此文学部教职员的秋之旅起的名字。

此次旅行,有男 16 人,女 9 人,共 25 人,比去年的 13 人多了一倍,可见此行之较有吸引力了。文学部长与夫人,仍如去年,躬身前往。大约这也是例行每年的义务罢。为了我们的行动和语言方便,中国文学的助教石井康一君,陪同前往。

经六甲山隧道,中国道,上舞鹤自动车道,一路皆山,时值深秋,满山多彩的秋色,格外好看。12 时 30 分许,至福知山市,午餐。然后,至古京都与丹后国联络的古道,于与兵库县境甚近的京都府天然纪念物“泷的千年椿”参观。停车后,沿瀑布下来的山溪,缘山登 150 米左右,至一处,见一大树,日本称为“SABAKI”,是“椿树”的意思,据石井助手解释,日本叫的“椿”,就是中国的山茶花树。据专家推定,此树龄为 1200 年,枝张幅圆径长 10 米,干周 3.3 米,此为日本最古老的一株山茶花树。据说,每年四月中旬至六月,浓紫与红色的山茶花全部开放,颇为美丽壮观,前来观者甚多。14 时 30 分左右,至加悦町金屋的“江山文库”,参观正在展出的“与谢野铁干没后六十年特别展”。其中是礼严(铁干之父)、与铁干均为明治时代作家。展出有与谢野铁干(宽)与与谢野晶子的生平事迹,他们来大江山生活的经历,他们写的俳句手稿原件,他们的著作和所办的杂志等。与谢野晶子,五四时候,周作人就做了不少介绍,她写的一些和歌与俳句和新诗,早先读过。在我的《〈野草〉研究》一书中,还引用过她的我甚喜欢的《野草》一首小诗,没有想到在这里,看到她的很多和歌与俳句的手迹,写于长条的色纸上,加框悬挂,字迹很美,假名与汉字书法,均有功力,清秀如丝。汉字的条幅有和田大丹(1859—1932)写的行书“天长地久人舞鸟歌”。加悦町是与丹后半岛联络的一个开阔的盆地。加悦町立江山文库就建在这里。面前是所说的大江山,山脉连绵,一派奔腾开阔的气势。经加悦町土产物店,到加悦町古坟公园。此公园平成四年建成开放,为日本第一的古坟公园,是按日本 1600 年前状态复原,最大蛭子山古坟时代为公元四世纪左右建造的前方后圆式的大首长的坟墓。看了十多分钟的电影,以孩子和动画,再现绳文时代的生活。古坟以大江山连绵不断的山脉为背景,资料馆是展出出土的物品,鱼形的翡翠饰物与在韩国博物馆看到的一样,似岛国均曾有鱼之崇拜之意。

晚六时半左右,到宿处宫津市民俗性的“岸和田旅馆”,三对夫妇有单间,余皆大房统铺。我们住 18 号房。七时开始螃蟹料理,除少许生鱼片、熟螃蟹等之外,是一大土锅汤水,一大盘螃蟹,一大盘蔬菜,自己慢慢煮着吃。吃得满身满头大汗。最后是面条和汤饭。他们叫“杂碎”。日本一教授问我们:“螃蟹怎么样?”我们说:“没有中国阳澄湖的河螃蟹好吃。”九时，大家又聚在一起，边喝酒边谈话，谓之“宴会”也。11时，他们让我们先回去睡觉。他们继续喝酒聊天，到深夜一点半。

11月26日　　星期日　　晴

早起，盥洗后，与石井君一起，散步到附近的一基督教堂参观，无人，一片静寂。此教堂明年就有一百年的历史了。

出外，旅馆对面，是宫津市厅。旁有一河流过，水不甚清，但有数十尾红白鲤鱼，游于水中，悠然自得，似无忧无虑，没有人去伤害它们。忽见对岸，飞过黑色仙鹤一只，落于一房顶檐角，似雕塑一般。不在海边，很难见此奇景也。愿它送来好运。

九时多，上车，去天桥立——日本的三大风景之一。由宫津至丹后半岛路上，到天桥立。实是宫津市的小半岛与大的丹后半岛之间的一条海上通道。下车，看一道长满松林的长长的沙堤，将海水分成两半。陆地有天一、天二大小两座桥通上大堤。这所谓的大堤，实是海水中一个长形的陆地，因为将海水隔开，从山上倒着看，海水在上，天色在下，如一座天桥，立于空中，固有此名。松原称百株，取多之意，其实很多，中间有大路直通，边上是白沙滩。在沙滩上散步，想起福冈当年郭沫若写的博多湾的“十里松原”，今年七月去参观，那里均填海建港，已经没有一点松原的影子，空留在我的记忆中。而这里的松原，仍保持完好，缘远离现代化的大城市也。海很开阔，远望去，两个半岛的尖端，遥遥相望，构成一个宽阔的入海口，如旅顺湾。

丹后半岛的端上是伊根町，那里有地方名新井崎，据说是当年徐福求仙丹来东海的仙山登陆的地方。那里的住民在新井神社祭祀拜徐福之神。立有一《新大明神口碑》记曰：原夫丹后之后州与佐郡澄江里新大明神者，秦始皇帝奉侍之童男童女之实当王第七代天皇御宇焉，始皇帝好学长生不老之仙术，其方也朝服金丹石髓暮饮酒琼浆，以欲求真人不死之神药，九茎药草，九节菖蒲，不老延龄药饵也。故敷命童男寡女而言，日域丹后奥郡澄江里与龙宫城同所而异名也，汝等去此真人之药可寻得来赏。……《史记》中司马老先生不知据什么材料，记此一笔，就成为后来的传之为真的事了。据说，日本有十来处徐福登陆之纪念地。

去丹后半岛尖端，看船屋（日本叫舟屋），是渔家住的房子，上为居住用，下边在水里，停船用。一排在海岸这样的舟屋，是一种风俗的景象。在一“舟屋之里”上用中餐，然后乘游览船，绕海上一圈而回。海鸥、鹰，跟在后面，一群群，抢游人扔给的食品吃。

上岸后，车到山上，停。散步山顶，远观天桥立，似西湖，上有苏堤，白堤，一海，一湖，但在山上看，海也成一湖水也。在山顶，人要把头低弯下来，倒着，从两腿间看天桥立。据说，这名称由来，就以此而得。

晚，到家八时多，信箱有一宅急便的委托条，釜屋先生有东西寄来。稍许，楼下管理员滨田老太太按门铃，送来釜屋先生寄来的宅急便，是一盒火腿。“岁暮御礼”也。去年地震，在长野芦田别墅，也收到釜屋先生的宅急便一箱中国料理物。友情难忘。

难忘的和歌山

——日本札记，1995

12月24日　　星期一　　晴

早上9时，由JR六甲道站出发，到新大阪站。买大阪便当两盒，西点一盒，上月台，见约好领我们到和歌山旅行的，由东京来的平山久雄先生。乘特急车，行三小时，至和歌山南部的串本市。这是日本本洲最南端的一个城市。车站广场上，有大的广告：本洲最南部的町。由串本埠，乘公共汽车，到最南端的一个灯塔——湖岬的灯台。这是日本岛上由外国人设计的第一座灯塔。登上塔顶，眺望太平洋。菊玲问：中国在哪个方向。平山先生指着我们站的右手前方说，那是西边，大约在那个方向吧。又问：能看得见吗？当然根本看不见的。心境而已！

下塔，步行十余分钟。到潮岬。这是和歌山半岛和本洲的真正的最南端了。沿一段枯黄的草地，走到海边的高台上，望一片蓝色的大海，似没有什么心中的忧愁了。此处，立一名曰下村宏者的半身塑像。右边，有一诗碑，上刻他的和歌一首。平山先生给我讲它的大意，现在要记下时，已经忘了，可能是错的了：在下雨的时候，没有牛的牧场，我心中哀愁着。等返回的汽车，因是冬天季节，来观光者人甚少。乘车，四时，达预定的宿地：胜浦。这是一个海港。很多的渔船。周围海上有许多小岛，上有松树，类仙台日本三大景的松岛，这里叫纪伊半岛，故此地有"纪伊的松岛"之称。路经一海湾，从湾上到对面的大岛，一线的在海上耸立一排山峰似的尖尖的岛，如桂林阳朔之山的缩小，但不同的是它们两面皆为海水。如海上一壁，此景甚奇！

由海港，漫步，找到预定的旅馆，日本假名为名，中文的意思是"太阳胜浦”旅馆。至房间，一和洋混合的房间。三面有山，一面是海湾的出海口。从窗子望去，海湾如镜，蜿蜒的青山如伸向大海的一只手臂。这也是太平洋一内海也。

先同平山先生一起洗温泉，休息后，于七时用晚餐。

晚，在房间中谈了许多，涉及对日本一年来的许多看法，这是同平山先生的第一次深谈。谈到日本上层的政治家不肯就战争问题认罪和日本教授的封建性时，他说日本人有两个毛病，第一是不会站在对方的立场上，替别人着想；第二是他们很拘谨于注意自我的形象，常常不多说一句他认为多余的话。这两点，对于日本国民性的观察，是很准确的。

先生为著名政治家、中国人民的老朋友松村谦三之子。平时他绝不提及此事。这次，由忘记什么东西谈起来，他说：父亲在世的时候，自己年青，有一次因忘东西事，说他：“像这样容易忘事，怎么能作学问呢？”他说，自己对于上第几个车厢，在什么位置，记得很清楚，反而有时把东西忘在电车上了。

他讲到女儿香子，有时也会这样。一次，她去名古屋外公家住几天。外公要到东京来，她自己还要留两天。在送外公上新干线车的时候，自己先上车，外公年纪大了，走路不太方便，还没有上车，就开了。她先到了东京，外公只好坐下一趟车。她从车站打电话给家里，身上没有带钱……我们听了，觉得很有趣。

12 月 26 日　　　　星期二　　　　晴

早起后，我仍去洗温泉一次。早饭后，走路至巴士站，乘车去那智。至那智的一个瀑布，日本称“那智的泷”，是为有一千多年历史的、被人视为神加以崇拜的瀑布。到后，见高高的山上，悬崖上流下三条泉水，汇为一股瀑布，自山而下，碰于山壁，流至山涧，发出哗哗的声响。顺石阶路，上登，至一木建的观景台，左有神社一座，名曰“飞泷神社”。在此台上，观飞瀑自山而下，更有身临其境之感。日本人自古视瀑布为神，乃为一种自然神崇拜之意，此与中国人将瀑布视为大自然奇景，与人为友，见之而有心旷神眙之感，无崇拜典礼之心不同。此地古松甚多,为古代之皇帝巡幸拜神之名所。

乘车,回那智 JR 站,是一个小电车站。竟无人售票。站前一自动箱子,乘客按钮自取此站一张上车的乘券,到车上再凭此券买票。很有意思。为在日本初见。平山先生说:如此小站,无人售票,在日本还不少。为节省人力。人比财更重要也。

乘车,到此半岛的较大的城市新宫。先午餐。然后步行去徐福公园。徐福为《史记》中所载,为寻长生不老之药,受秦始皇之命,率三千童男童女,漂洋过海,到海上的三神山,其中的瀛洲,即日本。而纪伊半岛的新宫,就是他们认为徐福登陆并生活过的地方。此处有"徐福之墓"石碑一块。有他的七侍从石碑一块。新立石碑一块,石料为中国山东龙口市所送。正中有一高的黑石碑,全用汉文,镌刻着古代日本人撰写的有关徐福传说的考证,和平山先生一起自前至尾读完,觉得写的很有水平。考证有说服力,古文功力也好。墓碑对面有一石碑,上刻有"绝海和尚入明时谒明太祖,问以徐福事,海对以诗:'熊野峰前徐福祠,满山药草雨余肥。只今海上波涛稳,万里好风须早归。'"旁有山茶花树一株,正是红花盛开之时。

进小卖部,购得缩小的关于徐福事考证碑文拓片一枚。在小卖部的墙上,另见悬有镶在框内的横幅一枚手迹,读之,为清朝公使黎庶昌,于大清光绪十六年所写的一组七言绝句,题目为《自奈良至新宫访徐福墓绝句十二首》。每绝句下有小注。其中一首,我们甚是喜欢,当即抄录下来。诗是:"平田几顷稻花稠,双树为旌土一邱。人代茫茫浑莫辨,夕阳荒海古今愁。"后有"清日本公使黎庶昌明治二十三年九月五日由奈良至新宫。"诗下小注曰:"徐福墓在坝中央,并非高冢,祇平土一块,未垦。约宽三四丈。上有古树二株。"

告别徐福公园,漫步至市民俗资料馆。此地为徐福祠。见一诗碑,上刻有中国的《祖元禅师徐福祠献香诗》一首:"先生采药未曾回,故国山河几度埃。今日一香聊远寄,老僧亦为避秦来。"缀"梅花书屋主人书"。我们喜欢"老僧亦为避秦来"一句诗,故特摄影一枚,留念。日本新宫人,称此为"不老长生浪漫的街"。

在一中国餐馆,三人各吃面一碗。

饭后,走路至丹鹤城旧迹。据说,这里曾有一美丽的女人,亦有一寺,后女人因故为尼姑。今只留下丹鹤国(日本古代一蕃属)的城墙及墙上遗迹。顺阶登上,见有一熊野川(新宫川)流过,清澈可鉴,无污染也。在一角上,见石碑一块,为明治时代作家与谢野宽(铁干)于明治三十九年来此一登,所写的歌碑。是年,他率《明星》杂志诸诗人来访,刺激熊野文坛,四十二年再游,给这里的年青作家佐藤春夫很大的影响。晚年,佐藤春夫说:"我们老师在此诵歌,很使人怀念。我最想把你的歌词刻在石碑上。"与谢野宽的诗碑是《丹鹤址》,大意为:"高高地站在这里,对着秋天熊野的海,在城址的黄昏中,谁掉着眼泪?"

走下城址。原来铁路的隧道就通过城址的山下。

走路至熊野速玉大社,找佐藤春夫纪念馆。由神社出来,沿停车场前走,在一街角,见所寻。这座小搂,原来在东京,按日本的方法,后将原楼搬于此地。在馆内,看他的客厅,一桌,为待客用,有椅子,为洋式。靠壁炉处,高稍许,有日本的榻榻米一叠。正面墙上,挂一副对联。因不能走近,又有灯光映影,看不清楚。平山先生与管理人员说明后,他很客气地让我们进里面近看,内容是,上联为"帘外有天来雨露",下联是"阶前余地种芝兰"。在他的书斋展出中,一进门的玻璃橱窗内,第一件展品,为鲁迅亲赠他的《北平笺谱》六册。在第一册的扉页上,有鲁迅的亲笔墨迹:

佐藤春夫先生雅正　　鲁迅(印)
一九三四年三月
二十七日上海

打开笺谱,见之非常漂亮,甚为喜爱。

在卧室,墙上挂两条幅,一画,一诗。平山先生正给我念他的诗时,走廊放出佐藤春夫念他写自传时念这首诗的声音。这声音,一直放着,在整个的参观中,都笼罩在他低沉而有力的声音里。

佐藤春夫,就在为他自传的录音声中,突然心肌梗塞,死去了。1892 年生于熊野,1964 年死于东京文京区,终年 72 岁。

离开纪念馆。至此,完成了平山先生为我们精心安排的这次南部纪伊半岛旅行的计划。由佐藤春夫纪念馆,走路至JR熊野站,因关西下雪,车晚点,待四十分钟,2时55分上车,5时至松阪,走下站台,恰遇特急车,5时零6分发,购票上车,即开车。与平山先生匆匆分手。晚,6时许到大阪鹤桥下车,找到此处之韩国料理名店"鹤一",人太多,就在一家叫"大吉"的店里,吃韩国烧烤,多为带排骨的牛肉,但不是木炭火烤。后经大阪回家。10时许,给东京平山先生家打电话,先生还没到家。过一小时,平山先生来电话,已到家。因三重县处处大雪,车晚了半小时。

京寺与清水寺小游

——日本札记,1995

12 月 21 日　　星期四　　多云

片山夫人约好带领我们夫妇,到京都玩。

先乘 JR 电车,到她们住的芦屋川站。一起上特急车,到京都驿。步行至京都名所京寺。看很多老人,缕缕行行从对面走来,片山夫人说:“他们都是去京寺回来的。”

到了京寺,人挤人,很热闹。两边均为旧货市场的地摊,或卖吃的,或卖衣物的,实为中国的一个庙会也。据片山夫人介绍,这里每月有一次,但年末和年初的是最热闹的。但卖物、卖古董的多于卖吃的和看的,所以年轻人带小孩子来的很少,这一点,又不同于神社与庙会也。

古玩儿很多,京都产的陶器也很多,还有日本人或洋人在那卖一些舶来品。只买了一个整竹筒做的花瓶,一个有螺壳印迹的古化石,上面打有火漆,官方允许出口的标志。谁知是否真的?且买作个纪念吧。

找京寺的塔,在南边。但到那之后,已圈起,不让接近。见空海和尚的全身雕像,立在那里。今年 7 月,在四国高知的室户岬海边,看到空海的塑像屹立在海的对面的山坡上。据说这是此寺建立 1200 周年的纪念。

片山夫人路上讲了一个故事:如果今天天晴了,是弘法大师空海和尚笑了;如果今天下雨,就是空海和尚哭了。京都地处四周为山的盆地,天气怪得很,很晴的天气,不一会儿,就下起小雨来了。一会儿,又晴,一会儿,又掉雨点,一会儿,又晴了。大概这位空海,真是时喜时忧。人生不过如此而已矣!

从前门走出，照相片二枚。还是人挤人。到大路上，乘出租车，至清水寺。在京都东山脚下。一条石板铺的清静的小街，两边尽是传统式房屋的百年老铺。

2时30分左右，在清水寺前的梅山堂，吃天妇罗面各一碗。然后，沿石街上走，至音羽山清水寺。先有一大黑天神，矮矮的，胖胖的，手持一鼓。有点像弥勒的样子。是日本七福神之一，主管发财和事业成功的，很是可爱。再往前走，是正面的殿堂，里面深处有观音像。在日本，或无偶像拜神，或真的佛在看不见的深奥处，而对于他们有用的神，如七福神的大黑天，就都站在外面，供人敬拜。

舞台上，用白纸书一大的黑色汉字："震"，裱好立在那里。据片山夫人说，这是今年里全国电视调查中，选出的用的频率最高的一个字。可能与大地震发生有关。如昨天菊玲跟孙清在电话里说的，这个国家，如不积点德，就整天总处在"震"中！

所站处，是一个舞台，由七层木制结构搭起来的。底下是山根，离之甚高。约有六七层楼高罢。周围是红叶的枫树，叶已落尽。这个台子有个说法：因为它很高，从上面跳下去，要丧命的。因此，日本有俗语常说，一个人要下狠心买一件贵重的东西，就说，要用从清水寺的舞台上跳下去的决心，来做这件事。可见其高！中国"出血"之谓也。

顺下山石阶，走百十余步，至一山泉，日本叫做泷。是搭一屋篷，让山泉从上面屋檐似的水道流下来。山泉清澈，可饮。因水流较远，故有长柄铝勺，放于石台处，可伸出接水，喝后，分别自动放进一器内，上面说明：有紫外线消毒。饮水半勺，放勺，顺石阶而下。这样"清心"之后，清水寺，就算游完了。入门券上后面用日文汉字夹杂的书法写着两行字，大意是松的风啊音羽的泷的清水啊，可以使人的心宁静啊！

购京都名刹电话卡一封二枚。据上面文字介绍说，清水寺为日本西国33所观音灵场的第16番札所。宝龟九年（公元778年）在田村吕公在坂上的私宅奉进，开始在音羽山中建千手观音佛堂。此堂有172根大柱为原料建成的有名的舞台。有樱花、红叶相映衬，甚为美丽。由此"清水之舞台"远眺，可谓风景中之"压卷"也。春天和秋天的时候，成为特别参拜的季节。1994年，此寺被定为世界文化遗产。

出音羽山清水寺，下至石板铺路的一小街，购京都名物及纪念品，并送片山先生一盒。进“三年坂”，转入“二年坂”，于一名曰东山高台寺“文之助茶屋”处，小坐，吃大阪的特产“白玉善哉”，即是一豌红小豆汤，中加两个南方没有馅儿的元宵，或四川的赖汤圆儿。太甜了，我不喜欢，菊玲和片山夫人爱吃。小院为一日本庭园，树，石，水，石灯，皆备，甚幽静。想起大阪一个地名“天下茶屋”，我很喜欢这个名字。食罢，走出，又落小雨。沿石板街，过一马路后，登上数石阶，至一高处，此即另一名所高台寺。正寺门朝南，内有一观音巨像，座于山上。远望去，慈祥宁静，风度泰然，如在韩国时见者。下为寺院，因时已晚，寺院停入，只一望而下也。朝南，下数十级石阶，即至闹市街上。问之，乃知此即京都最繁华之街“河原町”也。走桥上，经鸭川，河水干涸。最靠川之小街，均为明治时代的小楼，为此城之“红灯区”。上次，为时代祭，来此，时为中午12时许，诸多店尚未开门，在一和式小店用膳。此时，已是华灯初上，小街似热闹起来。路上，见一京都最大之歌舞伎院。挂好多名字，写法类大相扑。

于河原町站，下入口，上阪急电车，回大阪。然后转车，片山夫人在芦屋站下车，告别。我们至六甲站，在小超市购物少许后，乘出租车上山回家。

这，已是我们第六次去京都了。第一次，1983年11月，和平山先生一起的生日旅行。第二次，12年后的今年初地震时，我们由神户“逃难”，至河原町下车，去筧久美子家。第三次，今年夏天，陪台湾来的两位小姐，看金阁寺、二条城等。第四次，今年11月，同芦田肇、田村久美子，看鸭川的四条小衡、诗仙堂，看时代祭（化装游行也）。第四次，今年11月10日，我们自己至岚山，看红叶，谒周恩来总理岚山诗碑。第六次，就是今天的清水寺之行。为第一次游清水寺，此行不虚也！

与平山先生话旧

——日本札记,1996

1月4日　　　　星期四　　　　晴

10时,乘出租车,到孙清住的岗上八番阪。她下来接。爬坡,然后登石阶,到她的小家。稍坐,即去新宿。先找一家电影院,想看美国电影《廊桥遗梦——永远的四日间》,但如看完后,到下午就来不及去平山久雄家之约,只好作罢。只见电梯口看电影出来的人,多中老年人。妇女们的眼睛都是湿漉漉的。在新宿玩了一会儿,在一家印度饭馆吃饭,自助餐,很便宜。在一小的咖啡店喝意大利咖啡,泡沫很多。休息一阵,找到西武新宿站,然后菊玲、孙清去买礼物:一盒洋点心,一束花。四时,平山先生来接,到他家里。儿子到名古屋去了。女儿香子到她的会社,一会儿回来。妇人在做料理。和平山先生聊天。

平山先生第一次拿出他刚找出来的50年代的一些照相簿,还有1959年他陪同父亲松村谦三先生第一次到中国访问时的一些照片。那时他是东京大学大学院博士课程一年级的学生。他的父亲是应周恩来总理的邀请去中国访问的。其中有廖承志、孙平化等人。一张是他们访问北京大学时,周培源校长陪同,在北大校园里的照片。

平山先生又一次给我们讲:我在那次随同父亲访问时,只作了一件事情。那次是经香港,到广州,再经武汉起飞,才到北京。在到北京之前的时候,他的父亲问他,和周恩来总理第一次见面,是不是可以说:“久违!久违!”他说,不对。应该说:“久仰!久仰!”下飞机后,在人民大会堂前,他父亲往上面走,周恩来总理从上面的石阶走下来,两个人握手,周恩来用日语先说:“昆你启哇!”(日语为:你好!)接着,他的父亲用中文说:“久仰！久仰!”周恩来先生大吃一惊,说:先生的汉语说得这么好。原来是在飞机上现学的。

在去西安访问后,他得阑尾炎,住到协和医院。愈后,在北京饭店,他要求能与北京大学中文系的语言学方面的研究生见面。结果是安排了曹先擢、吴竟存来饭店与他见面的。他很遗憾这次没有去成北大!

有事,孙清先走。饭后,先生又拿出一本 1923 年关东大地震时出版的画报。一本文字的杂志。这些东西,保留至今,弥足珍贵。

8 时 20 分,离平山先生家,先生送至大的路口;香子送我们到下井草车站。

箱根:旧地重游

——日本札记,1996

1月6日　　星气六　　晴渐多云

10时,芦田开车来,到热海、箱根去玩。

经小田原。1984年3月,东大教养学部的老师和德永先生一起,与我们到伊豆半岛合宿,第一站在这里参观,忽然下起大雪来了。时过12年,又经此地。为看海,芦田有意沿热海边公路驱车。太平洋一片宁静。因为是周末,很多人开车来钓鱼。中午,在汤本源温泉路过一个鱼料理店,吃生鱼片。饭店临海,远眺甚佳。海的远处,有一孤独的小岛,芦田说,那叫初岛。

饭后,驱车登箱根,经山上的芦之湖,绕湖一周,在山顶远眺。看见远处的富士山,于云开时,一露其面。

记得上回第一次来东京大学讲学,1983年夏天,一桥大学的木山英雄教授与东大东洋文化研究所尾上兼英教授,于五月放假时,携我到箱根旅行。箱根是位于静冈、山梨与东京三者之间的一个火山遗迹的风景区。那里有很大的火山湖——芦之湖。站在箱根的山上,可以看见富士山。冰心在一篇散文中说,没到过箱根,就等于没有到过日本。那天,云彩比较多。站在大涌谷的山顶上,吃野菜荞麦面,远望前方,富士山的面影,被云遮住。很有些遗憾之感。我们一边休息,一边聊天。突然,木山先生惊讶地叫了一声:“快看,富士山!”我和尾上先生忙回头,往远处看,只见云开雾散,一个满头白雪的富士山顶,露出于青天之上。我感叹说:“太美了!”这时,我下意识地看看表,是正午12时18分。凝视一会儿,大约过了五分钟多,那白雪披散的山顶,又被云雾遮住了。这之后，木山先生告诉我一个日本的传说，如果带客人，没有看见富士山，说明主人的心肠不好。我问他，怎样的不好？他说，说明他想着别的女人。我说，今天证明，主人的心肠是好的！此事，至今记得甚清，忽又想起。我对芦田说，这证明你的心肠和情谊是很好的！他笑了。

车往富士山开。因冬天路滑，车不准上五合目，就停在山腰上一个看山的广场，富士山顶在一片白云的笼罩中。因天冷，菊玲和芦田到车中，我在外面，内心祈愿云彩过去。不到十分钟，果然云开雾散，我们赶紧拍照。留下这一瞬间的美的纪念。

乘车返回的路上，是山梨县。从另一个角度，看云彩散后的富士山，很久，很清楚。

路上，接德永淳子女士打来电话，约吃晚饭，并到她家一坐。

在调布一家韩国烤肉店吃炭火烤肉。人满，预先已定好座位。纯炭火烤，虽每桌上有很大的吸烟设备，仍是满屋的乌烟瘴气。饭后，购一盒洋点心，送给德永女儿一家的孩子们。照相。在德永家喝咖啡。看她参加世界妇女代表大会和在东京接待中国电影演员于兰等人的照片。第一次知道，她在电影《白毛女》中，扮演群众演员，还有几句台词的。她那时的爱人，演的是大春的一个好朋友。很想再看一遍电影。她 1945 年日本投降后，当过中国人民解放军的护士，后到长影、北影、上影工作。丈夫被打成右派，同丈夫商量，为孩子的一生计，才不得不回日本。

十时，芦田用车送我们归鹤川旅馆。

读画:略记心志

——日本札记,1996

2月17日　　　　星期六　　　　雪

室外,天上雪花飘舞,落于山头树上;室内,相对宁静无声,埋头各打电脑。中间,小息,喝茶凝思。忽望见墙上挂的菊玲前时购于台湾故宫博物院的一幅王阳明的画来了。

此为一幅山水立轴:左下角石滩上,有草庐两座,方向错落,松树三株,高耸挺拔;中有水,甚宽;对岸,与松顶齐之右角,有一山脚斜伸下于水中。靠此山背之远处,另一山影,朦胧可见,水中有一淡淡之洲状长堤。整幅画,无一浓笔,颇类素描,似烟似墨,淡而清幽。画面近二分之一上端空白处,写有如下数语:"安得于嘉林甘泉间构一草庐,以老是乡,无怀葛天之民求之不远。学问之道随处即是,惟宜读书以先之。"末署"守仁",印款"阳明山人"。此为故宫博物院所藏珍品的精致复制品,购回后,甚爱之,暂挂于异国之此屋中,恰合心境。

在此他乡客居,实别无所求,只望能于教事之余,躲开世事繁杂,远离人间纠葛,于六甲山脚之"草庐"隐居时日之中,权做些我们愿意做而往昔无暇完成之事。

山泉流于窗外,大海亮于眺中,可看万家灯火,可闻树间鸟鸣,无忧无虑,其乐也何!

记伊藤漱平先生

——日本札记,1996

2月22日　　星期四　　阴

上午,打《融合论》一章少许。

午饭后,菊玲稍好,一起下山,到六甲道 Daiei 超市购物、食品。菊玲说:“我一生病,冰箱都变得空了。”

由店中出来,2时30分,见大片雪花,漫天飞扬,旋转翔舞,沾身扑脸;但今天这里,天暖风静,飞雪无声,落地而化,寒意甚少。见孩子们在飞雪中,尽情奔跑,捕捉雪花,雪花片片落于脸颊,鼻上,如生白眉,白须,甚是好玩。

乘巴士上山,于六甲团地前下车。身置于半山之高处,雪花仍乱飞于眼前,眺望山下,一片茫茫,远处山峦,树木,房屋,大海,均处于朦胧中,渺不可见。来神户近一年半,尚第一次于山上高处,看此类雪景。

接东京伊藤漱平春节贺年状,内又一新年贺年状,上印有:

> 改历乃御庆芽出度申纳候
> 丙子元旦
> 伊藤漱平

后面接着,为特印先生写的诗曰“乙亥岁晚夏陆中早池峰吟行陆连珠并序”,署“川边泥人”。序甚长,叙其于去夏,约相隔半世纪,到本州深处イーハトーヴオ地游览,吊贤治光太郎之遗迹,访盛冈开之花卷等。由朋友驱车导游,登早池峰,于杉千本的神社前徘徊,得诗数句,特披露攀上云。诗短歌三首,均赞早池峰的自然景色。末一首大意为:早池蜂路上摇铃的小手被纹虫蜇着了,早池峰的红蜻蜓和我一起下山了。贤治光太郎指现代作家宫泽贤治、高村光太郎。

贺卡右下角是名为海野 经者所画岩手县《新春的三陆》。概为漱平先生于游览之地,特购之物,制为新年贺卡。

先生于贺卡左下角空白处,用毛笔书有:"回国以前,到东京时,请光临寒斋"。时值中国春节,这里无些微气氛,伊藤漱平仍念记在心,先生长辈与老友之情,于简短数语中,灼灼可见。

我们与伊藤漱平先生认识,已经13年多了。

伊藤漱平先生为世界著名的"红学"家,《红楼梦》几种日译本之一译者。13年前,应邀我到东京大学讲学,先生时为东大文学部中国语中国文学研究室主任教授,自那时起,成为好友。

先生虽长我十岁,待我如兄长,曾多次携我们外出旅行,如至水户观梅林,探访朱舜水之墓;携我初夏游千叶县九十九里滨海滩,在听涛阁夜晚吟日本和歌古调,先生于半睡中仍念念有词;由他的学生驱车到茨城县湿地花园观菖蒲花的千姿百态,至潮来水乡,乘戴民俗花头巾的妇女撑之小舟,唱着俚曲,穿狭窄水道,到一芦苇满塘的开阔的湖面,当时真感如到绍兴水乡一般,记得先生当时对我说:"你可能是到这里来的第一个中国人。"……

游九十九里滨时,看日本现代作家高村光太郎旧居,观海边的石碑,为高村智惠子书的《千鸟歌碑》,甚有名。于潮来水乡,先生吟中国古诗,让我和之,但我早已忘记押韵规矩;归东京后,先生特将诗谱复印一份送我,我勉强重学,作诗和之。

我们应邀,几次到他家里作客。他研究并翻译《红楼梦》,甚爱之,又译有中国戏曲名著《娇红记》,且有千金小姐二人,故家中挂有斋名匾额一幅,上面书有三个大字"两红轩"。

先生深爱中国文化,藏有一些古书的珍本。其中有一《红楼梦》珍本,甚为宝贵。他对我们说,一次,在美国开世界《红楼梦》国际学术研讨会,与会的主持者要他将此书带到会上,以饱同行学人眼福。为此,他为此书之长途旅美作了保险,路上非常小心,总是担心此宝丢失。我们夫妇在他家作客，先生特意取出此书，供我们一阅，此亦算一大幸事也。

1983年，在先生家作客，先生又拿出他保存的中文译本夏目漱石《草枕》一书，书面署“郭沫若译”。先生知道我是研究郭沫若的，让我鉴定此书真伪。我经查证，向先生说明，此书非郭沫若译，为当时的伪书。但先生对珍本藏书之兴味，由此再得领略。

先生在中国学界，朋友很多。大家谈起伊藤先生，均格外钦敬。日中学术交流中，先生洒了甚多心血。1983年，中国《文心雕龙》学术代表团王元化、牟世金、章培恒等先生一行，访东京大学文学部，先生主持，要我作陪。座谈中有几位日本学者在座，谈得很多，当他们走后，我问伊藤先生：“听得懂他们说的话吗？”他和其他几位教授都笑了：“听得懂的，很少，很少。”中日学人，真正的交流，尚待努力。但那种莫逆于心，相视如友之情，十分珍贵。

我归国之后，先生应北京大学邀请，到中文系访问讲学。他带上“文革”前由他翻译的徐怀中先生的小说《我们播种爱情》，约与徐怀中先生会面。因“文革”十年隔绝，此书出版，一直未得送给作者。相隔十余年后，此算了却先生一份心愿。我由此更得知，先生虽治明清小说诗文，对于中国现当代文学，也深有了解。先生能选此书介绍于日本，眼光亦可见并非一般。徐怀中先生，邀伊藤先生同游慕田峪长城，先生玩得非常尽兴，归国后，曾寄一照片，骑于驴背，并吟诗为纪。有谓“人大驴小”之句，读之，感先生童心未泯，心境十分轻松。

1994年秋，先生到山东参加一个国际学术讨论会，归国前，路经北京仅两天，还抽一日，专门到北京图书馆看书，由袁行霈兄与我陪同。那天，我乘先生看书之便，从《清华周刊》复印了王瑶先生评林庚先生《中国文学史》的大文，亦收获甚大。袁行霈夫妇和我们夫妇一起，请先生在北图旁之全聚德烤鸭店，品尝北京名食，先生年近古稀，谈笑风生，甚为愉快。

还是1994年秋，先生带着他收藏的清代一著名文人所绘山水一幅画的照片，请行霈兄帮忙找专家为之鉴定。那天，我们一起到一位从故宫博物院退休的老人家里，先生拿出带来的照片，请老人为之鉴定，顺便,老人也请先生看了故宫所藏那位画家的其他真迹的复制品与照片,此事结果如何,未再问之,令我感动的是,先生那种挚着热爱中国古代文化的精神。

从东京大学退休后,先生到著名的二松学舍大学,长校多年。他的学生,在日本,今天已经是桃李满天下了。他还曾任日本中国学会理事长多年,为当代日本汉学家中最有威望者之一。

1994 年 10 月初,为先生的 70 华诞,我刚到神户,便借参加中国学会的机会,专程前往东京参加为先生举行的庆祝会。菊玲让我隔海穿洋带来的中国寿星瓷像一尊,特送先生为生日贺礼。先生为增田涉高足,编有鲁迅与增田涉问答集,在日本出版,为一研究鲁迅极珍贵的新资料。先生人格、学业,均为日本、中国学人所尊重推崇。我当时在祝词中说:“先生是世界重量级的日本学人!”

先生持手杖,满头灰白发,披卷至耳,甚是潇洒,学者风度十足;谈话之时,和蔼可亲,常爱笑,每笑之时,则两眼眯如一线。在九十九里滨,夜宿听涛阁,先生半醉半醒,用日本古代特有之调子,吟古诗,唱和歌,那时情景,已经过了 13 年,如于目前,轰亮动听之声,至今音犹在耳……

游大阪下町并参加片山智行先生退任纪念祝贺会

——日本札记，1996

2月9日　　星期五　　阴转晴

上午，全部全部打完《初期象征派的产生》一章，共16页。未印出

中午小憩。2时30分出发，至阪急六甲站，乘电车，经芦屋，与片山夫人相会合，至大阪换乘地铁，到动物园前站下车。此亦属大阪下町，庶民生活娱乐之区。步行，经一狭窄胡同一类的街道，上有塑料半透明的天棚，天棚由三根铁筋连结，一直到头，长约近百米。此三根铁条，像日本的古民间乐器三弦，由此，取其如三弦"jiangjiang"之声，该街道名为"江江横丁"(ヂィァンヂィァン)。如东京的"ァメ横町"一样。只是，这里比那里破旧得多，夫人说，很快这里要拆掉了。

在这条街上，于日本第一次看到有两家公共收费下棋的场所，如中国四川的茶馆，这里是"棋馆"。里面坐满了男人，全为老人、中年。一座店，下的是围棋和日本象棋，称"王将"，一座店，只有象棋。一个个座位，简单的棋桌，很挤，不供茶水，旁有饮料自动售货机。人满满的。一个棋屋，还有几个人站在玻璃窗外，往里面聚精会神地"观战"。从窗子往星内墙上看，贴有白纸一张，写道：一时间300丹，二时间600丹，三时间700丹，四时间1000丹。原来这里棋迷的下棋是按时收费，只要花1000日元，就可消耗掉一个上午。片山夫人介绍说：这里下棋很有名，在这个小街上，产生过一个有名的国手，前面还有他的一座碑。往前走，看见果有铜碑一座，记载这里产生的象棋国手的姓名事迹。再

走到尽头，知此地叫“新世界”。见一大的河豚造型，飘于一店门前，原来，这是日本第一（他们称日本一）的河豚料理店。夫人为我们照相留念。再往前走，就是夫人今天要带我们来登的通天阁了。

在此旁边，有一如中国防空洞的小门，上书棋歌场一类名称，下去看，是一下等歌厅，星期六日晚上开，观只有一些凳子，如中国之旧式戏园；旁边是和式房间的棋房，有数人坐于榻榻米上，正在酣战。这里雅静一些，消费概比刚才的棋屋要贵一些了。跟老板轻声道谢后，走出地面。

从中走出，过马路，登通天阁。这不过是座铁塔，修于1960年左右，已显得很破旧。电梯门，响极，建筑均旧得很，站电梯里，从里往外看，钢架上满是灰尘。夫人说，这样式仿巴黎埃菲尔铁塔，我们觉得，它并没有给人美与舒适感。在上面，看大阪全景，三面为山，一面临海。六甲山系，绵延很长。因是白天，看不到大阪辉煌的夜景。下一方，临动物园，红色仙鹤，游于水中，清晰可见。

下来，按原路，乘地铁一站，到天王寺站。离开会尚一小时，天冷，在近地铁百货店楼上一小咖啡店，请夫人喝红茶，休息。

忽想起离此不远的“天下茶屋”这个地名，一直觉得极美，我们很喜欢，因为它使我们想起杜甫的诗：“安得广厦千万间，大庇天下寒士尽欢颜。”我问片山夫人“天下茶屋”这个名称的由来。她说：是丰臣秀吉到那里一家茶屋喝茶，觉得很好，就给起名叫“天下茶屋”。这个地方后来就叫“天下茶屋”了。

菊玲说：“他们的下町，跟我们的也差不多，这个‘新世界’，还不如我们的夫子庙呢。”

5时30分，到都饭店，片山智行先生退任纪念庆祝会的会场。

这是日本大学的一种习惯，国立大学的教授们一般60岁到63岁退官或退任。这时的三月之前，要作一个学术报告，叫“最终讲义”，然后开一个晚餐庆祝会。今天下午，是片山先生在大阪市立大学的最终讲义，因语言不通，没有参加；晚上的会，先生一定邀请我们夫妇参加。

6时开会。这是JR在全国开的一个连锁性的比较豪华的饭店（去年到福冈，九州大学安排我们住的，就是这个名字的饭店）——天王寺都ホテル新馆五层当麻の间,五楼上一个中长厅。前面横幅挂的是"片山智行教授退任纪念祝贺会"。下有一方形站台。客人已满,仪式主持者宣布请片山夫妇入场。夫妇二人各戴着红花,步入,到台上就座。然后是一个个的致词。接着,就是冷餐会。

中国的教授退休,如能开一个这样的会,庆祝一下,是很暖人心的。

冷餐期间,问长春来的片山先生已毕业的博士生李冬木,片山先生下午讲演的情况。他说,报告题目是《鲁迅文学とは何か》,有很多有风趣的穿插。此插曲,甚有意思,特据回忆录下:

片山先生当时做增田涉的学生。他说,初选增田涉先生的课,很害怕,觉得这么大的一个人物,自己汉语说的不好,怎么敢听他的课?增田涉先生知道后,对他说,没有关系,你可以听的,我的汉语也不好。片山先生当时就问:"不会的罢?您的汉语不好,怎么能听鲁迅的直接指教呢?"增田涉先生说:"鲁迅先生和我都是用日语说话的!"

冬木说,听了这个插曲,来听讲的人们都笑了。

冬木还说,昨天刚从中国归来。在北京、广州只呆八天,就发生了好几件大事:一个人大副委员长被他 19 岁的警卫员用枪杀死;湖北发生大爆炸事件,死人甚多;广州光天化日下抢银行的汽车,劫走巨款……他说,现在感觉这个民族已经不是"马马虎虎"的问题,而是整个陷于金钱的疯狂之中,道德沦丧,不知廉耻。听之甚觉心情沉重!

晚餐会到一定时间,中间穿插有一个节目:松浦教授唱刘宝全的一段京韵大鼓。松浦先生在天津学习了两年,人极聪明,听了二百多场戏,专攻京戏和新诗的。我们对他说,你唱得很好。他说,除你们之外,没有几个人听得懂。

稍后,主持人宣布向片山先生赠送礼物:苹果牌电脑一台。献花。宣读在国外的学生安部悟的祝贺传真,并鲜花一篮。

祝贺会的最后,是片山先生的讲话。很多是讲他做学部长和一年代学长的辛酸。很真实动情。有些事的处理之难,心中无悔之情,深有同感。

片山先生讲话后,一年青的先生再次上台,代表大家向片山先生表示祝贺,并呼大家一起三击掌,三次。会就在这三阵掌声中宣告结束了。这三击掌的习惯,也是日本特有的"武士道"精神的一种传达方式,很有一种群体的气氛。

大多数人取衣物,散归。少数人同片山先生一起,到一店去唱卡拉OK。我们也被拉去参加,至十时半,才离开,同夫人一起回家。先生可能继续同友人喝酒,要在大阪住一夜了。

我们第一次参加这样的包间的卡拉OK,盛情难却,一起唱了《何日君再来》、《敖包相会》;前者,有卡拉OK影视,后者,无影视配,"清唱"也。算是聊表对片山夫妇的一点祝贺的心意!

我的讲话,除一般的祝贺外,主要是关于先生的鲁迅和《野草》的研究。我说,先生在日本学者中,坚持几十年研究鲁迅,先后出版了《鲁迅的现实主义》、《〈野草〉全释》、《鲁迅——阿Q,中国大革命》三本书,这种坚持如一的学术精神,在日本的学者中也是少见的。第二,是关于《〈野草〉全释》一书,我说,竹内好先生认为,鲁迅的文学创作中最好的是《野草》。先生的这本书,在日本是第一部专门研究《野草》的著作,它不仅就每篇发掘了它的精义,而且更重要的是他的两个方面的理论升华与抽象,是很有价值的。一个,是关于鲁迅个人的,将他的"唯黑暗与虚无"乃是"实有",和"向黑暗作绝望的抗战"视为鲁迅精神结构的阴阳两极,而以希望为主干;这给我们正确进入鲁迅精神世界一把钥匙;一个,在鲁迅的文化批判与精神批判中概括出中国民族"马马虎虎"这个弊病,加以深入的阐述,这是阐发鲁迅先生给中国民族开出的一副治病振兴的药方。为这两点、中国鲁迅研究的同行、中国人民会对片山先生表示真诚的谢意的。最后,我说到,用中国流行的最俗气的说法,在每一个成功的男人的背后,都站着一个伟大的女性。为此,对夫人的巨大功劳,表示衷心的谢意。

归,11时半,近2时,方睡。

参观谷崎润一郎纪念馆

——日本札记,1996

3月25日。

上午11时半,与晓东到大学正门前照相,沿路下山,到文学部,我的研究室。稍停留,便下山,至阪急六甲站。去芦屋川站,片山夫人开车来接,到片山先生家作客。安部悟已先到,于小院中草坪上,玩高尔夫球。吃烧牛肉。三时,夫人送安部走,然后一起到谷崎润一郎的纪念馆参观。

此馆地处芦屋市伊势町12番15号。早听说,想来一看,拖延至今。到展览馆,见门前一巨石,卧于左侧。片山夫人说,这是洪水冲到谷崎住地门前的一个石头,现搬到此处。两边黄色竹墙,正中为青瓦的门顶,进院后,又见马醉木一株,椭圆形长叶,正开白花,闻之有淡淡的清香。馆外有一日本庭院,有松,水,石桥,水中游金鱼多尾。池边有一竹筒,一头削为半尖形,可按水,中挂一绳,另一头斜朝地。有水从上边滴下,正好落于尖的一端,待水满,这头就压向下面,水从中流出后,重的尾巴一头,又坠地,且坠于石上,发出"当"的一声响。据说,这是吓唬野猪的,片山夫人说,是吓唬狮子的,名叫鹿威,当时告诉我日本读法,记不住了。京都的寺庙里,或和风饭店中,常见有此物。

谷崎润一郎的作品,在30年代《现代》杂志上最早读过。据他的作品《细雪》改编的电影,曾看过,拍的日本风景很美。他(1886—1965)生于东京日本桥蛎壳町,东京大学国文科毕业。1930年,因关东大地震,移居关西。这一年,与夫人千代离婚,千代与佐藤春夫结婚,这一婚变之事,两人写的文书,展览中均有说明,有原件,有当时报纸刊登的消息。他24岁(1910)时,发表最初的小说《刺青》。他的小说,注重人的心理纠葛的描写、人的肉体感和深层感觉的发掘，是日本近代文学史上新的小说的一种倾向的代表。后有《少年》（1911）、《思魔》（1912）等早期代表性作品，被视为唯美主义、恶魔主义的文学。他对西洋文学非常关心与喜爱，托马斯·哈代、斯汤达尔、欧斯卡·威尔特等作家，他曾翻译过。1927年，以芦屋为背景的《日本に于けるクリシブン事件》发表。关东大地震时，他正在箱根，1930年移居关西后，他看到了很多日本传统文化的美的方面，创作上表现了向古典的回归与呼唤，进入他创作的转换期。有《卍》、《蓼喰ふ虫》等发表。1931年，发表《盲目物语》，进入倚松庵时代，有《倚松庵随笔》、《芦刈》、《春琴抄》等。1934年，与松子住芦屋打出家。1936年移居住吉家。在太平洋战争开始后，七年里陆续发表长篇小说《细雪》（1943），上中下三卷本，于1948年完成。1949年被授予第8回文化勋章。又三年完成了《源氏物语》的现代日语翻译。1956年，发表小说《键》，描写老人性的追求，肉的气息甚重。1959年，73岁时，右手半身不遂，不能写作，口授《老梦浮桥》，第二年口述《疯癫老人日记》发表。1964年，为全美艺术院、美国文学艺术アカテミ一名誉会员。1965年，79岁，于汤河原自宅“湘碧山房”死去。葬于生前自定墓所京都鹿ケ谷法然院。谷崎头大，长圆脸，微胖，着和服，有些泉胡风。展览中，有他的很多装帧美丽的初版本书与手稿，松子赠的衣物，谷崎的书信墨迹，照片，文房用具及日用品，他的秘书小泷穆氏遗族寄赠的材料等，共3800件。他的汉字及假名草书，写得甚好。此馆还藏《源氏物语屏风切》，俵屋宗达画，为珍品。入门券上即印的此画。展览观后，看录像“谷崎与芦屋”。主要是夫人松子介绍的镜头很难得。夫人已于前两年故去了。片山夫人介绍说，《细雪》中的几姐妹，均是以松子的四个妹妹为模特的。其夫人松子年青时甚美。他建于东滩区住吉的“倚松庵”，一因住吉川畔有很多的松树，一是用“松”字对松子表示深深的爱心。

馆中同时展出的专题展《谷崎润一郎与池长孟》。池长孟为一美术收藏家，他与谷崎为好友，他收集的南蛮红毛美术《泰西王侯骑马图》，为现在神户市立博物馆的至宝。中有谷崎致池长的书简，字甚潇洒。

片山夫人赠展览馆明信片四枚。用车送我们至 JR 芦屋川站,我们乘电车五时,陪晓东到神户ハーパランド,在一茶室,喝饮料,看海上夜景。八时,到 Daiei 超市,购水果等物,返六甲道,乘出租车上山回家。微雨。

写在记忆中

——阪神大震灾后随录

逃脱了一次大难，经历了一次死亡的危险，50天的“避难”生活之后，重返大震灾后的神户，回到我们的六甲山的小屋子里，心里开始宁静下来了。

现在，可以写下这五十多天的经历，留作自己生活中的一点纪念吧。

震灾发生后，我们接到许多朋友与亲人的电话、来信。有的信，因为我们转移住到东京，是经神户大学转到东京，我们才读到的。有的信，是我们最近回到神户，从信箱里拿出来，刚刚读到的。

读了许多朋友与亲人的来信，看到那些写在纸上的焦虑关切的心，那些真诚的问候，那些发自内心的祝愿，甚至是为我们幸免于难而虔诚的祈祷，我们的心里是十分感动的。

许多的国内或海外的亲戚、朋友，在信里说：地震后，不知道我们的住址和电话，得不到我们的消息，非常焦虑，只能从报纸上刊登的神户地震中国人的死亡名单里，寻找我们。他们看到，那里没有我们的名字，才算有些放心了，但是，还是非常急切地写信来，寄来了他们亲切的问候。

有生以来，我们第一次尝味了被亲人与朋友从“死亡名单”里寻找的滋味。

这些来自祖国和海外朋友的深情的关切与问候，我们是无法用语言表达内心的感激之情的。

我们想，人世间，还有什么比这些挚诚的感情更为珍贵的东西呢！这种至深的真情，我们将深深地永远地珍藏于心中。

地震发生的前几天,我们还与朋友约好:1 月 18 日下午 5 时半,我的“中国文学史”讲义课结束后,几个人一起,到离学校不远的山下边的一个比较大的八幡宫神社,参加那里一年一度的“厄除大祭”的活动,看看日本民间的风俗,然后一起吃晚饭。

没有料到,“厄除大祭”还没有举行,想象不到的人间的大“厄”,就降临了。

1 月 17 日凌晨,强烈的阪神大地震发生了。

当时,我们从酣睡中被摇醒。屋子时一片漆黑。只听见一些东西,书架上的,碗橱里的,桌子上的,噼哩啪啦地掉在地上。房子震摇得非常厉害。起来拉灯。没有电了。

我们住的是一个七层公寓的五层楼上。在北京,有过唐山大地震的经验,我们没往楼外面跑。过了一会儿,又是一次大的余震。房子仍没有什么问题发生。待余震过后,我们便穿上厚一点的衣服,从五楼沿楼梯一层一层走下去。

这时,天已经亮了。山上的街路,来往的人很少。我们走十多分钟,到了神户大学文学部后面的山坡平台上。平时,在这里,可以眺望神户非常漂亮的夜景。他们神户人,称为是“百万美元的夜景”。而现在我们看到的,是大地震发生十多分钟后神户的“晨景”:整个城市的交通停顿了,美丽的灯火没有了。几条电车线,都静无车影。原来车辆川流不息的沿海高速公路,变成了一条寂静无声的飘带。不远的地方,是没有灯火移动的海,和同样没有灯火了的人工岛上的楼群。

高高矗立于山下海边的神户制钢所的大烟囱,涂着一段红色,一段白色,似乎是神户的象征。平时,总是冒着滚滚的白烟,我们有些讨厌;现在,也不再冒烟了。

大概由于煤气,或其他原因,有些地方着火了。在我们所能看到的地方,大约是我们所住的滩区或附近的东滩区一带,就有十七八处,燃起大火,浓烟滚滚。

这时,身边有一个日本中年妇女,也在那里默然眺望。我指着较近处的一个着大火的地方,问她:“那里是什么地方?”

她说:“大约是阪急电车六甲站的南边。”那里离我住的地方不远。

下山走路只要15分钟左右。平时下山,到繁华的市中心三之宫(相当于北京的王府井吧),总要经过那里,或在那里乘电车。

这时,向东望去,竟然看到了火红的日出的情景。向山下的右面看,在濑户内海大阪湾的东边,地平线上有微微的云雾。一轮红日,喷薄而出,周遭是如火的朝霞,看去非常壮观。平时,起来得没这么早。我们来了之后,还没有看到这样美的神户的日出的景象。可这时,已无心欣赏这一美景了。

回到屋子里,没电,电视当然没有。电话也不通。不知道山下面和整个城市的情形。震度多大?震中在哪里?无法知道。因为周围没有多大的损坏,所以我们还没有感到事情的严重。我还拿起摄像机,从窗子向外面,拍摄山下浓烟滚滚的情景。因为旁边有很高的楼房遮掩,只能拍到城市的一角。有一两处大火的浓烟,弥漫在我所能看到的神户的上空。天上不断有直升机低空飞行,在巡视,拍照。惊恐的鸟群,叫声凄惨,在天上乱飞。一会儿,又纷纷落在电线上。窗子外的楼下旁边,有一条从山上流下来的溪水,被称为六甲川。平常,水很清澈,这时,却非常的浑浊,水也比平常多起来了。焦躁的燕子群,在水面上乱飞。有时,我正站在凳子上摄像,突然又来了余震,屋子轰隆轰隆摇晃起来。我赶紧下来,停止摄像。

我们住的六甲山上,似乎很平静。周围的楼房没有什么破坏。坚固的高级公寓群,都像没发生什么事一样。我们看到,有的男人或妇女,像往常一样,还牵着绳子,出来遛狗。

下午一时,来电了。我们赶快打开电视,看到陆续的报道,一些现场的情形,才知道这次大地震的严重程度,感到有些后怕。

女儿从广岛打进来第一个电话。我们讲了平安的情况。她说:“从电视上看到,神户是一片火海,房倒屋塌,就像原子弹爆炸后的广岛一样。你们怎么像没事儿似的?”

我们给北京打电话,打不通。拨通了北大中文系在东京大学教养学部任教的曹文轩教授家的电话,请他转告北大中文系,我们一切平安,请大家放心。

给在神户外国语大学任教的中文系张剑福打电话,一直不通。后来,他从外面公用电话打给我。我急着问:"你那里怎么样?"他的回答是:"一塌糊涂,除冰箱之外,全倒了。"他房子已不能呆,是回来拿点东西,住到学校里去。

感到事情的严重,怕一些友人不放心,这一、两天里,我们给东京和神户的许多先生打电话,报告我们平安无事,也问候他们的情况。

我们也接到了许多友人的问候的电话。

神户大学文学部的山田敬三先生,家里东西倒坏严重,刚考上大学院的女儿,由于橱柜倒在榻榻米上,腿被压成骨折。他忙家里的事,还要跑医院,请大夫为女儿治疗。

大阪市立大学的片山智行教授,住在芦屋市的半山上,房子有些破坏,屋子里的碗具、书,掉得乱七八糟。夫人在电话里说:"先生的腰,痛得很厉害;没有水,没有电,没有瓦斯;屋子里很乱,真不知道怎么收拾才好。"

12 月底,神户大学中文科为我们举行的一次欢迎宴会上,国际文化学部的中国语学家中川正之教授,曾开玩笑地说,他住在山下的一座十多层的高楼里,没有地震,也像住在摇篮里。这次,他的家震得很厉害。电话没有打通。听说,全家已经暂时住到大阪去了。

18 日的深夜,我们接到来自韩国、美国等地几个朋友和学生打来的问候平安的电话。

……

我们这里,还有电,有水,虽然没有瓦斯,还可用台式的小型方便瓦斯炉做饭吃。

1 月 17 日星期一,是日本全国的公休日。这一天我们没有再出去。一直在看电视,心情沉重,不断用笔跟踪记录报道的人员死亡、受伤和房屋倒塌的数字。这数字在不断地上升。到第二天早晨 9 时 20 分,我记下的报道是:死亡 1806 人,行方不明 996 人,受伤 4346 人。

18 日是星期二,我还在准备到学校去上课。我们走到文学部的楼里,没有人。交通断了,学生根本来不了。我的研究室还没有什么破坏。自来水管还有水。只是一楼通往图书馆的大门,玻璃被震裂了。

回到家里,接到神户大学文学部釜谷武志副教授的电话。他告知:

东京方面的朋友来电话,问我们是不是需要暂时离开神户一段时间,他们用车来接我们。当时我们觉得,有电,有水,刚买了20斤米,冰箱里也有吃的东西,日子还可以过,学校里也还没放假,似乎没有必要离开。所以,我当时回答釜谷先生:“我们这里还可以,暂时不必离开,看看情况发展再说。”并请他代我们转达谢谢东京朋友的好意!

下午3时多,我们第一次走下山。路旁有些小店铺的房子,震坏了。但是整个看来,还不严重。大约15分钟的路,过了阪急六甲车站,没有几步路,走进我们1月15日刚刚去过的八幡宫神社。神社有些房屋坍塌了。沿着参拜的大路,走到大门,原来完好的用很粗壮的大石柱子和两个飞檐斗拱式的石顶构成的“鸟居”(日本神社的象征),完全被震坏了。很粗的大石头柱子,从根上硬是断了;拱顶的两道横梁,被震得掉在地下,挡住了道路。那天,为准备“厄除大祭”,神社整理得非常干净整齐,满地的鸽子,刚会走路的小孩子,从妈妈手里拿来饲料,来回在鸽子群里走来走去。这人间和谐的景象和神社庄严的“鸟居”,都被我摄入了镜头。今天,景象完全不同了。“厄除大祭”还没举行,神社自己也遭了厄运。我心里感慨:在大自然无情摧毁一切的力量面前,神不但保护不了人类,也保护不了自己。

越沿路往下走,看到的地震后的惨相越厉害。出了神社门,往前走不远,是一条大路。马路对面,是宫前街。向左拐不远,与宫前街平行的一条通道,是我们经常走过的地方,在街上的第一家大商店,是平时我们购买东西的“生协”大超级市场。现在,四层的楼房,二、三层震塌得完全压在了一起。附近的许多房子,倒塌的,歪斜的,震裂的,都闭门关店,冷冷清清。因为没有电,过街的红绿灯,全不亮了。车辆、摩托车、行人,都自动地小心地让路而行。

再向前走一条马路,到了平时我们用得最多的国铁六甲道车站前面,一看,情形就更惨了。整个的车站,完全塌下来了。车站下面,原来是一些高级衣物商店,电气商店,全被压在了底下。后面一座大的超级市场,是我们常来光顾的地方,楼也毁坏了。

街上很少行人。所有的商店,都关闭着。我们看到,路上有一个年青的女孩,背着、挎着大小几个包袱,在冷冷清清的路上,向六甲道的方向走去。张菊玲说:“看上去,像是中国留学生,房子被震坏了,在逃难。她到哪里去呢?”这时候,真想上去问一问。

看到这些以后,我们才更加感到情况的严重。以后一段时间,将上哪里买吃的东西呢?回来的路上,我们两人的心情都很沉重。沉默着,谁也不想说话。

1月19日,震后的第三天,吃完午饭后,开始停水。

我们的心情更紧张了。很快赶到大学看,以为那里有水。拧开研究室的水龙头,也没有水。学校避难所供水处贴的条子上说:水库水位下降,暂停供水。这时,我们才真正感到没有办法了。住在山上,语言又不通,到那里去弄水?没有瓦斯,没有水,也买不到东西,挺一两天可以,时间长了,怎么办?

两天多的紧张,我们都没有睡好觉。我的心脏,有些隐隐作痛。我开始服速效救心丸。菊玲的身体,也出现异常。倘再这样拖下去,或去避难所,两人的身体,都会垮掉的。

这时,我们才给在广岛的女儿打电话:准备转移到她那里,住一段时间,请她想办法让朋友开车,从山后面来接我们。

我们也给东京的朋友通了最新的情况。他们在想办法,让我们尽快离开神户。在名古屋的爱知大学的友人和学生,也准备开车到大阪,来接我们,到他们那里休息一段时间。

听我的课的一位博士课程的中国留学生,特意来电话,设法安排我们暂时离开住处,住到别的地方去。在沉重的焦虑中,我们感到诸友人的关怀与温暖。

我们知道,东京方面,为我们的安全担心,一直在想办法的,是我们的朋友丸山昇教授和他的夫人丸山松子,芦田肇教授,以及德永淳子女士,还有许多其他的友人。

后来听说,得到菊玲关于这里已停水、我的身体状况不太好的电话以后,德永女士立即同丸山昇先生通电话,紧急商议接我们出去的办法,并让芦田肇在家里随时“待命”。

丸山昇教授是世界著名的中国现代文学和鲁迅研究学者,是为我国学界和友人所熟知的。他是我们认识和交往十二年多的朋友了,也是东京友人中的“领袖”。

芦田肇君也是我们12年前认识的好友。他是东京国学院大学中国语教授,丸山先生的学生,研究冯雪峰与30年代左翼文学的专家。1992年在北京大学中文系研修一年,成了热爱北京的“燕迷”。我们来神户后,他已先后两次从东京专程来看望。地震后,他不只一次心急如焚地从东京来电话问候。

德永淳子,是我们十多年来最知心的朋友。她的父亲是“满映”的美工专家。日本投降后,自愿留下来,为东北电影制片厂的建设,做了许多有益的工作。电影《白毛女》的美工,他是制作者之一。1946年,他把刚刚初中毕业的女儿德永淳子,和她的妹妹,一起送到当时的东北人民解放军,参军作护士。她们参加过东北著名的“四保临江”、“三下江南”的战役,用生命救护过我们的伤员。后来,她们转业,德永淳子也参加了东北电影制片厂的工作。《白毛女》电影里,她是群众演员之一。以后她到北影、上影,工作多年,一直到60年代初期,才回到日本。在日本,她接待过许多中国来的作家、演员、艺术工作者,在日本友协的艺术联络部做翻译工作。至今她家里还保存着老舍、刘白羽、杜宣、于蓝、吴印咸等人为她写的诗的手迹,还有与他们的合影。80年代,日本著名作家森川诚一,多次到哈尔滨调查“七三一部队”实验和使用细菌屠杀中国人民的罪行,德永女士一直作翻译。12年前,在东京,我去看根据森川诚一《恶魔的饱食》一书改编成的话剧《荒野的落日》,剧中演员在监狱中用中文集体唱的《松花江上》那曲催人泪下的歌,是德永女士亲自一句一句教给他们的。当时,她从哈尔滨调查回来,有的右派学生,在她的讲台上方放恐吓信,她轻描淡写地对我说:“我什么也不怕。”现在,她已经年近七十,为中日文化的交流和日中人民的友好,尽了自己最大的力量。现在仍然在继续做很多的事情。

我们知道,丸山昇先生、芦田肇先生和德永女士等朋友,对我们的关心,是远超出个人的感情之上的。

1月19日下午六时,大阪市立大学的副教授松浦恒雄,打来电话:东京的朋友,已经决定明天让你们离开神户。因为车不通,我先步行大约三个多小时,到你们的住处,然后你们同我一起再步行三个多小时,到西宫北口驿,那里的电车,通到大阪。有朋友开车到大阪,来接你们去名古屋。他并且说,这已经是最后的决定,没有讨论的余地了。

他问:“你们能不能走三个小时的路?”

我们说:“没有问题。‘文化大革命’的时候,从北大走到天安门,也不过三个多小时。”

他的家住在尼崎市,也是地震灾区。我们说:“这样你太辛苦了。我们自己走过去,你就在西宫北口驿前等我们,就可以了。”

他开玩笑地说:“那不行,万一在路上发生大的余震怎么办?”只好服从他的决定了。

他说:“那么,我明天11点到1点左右到你们家。请你们准备好带的东西。”

松浦先生,是我这次到神户才认识的朋友。大约是1955年生的。在南开大学留过学。这学期,来听我星期一的中国文学特殊研究的讲义课“中国现代诗歌史”,就认识了。汉语说得非常好。新年以前,我在大阪市立大学和关西中国学会的两次报告,都是由他作翻译的。他喜欢中国的京剧,也研究中国新诗,刚发表一篇关于废名的文章。他说,正在写关于林徽音的诗的论文。我们算是大半个同行了。交往时间还很短,我们没有想到,这次是由他出面,来转达和实施东京方面的朋友的决定的。

傍晚,天已黑下来了。楼下管理所的老太太,来敲门,告诉我们:她们从楼房旁边的六甲川小溪弄了些水,我们可以下楼去取。我说:“真谢谢了!”然后,我用一个盛碗的塑料容器,下楼去。原来她与邻居一起,用水管子,把六甲川的流水,截吸上来,装了几个塑料桶,放在那里,供大家用的。当我倒满一盆水端上来,走到五楼,又碰见她,是还在继续通知别的人家。我又说了一句:“谢谢,您辛苦了!”她又告诉我:“这水不能饮用的。”问我:“饮用的水,有没有?”我说:“有一点,但很少。”我们没有思想准备,想到了,也没有容器。浴缸里倒放满了水,但不能饮用。说过话,一会儿,老人从楼下上来,又给我们送来用一个装矿泉水的大瓶子装满的一瓶水,大概怕我不懂日语,还用右手卷起来,向嘴边抬起,作了一个动作,然后说:“这水,可以喝。”

这个楼里的住民,都不相识。平常从不来往。外国人,除另一西方来的神户大学外籍教师外,只有我们。在这个时候,我感到,日本普通人们的人情,也不是如我想象的那么淡薄。一瓶水,在非常时候也觉得有了特殊的分量。

晚上,仍在看电视。仍在记录关于地震损失的报道。

1月19日下午6时30分的报道已是:死亡3517人,行方不明861人,受伤19523人,房屋倒坏21696栋。

这是我们离开六甲台的住处前夜,留在纸上的最后的记录。

夜里近10点钟了,一位素不相识的中国留学生,打来电话。他说:"孙老师和张老师,如果愿意,可以住到我的家里来。路不方便,明天一早,我开车去接您。我们住在神户六甲山的后面,这里没有震。"我感谢他的盛情,说明了我们明天离开神户的安排,并问了他的姓名和电话。他告诉我,是听我课的一位中国留学的博士生跟他联系的。

在异国他乡,素不相识,遇到困难,我们可以听到这样极普通而又非常珍贵的声音!

因为要走长路,只准备了最简单的行装。20日早晨起来,菊玲还做了一锅饭,准备松浦先生来了以后,一起吃饱了,再上路。没料到,约9点钟左右,门铃响了。开门,原来是山田敬三先生。他穿着一件旧的厚毛衣,没穿西装外衣,满脸的胡茬子,看上去,地震以来四天,没有刮脸了。

他一进门,就匆匆地说:"我叫了一辆出租车。如果东西准备好了,我们可以走了。"

"那么,松浦先生呢?"

"给他留个条子就可以了。"

说着,他匆忙地拿了纸笔,给松浦先生和釜谷先生留下一个条子,告诉他们,我们乘出租车先走了。

这时候,我们才知道,山田先生也通知了釜谷武志先生,从家里走路来,送我们。神户大学研究中国文学的先生,只有两位:山田和釜谷。他们平时与我经常见面,这次是全体出动,而且是在交通极困难的条件下,是在他们家里被震得比我们更乱的情况下。因此,我们的心里是非常感动的(从东京回来后,在一次文学部的教授恳谈会上,我问釜谷先生:“那天,你来回徒步走了几个小时?”他说:“去的时候,三个半小时。回来少一点。”我除了说声谢谢之外,心里也是热乎乎的。松浦先生大约也走了同样的时间。我在长野给他打电话,表示感谢和歉意,他只是说:“那算不了什么,也是锻炼身体。”)

刚要出门,我们接到芦田肇教授的用手提式电话机,从他的汽车里打来的电话,告诉我们:他早晨8时已经开车从东京出发,到大阪来接我们,现在已经在高速道路上。他没有说别的什么,但是我们知道,他这样匆忙赶路,是受东京很多朋友的委托。东京的朋友们,几天来,一直在为我们的生活和安全担心,多次打来电话。听我们电话里说我们这里断水了,几位我们知道的友人,更紧张地磋商。这次行动,大约是他们最后的决定。昨天松浦先生说:“这是最后的决定,没有讨论的余地”,我们懂得他的话里所包含的意思。

山田先生写完条子,我们又让山田先生与芦田先生通话。这时,我们知道,决定我们先到大阪,然后转车到京都,在我们的朋友、神户大学国际文化学部筧久美子、筧文生(京都立命馆大学教授)的家里,暂住,然后再商议去向。

上车后,先到大学文学部的事务处。那时有几个行政人员在上班。山田先生向他们打招呼:用出租车送孙先生到西宫北口,然后去京都的筧久美子教授家里。行政人员惊奇地说:“山田先生这个时候,上哪里找到的出租车!”我们没有听懂山田先生的回答。等上车后,山田先生才向我们介绍:“这位司机,是我孩子学习书道的老师的丈夫。道路不好走,出租车很少,是我请他今天特别来帮忙的。”

路上车很多,但还没有太堵塞。只是有的地方,因地震破坏,路不通,只能再绕别的地方走。有人指挥,很有秩序。

两旁的房子,完全塌毁的,烧毁后只剩下灰烬的,震裂后歪斜停在那里的,屋瓦震掉铺上塑料布防雨的,什么样的都有。有不少的房子较新,坚实,仍然完好无缺地立在那里。有的商店,小摊子,已经在卖东西。到芦屋市,破坏的情况,就更严重些。

马路两旁,全是徒步的人群。有的向大阪的方向,有的向神户的方向，是一番“各奔东西”的景象。他们有的轻装，是为办事吧；有的背着很多东西，提着重的箱子、提包，大约是逃难的了。我这次走前，什么书也没带，只顺手抄了一本正在重读的《围城》，目的是为了指导我国内一个韩国的博士生，他做有关中国现代讽刺小说的论文。看到眼前的情形，使我想起小说里写的当时逃难的情景。只是现在头上没有轰炸的阴影，人们的心情和脸上的表情，宁静如常，看去没有一点慌张感。

约 11 点半，我们到了西宫北口车站。山田先生送我们进站台，把我们送到车厢里，怕我们不知道怎么换车，还很快拿出纸和笔，画了一个到大阪换车转京都的路线图，和接我们的筧久美子先生家的电话，交给我们；他还跟站在车门口的一个日本女孩说了几句话，大意是请她关照我们别转错了车。

车很快开了，山田先生才离开。到了大阪，换往京都的河原町方向的电车。坐到终点，就到了。给筧久美子先生打电话，她正在家里等我们。稍等候一会儿，她很快就来了。我们乘出租车，到了她的家。这是京都大学附近的一个街道里，四周非常幽静，没有大城市的喧哗。房子都是传统日本式的，但每座都有不同的风格。

走进先生的家，筧文生先生出来迎接我们。两位先生，“文化大革命”前在上海外国语学院做过外国专家多年，很喜欢中国，到过中国的很多地方。除了神户地震以外，我们谈了很多中国的情况。两位先生都是很有名的中国古代文学特别是唐诗、李白、黄遵宪的研究专家。他们对于中国的政治、社会、民情、风俗，都很了解。12 年前，我们访问神户的时候，曾经受到他们及其他朋友的热情接待。这次又同筧久美子先生共同上一门汉语课三个多月了。没有想到，地震把我们震到两位老朋友家来了。

晚 8 时左右，从东京开车来的芦田肇教授到了。我们一起吃晚饭。是筧久美子先生亲自做的日本式的涮锅子。商议了第二天的行程，我们就休息了。

第二天，吃过早饭，8 时左右出发。经过约十个小时的路程，于晚 6 时，到了芦田先生的长野县住处，他的真正的家。

在这里，在 1200 公尺的高山上的雪与树林的包围中，开始了我们远离大地震后带来的种种不安宁的新的宁静的生活。

东京的许多朋友打来电话问候。

有的朋友，打电话到大阪领事馆，又打到神户大学，又打到筧久美子先生家里，从那，知道我们现在的住处，电话又跟踪而来。

有的朋友，通过“宅急便”，送来了一箱子东西。打开一看，全是专门从横滨中华街买的中华料理的食品与调料。

有的朋友，寄来御寒的毛衣。

在高寒的山中，心里是一股淌不尽的暖流。

一天清晨，长野住处的上空，晴朗无云，阳光明媚，眼前却飘起纷纷扬扬的大雪。外面是零下6度的寒冷，屋子里还是一片春意。我匆匆地写了一首诗，诗前“小序”云：“阪神大震灾后，我们夫妇得日本诸多朋友的热诚关照，于第四日即离神户，经京都，筧久美子、筧文生教授盛情留宿一夜；次日晨，自东京趋车而来的芦田肇君，又趋车十时，将我们接至他的长野县山庄。小住数日，身心均获休整。一日，窗外忽大雪纷飞，而仍天蓝如水，阳光灿烂。心有所动，匆草此数语，略抒胸臆，并以此呈赠诸日本友人。”诗录于次，题目是《永远的溪流》：

打发了一夜的噩梦
我拉开宽阔的窗帘
一千二百公尺的高山上
冬日温暖的阳光
走进大雪覆盖的木屋
走进我的心里

而这时外面，阳光下
仍然飘着漫天的雪花
飘着雪花金色的闪烁
飘着雪花无限的温柔
和无声的重量

落尽了绿叶的唐松林
与披满了冰雪的长青的松柏
与雪野里低矮的绿色的竹子
静悄悄地并肩而立
远方几乎干枯了的树梢上
正暗红出一片云霞

木屋边的一条小溪
在雪的抚爱下
缓缓地向远处流去
留下了一丝声响,和
一丛绿意

高山上冬天的阳光,土地
与高山上飞舞的雪花
在我心灵的一瞬间
凝成了一片永恒的
异国冬天的风景线

站在一千二百公尺高的土地上
如在一千二百公尺高的摇篮里

那炽热的雨凝结成的洁白的雪花啊
在我炽热的心中,渐渐凝成
永远永远的溪流了

1995年1月29日晨写于芦田山庄

1月30日,是中国的旧历年除夕。我们夫妇,同芦田肇君,以及这时由他的别墅来的日本女子大学教授近藤龙哉,一起包饺子,做中国菜，过了一个我们中华民族传统的大年三十之夜。

第二天，芦田肇教授开车，送我们来到东京。又是一位朋友，东京大学教养学部的年青教授代田智明夫妇，将他们上个月搬出去，刚刚空出来的一套很高级的公寓，让给我们住。在这里，我们度过了一个月余的“逃难者”的生活。在东京，得到那里友人的盛情关照，收到不少由神户转来的国内、海外朋友的问候平安的来信。在意外的自然灾害带来的生与死的际遇中，我们更体味了人间友情的温暖。这是我们此生将不会忘记的！

山田先生来电话说，住处的水和煤气都通了。3 月 11 日，我们回到了神户六甲山上的小楼，我们这个同样将永生不忘的“家”。

1995 年 3 月 26 日

原载《生命之路》，北京大学出版社，1997 年

找回的梦

香港小住，给我的感觉很复杂。讲学，交往，参观，会友，宴饮……匆匆中，半个月的时光过去了。多年梦想，变成了现实，又好像有一种将这梦失去了的怅惘。除了几个朋友和学生的真挚情谊，令我难以忘怀之外，似乎留下许多印象，又似乎什么也没留下。

在京郊宁静的燕园里住惯了，呼吸的每一口空气里都有市声的喧哗。即使在北京，也懒得进城，逛闹市。到了香港，总是更强烈地觉得，好像有一种乡下的刘姥姥进了大观园的感觉。那里，灯红酒绿的繁华，和喧嚣吵闹并存，纯洁的学子之心，与商品竞争的气息交响。我难得找回一片心里拥有的宁静。虽然住在九龙和沙田，都是专家楼和宾馆，环境宁静优美，然而说实话，我还是不喜欢那里，我盼望早些归来。

香港中文大学小思（卢玮銮），既是散文作家，又是教授，在一次宴会上相见，席间，她送给了我一本她新出版的著作。在伫留的几天中，我很快偷闲读了一遍。它似乎帮助我找回了许多的梦，许多这次短暂造访中没有实现的梦。

这本书叫《香港文学散步》。书里面，认真的考察、附录的史料和优美细腻的文字，轻松地带着我的想象，走进了历史，走进了往日文学的氛围，走进我想去而没有进去的一些地方。我随着小思"散步"的足迹，作了一次精神的漫游。

穿过一座石牌坊，走完坡路，尽头有座"四望亭"，绕小亭，登东南台阶，向前再走几步，就会看到一块墨绿色，刻着金字的云石碑，上面镌有"蔡孑民先生之墓"七个大字和"蔡孑民先生年表"。这里，埋葬着一个曾倡导民主与自由的伟大教育家的灵魂，北京大学的灵魂。现在看到的大碑,是1978年由北京大学同学会重建的。从前,只有一块很小的白石碑,上面孤零零地刻着“蔡孑民先生之墓”七个红字,荒凉萧条,曾惹起了有心人的无数慨叹。

从皇后大道中,往山上走,穿过荷活里道,再从文武庙旁经过,抬起头来,就会看见一座红砖塔,塔上嵌着“青年会”3个大字。这是必列者士街51号。1927年的2月,在中山大学任教的鲁迅先生应邀前来香港,就是在这里作了两次讲演。鲁迅说:“凡有老旧的调子,一到有一个时候,是都应该唱完的,凡是有良心的,有觉悟的人,到一个时候,自然知道老调子不该再唱,将它抛弃。但是,一般以自己为中心的人们,却决不肯以民众为主体,而专图自己的便利,总是三番五复的唱不完。于是,自己的老调子固然唱不完,而国家却已被唱完了。”如今若走过此地,望着那座红砖塔,仿佛依然可以听到这惊醒而沉痛的声音。

在薄扶林道,在山坡的路口,会看到一块木牌,上面写着 Woodbrook Villa。沿曲折山径,再往前走,经过一座横跨小溪的石桥,有一座两层楼的小洋房,背山面海,四周树木环绕,那就是诗人戴望舒居住过的“林泉居”。诗人曾经写道:“这带露台/这扇窗/后面有幸福在窥望/还有几架书,两张床/一瓶花……这已是天堂。”后来,诗人戴望舒在这里,失去了他温馨的家,度过了一段寂寞而勤苦的岁月,如今的薄扶林道,已不见往日的松林和小溪,“林泉居”也已被拆掉。但它和它矗立的那个地方,却永存于爱诗人的心中。

走进薄扶林道的中华基督教坟场,在密密麻麻的坟墓中,找到了一块青石碑,上面刻着“香港大学许公地山之墓”。这里,没有一束花,没有一炷香,寂寞地在那里已经55年。许地山自1935年9月从北京到香港,任教于香港大学中文系,经常往来于罗便道125号的寓所和大学的中文学院之间,这里留下了他的足迹,也留下了他所写的《香港与九龙租界地史地探略》和其他爱国的文学创作,直到他1941年8月与世长辞。

在浅水湾丽都花园,在一棵大凤凰树下,埋葬着大陆女作家萧红的骨灰,上面曾竖一简朴的木牌“萧红之墓”。当年,诗人戴望舒曾经在《萧红墓畔口占》中写道:“走六小时寂寞的长途/到你头边放一束红山茶/我等待着,长夜漫漫/你却卧听着海涛闲话。”1957 年,经香港与广州热心的朋友们的努力,埋在此处的萧红的这瓶骨灰,已经移葬于广东银河公墓。

萧红的另一半骨灰,在哪里呢?小思告诉我们,在西环的半山山坳上。那里有一个叫屋兰士里的小街,小街上有一所著名的圣士提反女子中学。“斜坡上,绿树成荫的小花园,恢闸永远用链子锁着,多么恬静和优美,萧红的一半骨灰,就埋在这里,一棵大树下”,“那里,每天早上或黄昏,许多女孩子无忧地踏上人生之路。你沿着柏道下来,或依着般含道向西走,就回头看那个小花园吧!哪一棵树?我不知道,但那里一定有缕寂寞孤魂,向北遥望。呼兰河,原来与圣士提反那么不相关,可是,一生一死,可怜的萧红就把它们联系起来了。萧红的重要作品都在香港这小岛上完成,萧红的爱情故事,也永远埋在那幽幽小园里”。

小思的书里,还述说了很多现代作家的行踪。加路连山南华球场附近的孔圣堂,蒲飞路巴士总站朝海的方向走一段路的学士台,告士打道华润大厦对面,曾经有过的六国饭店……这些地方,留下过郭沫若、茅盾、施蛰存、黄药眠、司马文森等许多作家的声音与足迹。

这一切历史的遗迹,有的还完好存在,有的已面目全非,为林立的高楼所代替;而它们,除留在有心人如作家小思的笔下和心中,多数早已为现在的人们所遗忘了。然而,读了这些文字,它们却唤起了我的怀想,许多的梦,美丽的与痛楚的梦,如一缕缕烟云,更清晰地萦绕于我内心的峰峦中。

原载《文化月刊》1997 年第 8 期

“开花在时间之外”

——为中文系“尊师重教”座谈会而作

温馨与寒冷交织的1992年就要过去了。我们在希望与困惑中迎来了生命的又一个春天。辞旧迎新的时刻，我们聚集在一个充满欢乐与友情的空间里，召开这个“尊师重教”座谈会。我们用有声和无声的语言，为自己，为朋友，倾诉发自心底的美好祝愿。

每一个人的生命都像一棵茁壮成长的树木。每棵树都有自己清晰而美丽的年轮。无数春夏秋冬的色彩，无数个阳光灿烂的白天和宁静神秘的黑夜，无数个创造的艰辛和生长的渴望，无数个失望的叹息和梦境的追寻，织进了一圈一圈的年轮，构成了每个生命的最坚实而又最值得回味的记忆。我们中文系的全体教师，就是一棵树一棵树构成的一片森林。每个老师都是一棵挺拔的长青之树。无论年逾花甲的老年，踏入人生成熟的中年，还是刚刚迈进教师生涯的青年，大家都拥有一个光荣而又神圣的称号——北京大学教师，都有一颗忠于铸造民族精神、忠于自己职业道德的心。我们靠着这种忠诚，在过去一年里，在自己的教学、科研和行政等各个岗位上，付出了自己的精力和心血，为中文系的建设和人才的培养，做着我们每个人应做的工作。每一个生命的年轮又织进了一份不会磨去的光痕。

新的一年里，我们面临着经济大潮的冲击，我们为这一冲击给古老的民族带来更加迅速的振兴、发展而高兴，前进中的祖国对人材的更加迫切的需求与渴望，赋予我们更高的责任感与使命感。“忠诚于教育事业”是我们恪守的信条，我们的精神信念比以往任何时候都更加坚定。经济大潮的冲击为我们带来了精神的骚动和困惑。经济上的赤贫与精神上的富有，形成了更大的反差与失衡。诱惑与压力冲击着人们的思考。人生价值观念和人生道路走向,面临着新的抉择。北京大学中文系在中国和世界上都具有特殊的、不可取代的地位和意义。从上个世纪末的京师大学堂,到这个世纪末的燕园圣地,多少民族精英经历了战争和宁静,逆境和顺境,富有和贫困,他们为造就民族的桥梁,为弘扬民族的文化,为培植学术的累累硕果,艰难跋涉,默默奉献了和继续走着生命的路程,他们是这片土地上永不凋谢的森林,他们生命的年轮里闪烁着永远的光彩。这是我们民族的希望所在。历史的启示是一座丰碑,面对大潮,我们的回答是:坚守自己光荣的岗位,忠于民族精神文明建设赋予我们的崇高职责。

也许在近期内我们无法改变经济条件,做到经济与精神同样的富有,也许在一个时期内这种情况的改变,还是一个渺茫的梦。但是,我们一旦选择,就不作改变!希望渺茫的追求,比希望清晰的追求,更加悲壮,更加富有不可替代的价值。

新的一年里,我们该做的事很多,很多,中文系的整体建设,有许多问题需要大家来思考来出力,希望大家将真诚的愿望和宝贵的意见充分提出来,我们会在共同的努力中,迎接经济大潮的冲击,把中文系建设得更加富有朝气。

在本世纪初,法国大作家纪德有一句名言:“开花在时间之外。”

未来会证明:我们这一片森林,是最可宝贵的精神绿色。

哺育生命之树的生命之树常青。

1992 年岁末于燕园

原载《生命之路》,北京大学出版社,1997 年

《生命之路》自序

一晃儿,在北大过了40个年头了。

去年11月,在神户大学,我60岁生日那一天,正好有课。进教室,看到学生们在黑板上写着祝贺我生日快乐的大字;他们送了我一束鲜花。

于此,我的心里是很感激的。

同时,我更清楚地知道,我已不再年青,我已由中年进入了老年的行列。

生命匆匆地过去的时候,常常有一种遗憾和紧迫之感。

我们这一代人,被迫地耗去了许多最宝贵的时光。

自己应该做的许多事还没有实现。

轻松一些过日子,未尝不愿,可总想多抢回一些失去的时光。拼命地去做吧,可以得到更多的成果,但是身体的情况又常常向自己亮出"黄牌儿"。这种两难的心境,常给自己以太多的烦恼。

结果,就只能这样慢慢腾腾地往前赶。尽自己的所能,做了一个北大人应该做的事情。回头看看,是很惭然的,面对已经离开人世的那些老师的期望。

问心无愧的是,我在北京大学这个神圣的知识的殿堂里,学了怎样做一个人。

我非常庆幸于我们有那么多的好老师。他们都是全国的或世界上一流的专家。他们给了我们许多知识和做学问的方法。但更重要的是,他们给了我怎样做人的真髓。

这一点,可能比其他任何东西,于自己,都更为宝贵。

今后,在忠实于我的教学工作之外,也许还是会慢慢腾腾地做些力所能及的事儿，努力去完成我多年的梦想，哪怕只是一部分。

但愿不会再像噩梦的岁月中那样去虚度年华。然而，太高的期待得到的往往是失落的怅然。

但是，在学习做人这一点上，我将会一如既往。

在1990年夏天，一次北大中文系1955级老同学的聚会上，我们的同窗，著名的文学评论家陈丹晨，在大会的讲台上，说了这样一句话：“对于老同学，别的没有什么太多好说的；但有一点，可以告慰于大家的，就是：我活得还像一个人！”

我愿终生履行他的这句当时曾经震撼着我内心的话：

“我活得还像一个人！”

是为序。

1996年4月16日

原载《生命之路》，北京大学出版社，1997年

《生命之路》后记

大约1996年初，在神户，接友人岳川自北京来信，转达北京大学出版社编辑之意，邀我编一集子，拟收入《北大未名文丛》里。并说，待我归国后，即要交稿。

1996年3月30日归国后，即与出版社责任编辑李东联系，经与他认真的商量，修订了我自己初拟的选目，作了一些复印和编辑的工作；一个月后，我将这本集子的稿件，交给了出版社。

按《文丛》的编者意图，收入的文章，要包括学术论文和散文两个部分。但论文一般较长，不能收得大多。散文也因全书字数限制，要有所选择。据此原则，选来选去，结果，就成了这个样子。

第一部分“怀人篇”，除怀唐弢先生一篇外，所怀者，均为北京大学中文系我的老师、同学和友人；《燕园的小路》是多年前为《精神的魅力》一书写的短文，其中提到的几位学者，多为北大的我的先生，或交往过的长辈，他们除林庚先生尚健在外，多已离世，故亦收于此。对于吴组缃、王瑶、朱德熙先生，我另还发表了一些悼念文字，为省篇幅，这里就不多收录了。于另一些友人，如薛绥之、包子衍，以及“九叶诗人”三位逝去的朋友曹辛之、陈敬容、唐祈，我先后也写过一点怀念的文字，因与北大关系不大，所以未收入。

第二部分“论文篇”，是从近年发表的诸多学术论文中选出的几篇，除关于郑敏的一篇是为庆祝诗人创作生涯50周年应约写的评论性文章之外，其余概属学院式的探讨性的文字。或关于东方民族现代诗探索历史足迹的考察，或关于15年新诗研究历程的回顾，或关系重建中国现代解诗学理论的思考，或关于现代诗与晚唐诗的关系的探求，均属这几年我所关心的一些课题。希望思考的这些问题，能引起一些同行者们的兴趣。

第一部分“散作篇”，从这几年所写的一些散文、序言、札记、讲话稿中，选了一部分收入。虽然有些是为应付一些场合而写的文字，但我是用心写了的，而且想说出一些当时想说的心里话，如为中文系“尊师重教”座谈会的两次讲话，也为我自己所不愿遗弃者，收入进来，或可作为一个时期一位大学教师心态的见证。而且，我觉得有些话是至今尚未过时的。关于“阪神大震灾的随想”一篇，是追忆的手记性的东西，只写给自己看的，当时心情非常平静，随想随写，也从未曾想以后拿出来发表。它只是这场“千载难逢”的大灾难中，我和菊玲个人的一部分写在文字上的经历，留作我们一生中难得的一份记忆，所见有限，拉拉杂杂，我想了想，还是收在这里吧，也算对那些关心过我们的亲人和朋友们，表达一点我们内心的感激之情。

所收文章大多发表过，出处均于篇末注明，少数未注明者，据手稿排印。关于废名诗论的一篇论文，是在日本关西中国文艺研究会的一次讲演稿，日文译本曾在他们的《野草》杂志上发表过，国内尚未发表，这里据中文稿收入。

出版社责任编辑李东，于事务繁忙中，从商量选目，确定书名，设计版式，到校对和修改书的校样……都出了不少主意，费了许多心血，对此，我特别表示自己的谢意。

1996年12月17日

原载《生命之路》，北京大学出版社，1997年

重读北大学术传统

北大传统是什么？就学术思想来讲，已经为大家可以认同的是，蔡元培先生在新文化运动初期所提出的两句话，这就是“循思想自由原则，取兼容并包主义”。这个思想的提出，本身是在新旧文化的交战中，为了回击旧文化营垒中的一些人物对于北京大学袒护新文化的事实而发的。在提倡新道德，反对旧道德，提倡白话文，反对文言文的新文化运动中，林琴南等一些人出来攻击新文化，反对蔡元培支持新文化运动的态度，并以“尽废古书”、“非圣无法”、容忍一些教授的不道德行为等等罪名，加之于蔡元培身上。他们编影射性的小说，造一些子虚乌有的谣言，甚至发表什么《北京大学铸鼎录》的长文，用给提倡新文化的北大名人一一作传的形式，想将他们钉在历史的耻辱柱上。蔡元培提出的这个北京大学的学术原则，本身就是起着保护新文化的作用的。这既是办学的方针，也是发展学术的方针。它已经成为北大的一种传统。在今天看来，它在发挥北京大学在中国现代化进程中的作用，促进北京大学学术的自由发展，为北大学人的进取提供一种良好的生长环境等方面，是有着不可磨灭的功绩的。前些年，有些人觉得这个传统似乎落后了，甚至只会起消极作用了，提出用宣传马克思主义的传统代替这个学术思想原则，我觉得这是对历史的不尊重。阻挡历史和扭曲历史，都会为历史的选择所否定。

近百年的历史是一个非常复杂丰富，充满着血泪和斗争的历史。它在自身的进程中，有外国帝国主义的侵略造成的长期的灾难，有进步与反动，黑暗与光明的斗争所带来的创伤，有进步的力量自身所带有的资本主义，甚至是封建主义的思想和体制的弊病造成的悲剧与不幸，特别是作为一个执政党之后所发生的惨痛的教训。随着这些历史发展出现的复杂性,蔡元培先生所提出的北京大学的学术思想原则,在贯彻中也产生了很多悲剧性的教训。进步的好的传统,应该弘扬。惨痛的历史教训,应该认真反思。就近几十年来说,一些非常有远见卓识的关系整个民族命运的学术思想被蛮横地扼杀,一些复杂的学术思想被简化为政治思想遭到来势凶猛的批判,一些纯学术问题潜深的研究被冠以脱离现实的名义而不能正常进行,一些属于不同学术意见的争论往往被视为异端而不能畅快地发表,一些即使可能是有错误的但依然可能有某些价值的意见被剥夺了发表的权利。"文革"十年中那种对于知识分子,对于知识,对于民主与科学传统的全面摧残,就更不用说了。上面说的这种情况,虽然属于过去的事了,但我们不能忘记历史的教训。

随着时代的发展,我们对于北大的学术传统,对于蔡元培先生提出的发展学术思想的原则,应该有新的发展。不断地创新,进步,探索,不断地以自身的创造发挥它在推动中国现代化发展进程中的作用,这才是真正对北大传统的尊重。固守传统而拒绝发展,像当年林纾那样,原来参加过晚清介绍西方进步文学的潮流,产生过很大的进步的影响,当新的文化潮流冲击到来的时候,竟自称"清室举人",以"年垂七十"而"抱残守阙"自命,当然是不对的。但是,另外一个方面,在时代的发展中,我们要不要时时想到我们有没有失落一些什么东西?要不要想到我们应该有怎样的学术品格的坚守?这同样是我们面对一个新的世纪来临,反思北大的学术传统中更加应该深思的问题。

事实上,这一方面,已经不是一个什么理论上的问题,而是一种现实的客观存在。

譬如,前几年我就听到学界有一种流传颇广的议论,叫做"海派京派化,京派海派化"。我并不赞同在学术研究方面笼统地有什么"京派"与"海派"的划分。更不赞同以所谓"海派"的名目来看待南方学者们的治学方法与成就。好的学术传统一直为全国学者所共同拥有,这是历史事实。在学术研究作风的科学化和学术成就的影响这一方面,南方的许多年老的和年青的学者们为北大的学者们所不及。我所关注的是这个议论中，实际上包含着对于北大传统中一些好的学风失落的批评和不满。由于浮躁，由于急功近利，由于商业大潮的冲击，这种现象已经是不能否认的事实。近来语言学界中北京几所高校的一些学者，在北师大开了一个关于讨论学风的会，对于改变不正常的学风发出呼吁，就是一个例子。他们所批评的现象，也包含了北大在内，也不仅仅限于语言学本身才存在。我看，在文学研究的领域，可能比语言学研究领域还要更加严重一些。问题在于，是不是已经引起我们自身的足够的重视。

又譬如，最近读到一位青年学者发表的一篇文章。文章很有理性地批评了前几年"文化热"的文化研究中，存在的一种研究历史却违反历史性原则的现象。这种研究超越实际，超越客观，超越政治，对一些历史人物和历史现象作出一些非科学的，甚至不顾民族良知的阐释。有的人附逆投敌，充当汉奸，被从文化上找到可以理解的缘由，甚至可以看做是有些爱国性的行为。我觉得，这种正常的说理式的学术批评，是学术研究中的一种很有历史责任感，也非常严肃的声音。研究历史，当然不能重复过去那种纯政治的和庸俗社会学视角的阐释，因为这种方法，我们的学术丧失了学术自身的品格，以扭曲历史，甚至是以别人的牺牲为代价；但是，研究历史，同样不能完全放弃历史性原则，超越时代历史的制约，进行任意的主观的抽象和阐释，这同样也是一种丧失学术的品格，是对历史的扭曲。那篇文章所批评的这种类似的情形，这种非科学性的学术研究，在我们北大学者身上是不是存在？也是值得我们深思的。在上面所说的文章中，被批评的研究者中间，就有一个北大毕业的我的硕士研究生在内。

蔡元培先生提出的办学和发展学术的原则，实质上构建了一个科学与民主的精神传统。而他所说的"思想自由"和"兼容并包"，又为这个传统的构建提供了很大的可操作性空间。这就是他在偏于激进的和保守的两种思潮中间，取了一种比较缓和的路线。从今天的眼光来看，就是坚持学术发展的涵容性和多样性，允许各种不同的学术观点的存在和发展，为不同观点的学术意见的竞争提供宽松的思想空间，并让偏于激进的和偏于保守的对立思潮，在共存和论争中起到一种互相吸收和补充,互相促进发展的制衡作用。近日重读夏晓虹女士的《晚清文人妇女观》一书,她对于当时新旧思想斗争非常激烈时期的妇女观的不同思潮的观察和叙述,就采取了这样的学术思路。陈平原在为这本书所写的序言中,特别将这种学术思路作为该书的一个特点提出来。"一半源于历史观,一半出于天性,夏君对晚清的'女学''女报'等寄予特别的兴趣,而且强调在妇女谋求解放过程中'温和派'的作用。说是历史观,因夏君认为,文化及风俗的转变,受中间阶层的影响最大。清廷及其反叛者的针锋相对,固然旗帜鲜明,容易理解,也容易叙述;可真正实现社会转型,很大程度依赖'温和派'的实际操作。后者因为强调可行性,不愿把问题推到极端,立论因而常常受时势所牵制,显得不够'彻底',后世学者往往对'激进'或'保守'感兴趣,并依此构建新旧对立模式。这么一来,'一切历史'可就真的都成了'思想史'了。"这里虽然说这种对"温和派"作用的重视,只限于文化及风俗的研究范围,而与"政治史"的研究有所区别,社会变革和思潮的演进,激进派的作用也不能一概以此论之,但是我想,这一学术思路在很大程度上反映了文化及各种学术研究发展的规律。"兼容并包"也就是我们今天所强调的学术上的"大度"和"宽容"。很多合理的学术观点,只有在这种"宽容"的空气中,在正常的争鸣和讨论中,才能得以生存和发展。今天,这种学术研究的"宽容"空间,是用几十年的血的教训,用整个民族生死存亡的代价换来的。维护这一精神原则,也就是对于北京大学学术传统的最好的继承和发扬。

原载《学人》第 13 期 1998 年 3 月

给我一枝花吧

1990年春，我拿着一叠从日本带回来的方形硬硬的色纸，请林庚先生给我写字。我说只要写一张就可以了，其他的色纸送给先生。过了几天，我到竹林掩映的燕南园62号林先生家里去取。没想到，林先生却写了好几枚，让我自己挑。我当时高兴得像一个孩子似的贪婪，真想全包圆，又有些不好意思，但最后还是选了四枚，如获至宝，带回家里了。林先生那年适值80华诞，这些色纸上苍劲而潇洒的毛笔字，那些充满人生哲理和浓郁诗情的格言，就成了我书柜里陈列的珍品。这年暑假里，我作为系主任，张罗中文系五五级同学毕业30周年的聚会，要编一本通讯录，便将林先生给我写的色纸中的一枚，拿出来复印，放在封面上，作为林先生赠给五五级同学的纪念。

这枚色纸上写的是："那难忘的岁月仿佛是无言之美。"这诗一般的语言每天闪烁在我眼前。它唤起我许多美好的回忆。

进北大后，我们中文系语言文学专业五五级二班男生，住的是13斋（女生住27斋，比男生阔气，楼里有洗澡间）。这是一排新盖的灰色砖房，在学校的东南角，棉花地（现在的"五四操场"）的北面。里面有几个上面通着的取暖的火墙隔着，几间连在一起的大房子里，住着我们班二十多个成天做着好梦的年轻人。

人多，自然热闹。如深夜睡不着觉，唱歌，咬牙，放屁，嘎巴嘴，均可欣赏到。一次，一位湖南来的同学，住的是下铺，深夜，从床上滚到地下，只听见"咕咚"一声，被惊醒的一些同学，赶忙爬起来，将他抬到床上，问他："有没有摔着？"这时并不见他说话，一阵呼噜声，却自他鼻子里传出来：原来他又睡着了。有知情者开玩笑说："把他抬走，放到天安门广场去,他也不会醒来。”早晨起来,问他,他竟完全不知有此事。

在“无言之美”的岁月里,最不能忘记的,首推当是“跑教室”。讲起听课和“跑教室”,那真是永远不会再有的难得时光。多少全国一流的教授学者先后都给我们上课。文学的游国恩、杨晦、吴组缃、林庚、王瑶,语言学的王力、魏建功、袁家骅、高名凯、周祖谟、朱德熙……这些知名学者的群星云集,构成了北大中文系一个最辉煌时代的“风景这边独好”。

开学第一堂课的老师,是著名的语言学家高名凯。上课地点是外文楼103,讲的是“语言学概论”。高先生穿着西装,夹个大皮包,很有派,把我们这些刚从中学来的学生都震住了。浓重的福建口音,讲的是什么“语言是人类的交通工具”,什么契科巴瓦、马尔,什么斯大林说“语言是没有阶级性的”等等,都是一些闻所未闻的东西,听起来那么新鲜。说实在的,好多内容我并没有听懂。在一阵兴奋但又朦胧的感觉中下课铃响了。

紧接着下一堂课,是周祖谟先生的“现代汉语”。教室在当时学校最东边的地学楼的阶梯教室。一个在西北,一个在正东,是个大吊角。中间只有20分钟的课间操时间。当时班上几乎没有什么人有自行车。为尽快赶到教室,更为占到一个好的位置,办法只有一个:跑。只见同学们背着书包,三两个一伙,从外文楼到三教的路上,一路的疯跑。我们往东跑,别的同学又往西跑,个个气喘吁吁,满头大汗。等我们坐下来后,著名的周祖谟教授走进教室,用他慢条斯理的纯粹北京话,开始给我们讲语音部分。他叫起一个个各地来的同学,用普通话念一些词语,绕口令,或者伊索寓言,让同学们跟着他读,耐心地纠正每个人的发音。学生南腔北调,发不准音,常弄得满堂大笑。我们从云遮雾绕的马尔和契科巴瓦,一下子到了北京味十足的活跃气氛中,心理上得到的一种亲切,将一路跑的累劲全扫荡一空了。近两年里,我们就是在这种“跑教室”的日子里过来的。

虽然这样,没有人去给教务处提意见。大家都觉得,“这样跑,值!”

林庚先生给我们讲唐诗,是在文史楼107。他穿着一身浅色的西装,身材高大瘦削,精神抖擞,讲起话来,声音洪亮,诗意盎然。有时激动得“它它它它”,说话中间连接的语气词一连好几遍,让你跟着他去着急,去体味,去找一个最恰切的字眼儿,表达他感受的“专利”;有时又是那样的轻松,婉转,仿佛引我们进入一种美丽的诗的境界中去。我真的感到一种“盛唐气象”和“亭亭玉立”的诗人风采。他讲《楚辞》中的“袅袅兮秋风,洞庭波兮木叶下”,讲王维的“大漠孤烟直,长河落日圆”,讲曹子建的“高台多悲风,朝日照北林”的那些课,已经成了“人间哪得几回闻”的“绝唱”。古人的诗歌之美与先生的人格魅力升起了我们心中的一道彩虹。

和林先生风度不同的是萧雷南。萧先生讲的是《楚辞》。在化学楼东头的阶梯教室。先生穿着深灰色的中式长衫,左手捧着一本古色古香的线装书,右手甩着袖子,轻轻的掸拂着书上的灰尘。他用悠长的调子吟起《离骚》的开头:“帝高阳之苗裔兮,朕皇考曰伯庸。摄提贞于孟陬兮,惟庚寅吾以降。”并反复说这个“降”应该读做“红”。接着是对诗中一个个典故作详尽的考据,整整讲了几堂课。临了,他拿起那本书说:“这是山带阁本的《楚辞》,难得的善本了。”还发了一通感慨:“老师常教训我说:‘我的老师,那才叫真的读书,有的书,能够倒背如流;到我们这代,只能是翻书;到了你们恐怕只能说是摸书了’。”萧先生是传统型的学者,他这番话,我们这些自感“豪情满胸怀”而连“书”都摸不着的“共和国的年轻一代”,当时并不以为然。现在,萧先生已经仙逝。想起他的话,确有被不幸言中的失落感。

第一年“跑”的一门课还有“民间文学”。讲课的是一位青年女教师朱家钰。地点在一教。我想起她是因为她的悲剧。她在课堂上讲了很多的民歌和童谣。有一个北京的童谣,我至今还记得:“风来了,雨来了,老和尚背着鼓来了。”通过这个课,我懂得了中国的民歌里,有很多了不起的创作,是为文人的作品所不及的。我后来的喜欢陕北信天游的悲怆悠长,青海甘肃“花儿”的婉转柔丽,内蒙民歌的豪放辽远,西藏民歌的深沉高亢……常常哼唱这些地方的民歌,是从这个课堂上得到的启发。到了真的“风来了,雨来了,老和尚背着鼓来了”的时候,她死了。听说,在暑假工会组织到大连旅行归来的船上,这个年轻的老师预感到将被划为右派的命运,便在大海中悄悄地消失了自己。

“无言之美”的日子里,除了“跑教室”,就是图书馆“抢位置”。那时图书馆地方小,位置不够,虽然许多教室开放,但大家还是愿意进图书馆看书。除借书方便外,要的好像就是那种气氛。我们多数去的是文史楼五层的文科图书馆。早晨起床,匆匆洗漱完毕,从饭厅弄一个馒头,一碗粥,端着碗,边走边吃,到了图书馆,一手拿碗,一手将书包往座位上远远一抛,就算有了一个位置。然后才下楼去洗碗。如果这一天没课,这个位置就可以唯我独享了。实在占不着位置,就只好到教室里去“打野食”。一次,同宿舍的孙绍振,早晨起来,两脚往鞋里一伸,洗漱完毕,就直奔图书馆。他在那里非常规矩地一动也不敢动,显得异常的老实。原来,早晨他太匆忙,穿错了鞋:两个脚上,一只是球鞋,一只是皮鞋。回去换吧,怕丢了位置,不换呢,又怕别人看见笑话。这时候,我们每个人,都充满着对知识的渴求,像一个孩子胡乱吞食着一切自认为美的东西。

到了假日,可以不“跑”不“抢”了,那就出现了“走”。也就是玩。走得最近的,就是到棉花地的土坡上面,在桑树枝上,倒挂一把南方同学带来的油纸伞,用一根竹竿,仰头敲打着桑树的枝叶,于是白的、紫的桑葚,便雨点一般地掉在伞里,随后就拿回屋去,大家饱餐一顿,弄得人人的嘴都像紫茄子尖一样。走得稍远一点,就是到颐和园。我与几个人,穿蔚秀园的小西门,经挂甲屯、西苑的冰窖和稻田,到昆明湖里游泳,于碧波和浪花中聊大天,讲笑话,如活神仙一般。走得再远一点,就是去香山。一年暑假里,没回家的十几个同学,带着米、肉和青菜,走路登山,到了樱桃沟,找那里的老乡借了锅,用山里流下来的泉水煮饭,烧菜,进行野炊,还穿着短裤,光着脚,站在清澈的山溪中,享受盛夏的凉意。最有名的一“走”,当属进城看戏。一次,全班到城南虎坊桥的工人俱乐部,看人艺演出的《雷雨》,戏完了,还不肯走,大家直等到所有演员谢幕完了,才离开剧场。这时,城里城外的电车汽车都没有了,急中生智,半路截了一辆卡车。好心的司机把我们拉到天安门前,说方向不对,不能远送了。没有办法了,大家就步行回校。经西单,新街口,出西直门,过高亮桥,沿着长满白杨树的通往颐和园的大路,一边走,一边唱着歌:“祖国,我们远航归来了……”一边交谈着于是之、朱琳的表演,等我们走到西校门时,已经是凌晨4点了。这一次将近六个半小时的“夜走京城”,简直可与“跑教室”、“抢位置”等量齐观。

那个岁月里令人难忘的,还有除夕晚上的团拜。大家聚集在大饭厅里,欢歌笑语,直至深夜。零点钟声敲响,马寅初校长走上台来,用浓重的吴语口音说:“兄弟给大家拜年!”并翘起大拇指:“北京大学,是全国最高学府!”热烈的掌声中,我似乎也有些“府”中人的飘飘然之感。但我对“最高学府”这几个字在每个“府”中人身上意味着什么,体会是非常肤浅的。

启示常出于偶然。1957年夏那个“风来了雨来了”的时候,我看到一张大字报中所讲述的这样一件小事:

“五一”节游行归来,走在队伍里,路上遇到一个可爱的小姑娘,带着渴望的眼神,看他手里纸扎的花儿,伸出小手恳求说:“给我一枝花吧!”这张大字报讲的是些什么内容,我早已忘得一干二净。40年风风雨雨的冲刷,许多家国大事,至理名言,在我的脑中也早已烟消云散,而这件小事我却始终留在记忆中。那个小姑娘充满渴望的声音也常在我的心中飘起。

随着对人生的了解更多一些,我越发感觉到,这个稚嫩的渴望的声音,与我所怀想的无言之美时光中的北大人的精神之间,似乎有着某种联系。我得到一些但却失去了更多美的花朵。渴求的眼神至今在我的眼里闪亮。我不知道如果没有这种渴求人会变成什么样子。“给我一枝花吧”留给我的是永远的灵魂的震撼。

“灾难”岁月刚刚结束,看到七七、七八级的同学,挤碎了教室的门玻璃,带着怎样从文化沙漠走过来的对于知识的饥渴,听我的讲课;后来又看到一届届的学生,怎样又开始了一种新的方式的“跑”和“抢”和“走”,过着紧张的校园生活;看到我晚上关于新诗讲座的一教101教室里,人挤得满满的,还有的站着一直听完;这晚,我接到同学轻轻放在讲台上给我的一张纸条:“孙老师,请您坐着讲吧,或是休息一会儿,杯子里有热茶。”这时候,仿佛我又回到那“无言之美”的岁月,我又看到了小女孩那充满渴求的眼神。

“给我一枝花吧！”我总觉得，这个稚嫩的声音里，包含了我们北大人身上的一些什么看不见的东西：一种一时难以说清，但又无法抹掉的精神追求，一种自己并不觉得自己拥有，但又走到哪里都可以显现出来的人生品格，一种执著地企盼得到，但又怕无可把握的强烈的知识渴望。用句时髦话，就叫北大人的“精神家园”吧。是它，使北大的老师和学生充满了奋进不息的勃勃生机，使北大人以无声而激烈的竞争姿态投入生活，默默地耕耘着，在这个世纪中国走向现代化的道路上，付出一代一代人的汗水和生命……

原载《太原日报》1998 年 4 月 25 日

渴望一片永远的绿地

太子河静静的流水从离鞍山四十多里地的家乡流过。那个小乡村的名字叫新台子。我在那里度过了自己四年多难忘的童年时光。虽然也经过“胡子”(东北对土匪的称呼)洗劫村庄的惊慌恐怖,尝到八路军队伍和“国军”来回拉锯战时的纷扰,经历过大水如猛兽般滚滚而来淹没村里道路和房屋的洪灾的滋味,体验过大干旱的荒年里吃树皮吃草根儿吃灰灰菜叶包高粱米粉团子以至大家都浑身浮肿的大饥饿,也经历过挨打的痛苦:因为秋天打场时我蹲在地上甩高粱穗头玩耍,将谷粒绷出场院外后,严厉的祖父用带铁钉的耙子打在我背上,以至光着的脊背鲜血直流……但是,那个靠着太子河支流的一湾清澈小河和矗立着一座关帝庙的小村庄,至今仍然常常使我不能忘怀而梦绕魂牵。其中的原因之一,是那里留下了我童年的岁月时光,洒下了我童年的汗水,也留给了我很多美好的怀想。大河堤外那一望无边的土地和大野的绿色是我那时生命的祭坛。

夏天来了,我跟着祖父下地去除草。戴一顶大草帽,拿着一个比我身体还长的大板儿锄头,两条垅来回锄下来就是一个上午。我只有十二三岁,满身汗淋淋地躺在地头儿的草地上,望着长满青苗的大地那无边地喷放着清香的绿色,望着像个大锅盖样覆在头顶上的高高的蓝天,真是连妈妈走五里地送来最好吃的高粱米饭咸水泡黄豆的美餐都不想起来吃了。

最快活的当然是祖父让我们去打烧火用的茅草和青蒿。没有大人跟着,几个同龄的小伙伴儿拿了磨快了的镰刀、绳子和磨光的树枝做的三股叉,相约同时出发,顺着大堤一路边玩儿边走,来到离村子五里地远的太子河边。找一个草地开阔的地方，放下手里的家伙，大家先是脱掉衣服，然后来到河边，随便往光光的身上一把一把地抹稀泥，当每个伙伴都成了浑身上下黄糊糊的泥人之后，就听到“一二三”的一声齐吼，“扑通扑通”，大家一个猛子扎到水里，一口气潜到河的远处，等从河水中钻出头来，爬上岸，大家就来比赛一番看谁的身上剩下的泥最少。然后是下河游泳，玩得累了，就摸鱼，将手伸到河岸边水里扁扁的泥洞深处摸螃蟹，再到附近的地里掠几把毛豆，架在拣来的干草和树枝上，点起火来，不要多久就可以美餐一顿孩子们最喜欢的“乡村烧烤”了。再后又是下河游泳，或躺在绿色的蒿草和芦苇边，嘴里嚼上一片草叶，眯着眼睛，尽情地享受大野绿色与温暖阳光的恩赐。至于割草和青蒿，是很轻易就可完成的“任务”：等玩儿完了，紧张地挥一阵镰刀，撂倒一片蒿草，只要傍晚在脖子上将一马架子的青蒿和茅草驮回家，就算交差。

从那时起草地大野的绿色就溶进了我童年的生命。几年鞍山中学充满晚上炉火红光和工厂黑烟的生活也没有抹去我心中这绿色的渴望。

1955 年秋进北京大学后，最幸运的就是我很快被抽出来做蒙古留学生达士朋的学习辅导员。我从灰色的 13 斋搬进了四院同他住在一个房间里。一院至六院门前有一块大草坪。那时草皮上的青草长的非常茂盛，绿茸茸的，像一片柔软的大地毯。草坪上还疏疏朗朗地长着几株松树。有的树龄已经很长了，像一个个饱经风霜的老人。这草坪和树荫成了我经常读书，背诵外语单词，散步，以及和同窗好友们谈天的去处。后来虽然住到别的地方，但因二院是中文系的办公地方，我仍经常路过这块草坪，或专门到这里读书，漫步，作无名的沉思。我爱这片广大的绿色。我在这里似乎找回了自己的童年，又做过了许多新的绿色的梦。

一场突如其来的风暴使这宁静而美丽的梦被打破了。在触及人们灵魂也触及人们皮肉的“文革”中这草坪留给我的是如噩梦般的记忆。批斗中文系“走资派”的一次最野蛮的闹剧就在二院门前的草坪上演出。当时的系党总支书记程贤策、系常务副主任向景洁和其他“陪绑”的教师，从院子里被拉出来，一个个站在放在门口的凳子上被“文斗”一番。有的学生从五院厕所里拿出一个装满脏纸的纸篓，一下子反扣在程贤策书记的头上，他的胸前还挂了一块“黑帮”、“走资派”之类的牌子,脸也被用墨水抹黑了。我想大约是无法再忍受这样的精神侮辱吧,当天下午,程贤策就在海淀买了一瓶酒,一个人到香山树林中悄悄服敌敌畏自杀了。

有一天傍晚,我在四院门前草坪上读书小坐,看见刚刚在什么地方被批斗完的校长办公室主任严仁赓先生,狼狈地光着两只脚,一手提着一只鞋,另一只手空着,一个人低着头默默地从南往北穿过绿色的草坪缓缓走过去了。我好像看见他和许多被斗的人心里在流血。我无心再在草地上逗留。这绿油油的草坪似乎走进了血色的黄昏。我心里绿色的梦也变成一片暗淡。

工宣队、军宣队进校后不久,就说:"这么大块地方,只让它长草,不太浪费了么?"于是草坪被全部铲去,种上了各种青菜。六个院和体育馆满墙绿色的爬墙虎,也奉命全部给铲掉清除了,理由是为了清洁和卫生。那时没有化肥,菜地浇的是自然肥料。我当时被调到学校里编《新北大》校刊,每天在六院上班,经常饱尝从菜地里飘来的大粪肥料的"香气"。

70 年代末,灾难的岁月过后,不知道是不是为了"一切向前(钱)看",菜地又被铲平而改种果树。四周围得紧紧的。后勤工人每年辛勤地修理果树,浇水施肥,收获几许不得而知。后来辟为"宜园",铺了一些石子小径,每当傍晚,假日,不少人于此赏花漫步,也算一个悠闲的去处。但有时即使不在夜里,这里也成了年轻人的"伊甸园",就不敢进去惊扰了。且那些孙悟空头上紧箍咒似的篱笆还如一堵围墙把许多春光秋色关在里面,不能供过路人尽情地赏心悦目。我走过这里总是渴望那一片开阔的绿地重现于眼前。

图书馆前那片绿地被铲除盖楼了,于是五院前面这片果园又变成了铺满青草的绿地,第一次又恢复了它自身的价值:给人们以智慧追求的灵感和创造后休息的愉悦。论景色,虽无图书馆前那块草坪那样以水塔为衬影、与周围的古式和现代风格交相辉映的建筑有一种和谐得天衣无缝的美,这里显得单调多了,但总还聊胜于无吧。

1997 年中秋节晚上,我与几位学生聚餐之后,特意漫步走过这里,看满草坪上是一圈一圈的学生,围着原始的或是以电代蜡的烛光,轻声唱着他们喜欢的歌曲，或尽情地品尝中秋月饼，上有清月放辉，下有烛光闪亮，无篝火晚会之喧嚣，有少长咸集之亲密，一圈一圈的烛光笑脸，与草坪，与青松，与月色，与夜空中灿灿闪烁的星光，像是构成了一个美丽的充满绿色的祭坛，许许多多刚从中学走来的孩子们在绿色的祭坛上编织着他们未来的梦。这幅“中秋月色草坪图”几乎可成为燕园一个独特的景观。此番夜色，仿佛又使我回到了童年的绿色梦境，回到了入学前几年那些做着“长起来吧，小树苗”梦的美丽日子，也回到了对于身处四十余年的北大人精神追求的沉思。

一所好的大学应该是人类精神的童年。它应该拥有一片永久的绿色空间。这空间在自然世界也在人的精神世界里。无论它变得怎样古老，在这里生长并从这里出发的都是含苞待放的希望。我愿永远不会再有人用野蛮的思维和暴力铲除北大人百年来葆有的灵魂的一点绿色。我常常这样问自己：当一个人，一个民族的精神葱郁的绿色都变成裸露的黄土高原的时候，将会是怎样恐怖的情景呢？

1998 年 3 月 14 日

原载《中华散文》1998 年第 6 期

读书与高文化素质的养成

这次召开的读书的表彰暨研讨会，规模虽不大，却提出了一个属于全民族性的大问题：如何塑造跨世纪的高文化素质的警察之路，也是如何塑造跨世纪的高文化素质的民族之路。

我这里想说的是，我们怎样不把读书看成是完成领导布置的任务，而应变成自己人生价值实现的一种渴望；不把读书当成一阵风的行为，而是变成伴随自己生命存在的永久性追求。有了这种渴望和追求，多读一些好书，人自身的精神就会变得丰富高尚。人如果没有了这种读书的渴望了，就会由高尚走向平庸，由文明走向野蛮。

为了工作需要，读一些有关政治理论，业务和技能方面的书，是比较容易做到的。但此外还应该读一些文学艺术作品的书，就不那么容易了。其实这后一类书，也正是养成我们每一个人高文化素质所必需的。

我们在现代社会中，每天面临的是非常紧张的生活和工作。但时间紧，工作忙，不能成为不去读这些书的理由。人不能变成为现代社会的机器，不能只求物质的满足而没有精神的追求；人的精神世界应该是一个无比丰富的绿地，不能因自己的懒惰使它成为一片“荒原”。卡夫卡的小说《变形记》，写一个为现代社会紧张工作的人早晨起来变成了一只大甲壳虫。它以荒诞的形式体现了现代社会这种弊病正在为现代人自身所反思。

就我个人来说，年青的时候，有两类文学书对我的影响很大。第一类如《钢铁是怎样炼成的》、《普通一兵》、《红岩》等，它们告诉我要做一个怎样的人，人怎样活着才有意义；另一类书是《约翰·克利斯朵夫》、《老人与海》等，它们告诉我怎样为一种人生的目标而顽强拼搏和奋斗。现在面临的现实处境不同了，价值观念由单纯选择转为多方面的挑战。可读的书也更复杂多样了。但是，围绕着达到上述两个方面的目的，读一些新的有关的文学作品，提高自身的整体素养，仍然是需要的。好的文学创作，名人的传记作品，可以帮助我们树立正确的人生观，价值观，帮助我们了解社会，认识社会，了解人的心灵，增强我们做好改造社会和改造人的精神工作的自觉性，同时也会给我们一种艺术美的陶冶。

多读一点各种表现方法的文学作品，也可以培养我们欣赏深层作品的能力。有些作品，除了读故事以外，还应该努力去理解它背后隐藏的更深的意蕴，了解一些形象所象征的内涵。譬如戴望舒有一首小诗《我思想》："我思想，故我是蝴蝶……/万年后小花的轻呼/透过无梦无醒的云雾，/来振撼我斑斓的彩翼。"初看去，很难懂，但是当我们了解了"思想"象征一种美的创造，"蝴蝶"是美丽的象征，"小花"象征一个美的理解者，那么就懂了这首诗的意思："我"的美的创造有永恒的价值，即使现在被忘记了，将来只要有理解者的轻轻呼唤，就会重新展示自己的美丽。这样，我们就会超越一些作品单纯故事或文字的层面，进入深层丰富的世界，获得更多美的享受。我想，一个人要有一种更高的文化素养，就不应该拒绝一切美的东西。

事实是：读文学作品，在了解作者创造性的同时我们也在塑造自己。美的获得来源无限，人精神世界的丰富也将无限。

原载《人民公安报》1998年6月13日

九八新生致语

对于在座的每一个新同学来说,今天都是你们一生中永远闪光的日子。人的一生中,可能要开很多很多各式各样的会。很多的会将随着岁月的流逝渐渐被遗忘掉。但是这样一个会,你们是永远也不会忘记的。当你们结束了“花季雨季”的时光,用自己极为艰苦和辛勤的努力,终于实现了你们多年梦寐以求的人生选择,非常自豪地走进北京大学,成为中文系的一个成员,在北京秋光明媚的季节到来的时候,大家聚集在这里,庆祝自己成为一个名副其实的“北大人”。这个会,对于你们,是一次生命拼搏胜利后的相会,是生活道路踏入一个崭新起点的聚会,是年青生命由“花季雨季”进入“金季”的盛会。这样一个普通而又极不普通的会,将永远铭刻在你们的记忆中。

在43年前的九月,我也曾经以你们今天一样的被迎新的角色参加了这样一个聚会。那时候的系主任是著名的文学理论家、20年代“沉钟社”的成员杨晦先生。会场是在现在已经被拆除了的小饭厅。坐在台上的都是一些全国一流的或著名的教授学者:王力、游国恩、魏建功、吴组缃、林庚、高名凯、周祖谟、袁家骅、岑麒祥、王瑶、朱德熙、川岛、杨伯峻、冯钟芸、林焘……我们不仅在会上一睹了他们的传统与现代交辉的学者风采,而且在课堂上聆听了他们许多丰富而生动的讲授。如今这些学术的星辰们大都先后凋零了。那个辉煌时代永不会再来。但他们为中国学术事业奋斗不息的精魂,他们为中文系培养的几代人才,他们给中文系留下的宝贵的学术传统,仍然使北大中文系成为全国各大学这一学科立于前沿上的一块“净土”。走进这块“净土”的北大人,不仅拥有沐浴他们学术和人格光辉的机会,更要担起承继他们的传统,使之发扬光大的责任。自今日起,你们每个人年青的肩头,就压上了这个光荣的重担。

这个传统,在北京大学中文系,是一个看不见的连绵不断的精神链条。我们每个年级的学生,进入中文系学习的每一个成员,都是这个链条中不可缺少的一环。这个链条,这个传统,就是我们中文系的灵魂。我们每个环节,都应该以自身的闪亮去增添它的光彩,以自身的坚硬去铸造它的永恒。进入人生一个新的阶段,你们要完成从中学到大学的学习观念和方法的转变,要变被动的记忆知识为主动的创造能力的培养。但在这转变过程中,在自我塑造中,切忌不要因自己与别人差异的发现而自贱自卑,也不要因种种外来因素的熏染而自大自狂。眼高手低,傲视一切,往往是过去一些北大学生的通病。我们不能把这个通病带入下一个世纪。但是,也不能因为警惕和反对这些,我们把自己培养成循规蹈矩,没有一点怀疑精神,没有大胆的创造思维和力量的"谦谦君子"。现在,对于我们的大学生来说,还是用习惯思维培养自己成为"好学生"的人太多,而花极大的精力培养和发挥自己的创造思维和能力,使自己成为一个高素质创造性人才的还是太少。这是中国教育改革的症结所在。你们应该努力改变这种状况。你们应该以自己开拓型大学生的姿态为21世纪的北大人展现出新的曙光。

你们是非常幸运的一代北大人。你们跨进燕园校门的时候,北京大学刚刚过完了自己的百年校庆。你们是北大第一百零一岁迎来的新生。你们是新的一百岁开始的第一代北大人。火热的沸沸扬扬结束后人们进入了这样非常冷峻的思考:我们距离世界第一流大学的水平究竟还有多大的差距?当人们在冷峻中不得不正视这个差距比想象的还要巨大的时候,一下子尚无法改善客观条件不足,便努力想着克服主观上的弊端而奋力前进。你们在这个冷峻的思考和探索中成为北大人一名最小的成员。任何新的科学举措都会给你们的成长带来难得的憧憬和机遇。我们期待着,我们也相信,你们会用自己青春的创造为北大带来第二个百年纪元开始的辉煌。

你们也是真正意义上的跨世纪的北大人。你们在北大本科学习的生活,将有两年在20世纪,两年在21世纪度过。一百年来中国多少仁人志士为之奋斗的现代化梦想,将在这时候跨入一个新的里程。你们将在燕园里敲响并谛听新世纪的声音。这将是你们一生中最有历史意义的时刻,也将是决定你们进行人生价值选择的重要契机。当上一个世纪末和这一个世纪开始的最初时刻,爱国的启蒙思想家梁启超在前往美国考察途中的船上,曾经写了《二十世纪太平洋歌》那篇气势磅礴的新体诗,唱出了整整一个世纪中国人振兴富强的梦想。这梦想的彩虹仍将在下一个世纪的天空灿烂。你们的生命价值选择将与这个梦想的最终实现联在一起,这将是人生最大的幸福。将来有一天,你们可以这样自豪地对你们的孩子们说:“我们是呼吸过两个世纪燕园空气的北大学子!我们是心怀一个梦想,脚跨两个世纪的北大人!”作为一名北大教师,现在和将来,我们都会为你们这样的选择与经历而感到欣慰和骄傲。

电脑与“烦恼”

我们东北话里，常用“贼”字来表示“很”的意思。如说一个人跑得特别快，叫做“贼快”。一个东西特别甜，叫做“贼甜”。商场里货物丰富，叫“贼多”。电脑是个非常现代化的物件。我用电脑这玩艺儿来写作，也可以说是上了“贼船”。没有用过的人常问：“比起手写，快吗？”我常常无言以答。在电脑里，我求得的不是“快”，获取的倒可说是一种自讨“烦恼”的乐趣。

六年前一个夏日，早已是电脑“迷”的哲学家庞朴，大热天骑着辆自行车，从皂君庙赶到北大的畅春园，在我家里，热心地帮助四个新购机器的“脑民”调试、安装软件，把着手教我怎样敲键盘。然后几个新“脑民”便“一分为三”地各奔东西。最早进入境界的，当然是年轻的陈平原、张鸣。他们已经是行家。我在操作上出了什么问题，常常一个电话喊他们来，帮助解决。但有时问题闹大了，需要全部重装软件，就只能向专家喊“救命”了。这样的烦恼，就出了不止一次。同时进入“脑民”行列小我四岁的钱理群，现在也远远的超前了。

我虽有六年的“脑龄”，但至今仍然是幼儿园“小二班”的水平。一台 386 的老牛破车，每打开机器，就直接进入“Wps92”的“菜单”，找到文件，便开始按定好的版式，进行写作。写完，再打印出来。“打——印”，“打——印”，电脑形同于一台打字机，一点不错。别的功能，概未开发。

这里当然有快乐。一篇文章打下来，可删，可改，可调动，可复制，各种字号，任你挑选，整整齐齐，干干净净，读起来，也确实赏心悦目。95 年日本神户大地震，我正在那里任教。晚上，一个人在神户大学文学部自己的研究室里打讲义，有时候整个楼里没有一个人影儿，窗外是阴森森的六甲山，楼里是死一般的寂静，对门偏又是一位刚刚撞车死去的教授留下的黑洞洞的研究室。这时候，多少个夜晚，我常常就是用敲得很响的键盘声，驱散心头的一缕恐怖。这也算我对电脑中一项“功能”的开发吧。

最烦心而且懊丧的，当然是打了很长的文字，忘记存盘，或因停电，或因病毒，或因操作有误，全部消失，大半天，甚至一整天的辛苦劳累，落得个一片“白茫茫大地真干净”。这种苦头，碰上时，真的想到“以后再也不用这玩艺儿了”，但费很大力气补上失落的东西之后，还是对它有一种“苦恋”般的依赖。

电脑养成了我的懒惰。连信也不肯动手写了。我总觉得这样是一种不礼貌。于是产生了取巧的办法：到荣宝斋买一些非常漂亮的宣纸的信笺，调好字的行距与边距，用富有人情味的楷体字，打印出来，寄给自己的好朋友，当然还得补上一句：“这样不用手写，是为了多说上一些话。”欺人之言。但对于长我者，是从不敢如此的。今年五月，我到上海开会之余，专门去拜望了施蛰存、王元化、王辛笛我素所尊敬的三位前辈，回来后的信，还是用恭恭敬敬的毛笔字一一书写的。社会现代化了，人情不能淡如水。

为了“联网”，最近“鸟枪换炮”，不得不叫那台很有些难舍难分的386让位于奔腾Ⅱ。烦恼跟着来了。上了网，总想试验自己的玩艺儿，看玩得如何。可悲的是，我鼓捣了几次，就没辙了。叫亲戚来，叫同事来，给我演示。像个考试不及格的小学生，别人的话，我如对待最高指示一样，一条一条记在本本上，没想，“人一走，茶就凉”，自己再动起手来，又是“没门儿”。好容易打好的一堆邮件，只能懒洋洋地睡在“发件箱”里。以致我被老伴连连喊“笨”（ben，读作二声，美国电视剧《成长的烦恼》中那个小孩名）。休息一天，再发几次，仍是“全军覆没”。慢慢地也偶然得到回音：“所发邮件，全部收到。”我好像考试得了个满分的孩子一样快活。下了水，学会了两下“狗刨儿”，就有点瘾君子的气味，忍不住老想跳下去再来一次。如人告曰：“用Email通信，如同自己对着聋人写字。”诚哉斯言。聋人还是个明白人，我觉得自己竟成了一个糊里糊涂的哑巴。一次,给平原的试发邮件,吐了这番苦水。平原即在回发的短信里说:“邮件收到。看来您并不笨。告诉张老师,可以摘帽了。”并说,应该试验给在国外的女儿发“伊妹儿”,如成功,“张老师也会上瘾的”。

“瘾”,概无缘矣!但是,让我改“脑”归“写”,下这个“恼人”的“贼船”,恐是不可能了。

快乐与烦恼,获得与失落,传统与现代,本就是永远相伴的“伊妹儿”。用电脑如斯,人生亦如斯。我想。

原载《中国青年报·电脑周刊》1999年1月11日

世纪老人的声音

正月初二，到燕南园林庚先生家里拜年，先生还谈起冰心过去住在燕南园66号的情景。前两天，参加一个座谈会，作家张锲还在与北京音乐厅的经理商量，怎样为庆祝冰心的百岁华诞举办作品朗诵会。怎么也没有想到，昨天下午，在南方一位朋友的电话里，突然听到冰心老人溘然离世的消息。

我于沉默中，又走近熟悉的燕南园66号，望着那座饱经风霜的小楼，楼前那排经冬常绿的翠竹，楼后那棵瘦削然而永远挺拔的苍松……过去，这座小楼曾给我多少遐想。此时，我静静地伫立在燕园寂寞的一角，淡淡的悲怆中似乎有一缕渴望：多么想再能谛听世纪老人的声音啊！

这个多灾多难的世纪里，在思想启蒙大潮中诞生的中国新文学，为民族的觉醒和大地的复苏，多少富有时代良知的作家写出了他们发自心底的声音。冰心就是这样一位有才华、有良知的世纪性文学大师之一。

我永远忘不了冰心1921年发表的那篇短的散文《笑》。在苦雨孤灯之后大自然展现的一幅清美的图画里，作家给我们送来了人间三种最美的笑：墙壁上画中的安琪儿，抱着花儿，扬着翅儿的微笑；泥泞的乡间道上，一个赤着脚的孩子的可爱的微笑；新雨之后的茅屋里，一位老妇人，依着门儿，抱着花儿的亲切的微笑。最后，在“光明澄静”的心境里，“眼前浮现的三个微笑，一时融化在爱的调和里，看不分明了”。冰心面对的是一个充满着苦难和不公平的世界，但她有一颗永远光明澄静的心。她把自己至诚的大爱，用崇尚的心灵和亲切的文字，全部献给了母亲，献给了孩子，献给了大自然，献给了所有不幸的人们和改变那个不公道社会的事业。她五四时期写的许多“问题小说”，她脍炙人口的新诗《繁星》、《春水》，她影响了整整一代人的散文《寄小读者》、《往事》和《山中杂记》，她1943年在重庆写的散文集《关于女人》，等等，都浸透着她对于社会、人生的热情而真诚的思索，充满了对于母亲和孩子的纯洁无私的大爱，她把自己对自然的爱融于无边的大海中，成为现代文学中最杰出的一个海的歌者。将爱献给人们的作家也必将得到人们的热爱。冰心以心和血写成的文字融进了多少人的生命。前几天我还听到一个年近八旬的工程院院士动情地说道：“我也曾是冰心的一个小读者。”一句话说出了这个世纪几代人心里溢满感激的声音。

1951年自国外归来以后的几个年里，冰心经过多少风风雨雨的磨难，忍着许多无法平抚的内心创痛，仍然勤于思索，笔耕不倦，写出了《归国以后》、《樱花赞》、《我们把春天吵醒了》、《再寄小读者》、《关于男人》等散文名著。经过近一个世纪的劳作，她成为中国现代散文的奠基者和永不疲倦的开拓人。

在冰心老人晚年的许多作品中，几乎找不到一点对个人生命遭遇不幸的怨艾，听到的倒是对整个民族生存与发展前途的忧患。冰心有一个埋在心底的深潜的思想。这思想，就是对于中华民族的精神美的开掘和建设，80年来，她过去的和现在的许多作品中对于爱与美的发掘，都闪耀着这种思想光芒。晚年她写的《万般皆上品……》等文字中，更饱含着这种忧患的辛酸。她一直为重视教育而呼吁，为知识的被冷漠而痛苦。凭着一颗重塑民族精神美的伟大爱心，她多次为自己心里的忧患秉书直言。她捐出自己的稿酬，作为贫困地区失学女童的助学金，并让女儿吴青亲自去做好这件事。

记得老人前几年曾说过这样的话：如果再不真正地重视教育，中国下个世纪会成为文化沙漠，不过，我看不到了。这是一位世纪老人最有良知的，也是最有痛苦感的声音。每当想起这段话，我总会想起“杜鹃啼血”那个古老的故事，心里有一种说不出的滋味。

世纪老人走了，带着她永远属于民族的和人类的微笑，也带着她的深深的忧患。

下个世纪,给予冰心老人九泉下的灵魂的,是怎样的回答呢?

原载《南方周末》1999 年 3 月 5 日

我为这歌声而来

——两次拜谒聂耳墓

1984 年 4 月我第一次拜访了聂耳墓。此时我正在东京大学文学部任教。妻子张菊玲因事，刚刚提前归国，留下我一个人。大学还未开学。东大的平山久雄教授许是怕我寂寞了，晚上在电话里问我：“明天是星期天，想出去休息一下吗？”我问：“到哪里？”“去江之岛，访问聂耳的墓。”对此我企盼已久，当然欣然答应了。

我们乘地铁、电车，大约两个小时，就到了藤泽市的江之岛海滨。沿藤泽海岸，打车很快到了住在附近的饭冢朗先生家里。因动身不早，已近中午了。饭冢朗在他家里接待了我们。从平山先生预先的介绍里我知道，饭冢朗是一位著名的教授，作家，中国文学翻译家。日文版有三种影响很大的《红楼梦》译本，他是其中之一的译者。他的关于日本宫廷生活的历史小说，我没有读过，据平山先生说，在日本是很有名气的。平山先生自带夫人做的日本紫菜饭卷“寿司”，饭冢朗夫人特意送来现做的热汤，简单的旅游午饭后，饭冢朗先生便亲自陪我们一起步行来到海滨了。

我们都无言地走着。过了一座浅蓝色的天桥，在马路的南边，离海边有几百米的一个地方，就到了我久望造访的聂耳墓了。

这里离开了市声的嘈杂。一片无声的净土上，绿色的松墙围绕着绿色的草坪。草坪中间，面向大海，在地上宁静卧着的，就是聂耳的墓。没有耸立的墓碑。白色的大理石，雕着三个“耳”字，上下塔形地排在一起，构成一个繁体的“聶”字，静静地躺在草地上。旁边一块方形的大理石，刻有郭沫若的题字。另一块，则刻着日本友人撰写的关于聂耳生平的纪念文字。也许刚刚是聂耳的祭日吧，墓前还放有许多的鲜花。

我注意,有一束,就是藤泽市府献的。饭冢朗先生告诉我说:“藤泽市人民,对聂耳怀有很尊敬的感情,每年聂耳祭日的时候,都会在这里举行一次小小的活动,用朴素的方式,纪念聂耳。”

四周一片静谧。站在聂耳墓畔,于习习海风中,眺望南面的大海。蔚蓝色的海水,涛声阵阵。层层白色浪花,追逐嬉戏。季候还早,海边没有人影。远处的江之岛,高高矗立于海面,像一个巨人的身影。聂耳当年就淹没在这浩浩的大海里。

海夺去了他年轻的生命,海也歌唱着他的永恒。静默耸立于蓝天大海里的江之岛,你当是在守候着聂耳不死的精魂吧?

四周真是静极了。没有车响,没有鸟声,没有人的喧哗,只有远处传来大海不息的涛声。此时此刻,在异邦的土地上,在不尽的涛声里,我仿佛又听到了那曲激昂的歌:“起来,不愿作奴隶的人民,把我们的血肉,铸成我们新的长城。中华民族,到了最危险的时候……”我为这歌声而来。歌声带给我遐想。这歌声,像大海一样,无法排遣地回荡着,在我耳中,也在江之岛海滨许多朋友们的心里。

1995 年 1 月阪神大地震。这时我正在神户大学任教。得朋友的厚意,在地震的第三天,朋友来回跑了 20 个小时,用车接我和我的爱人,“逃难”到东京。从“死”的边缘走出来,近一个月里,我们最先想做的一件事,就是去拜谒聂耳墓。我们一个是初访,一个是再谒。这次有意没让别的日本朋友带路。为了难得一份清静,也为了难于说出的感情,我们独自造访。按照地图,我们从新宿出发,顺利到了藤泽驿。出站后,不清楚怎样走法,便问车站一位女青年:“聂耳的墓在哪里?”她似乎并不陌生,很熟悉地指给我们:“沿大路,一直往前面走,过两个站,就到了。”我们在海边一个餐馆,吃了生鱼片的午饭,出来,又走了似乎很长的一段路,终于找到了聂耳墓地。

12 年后的重访,一切依旧。墓碑依旧,松墙依旧,大海依旧,涛声依旧。我们俩都是喜欢大海的人。从地震惨相中,从清静的日子里,我们带着一种特殊的感情,今天来读的是大海留给中华民族的创伤。已经是傍晚,我们有充分的时间,在墓畔伫立,徘徊,遐想……望着由三个“耳”字构成的大理石墓碑,万籁寂静,默默无言。淡淡的黄昏中,映进湿润的眼帘的，是墓前的一束朴素的鲜花，没有包装，没有绸带，没有署名，是一个无名人献的。涛响，眼泪，歌声，静静地流入心里……

过了几天，平山久雄先生在电话里问我们："几天里到什么地方玩了？"我告诉他："去江之岛聂耳墓了。"平山先生知道了我们的心意。他无意中又说了一点往事：饭冢朗先生曾告诉他，他的一位亲戚，原来就住在藤泽海滨。亲戚的孩子，和聂耳是同学。当时聂耳与同学们到海里游泳，是与这位亲戚的孩子约好了，几个人一起去的。游泳完了，别的同学都一个个回来了，聂耳却不见了……

又快过去四年了。消逝的是时光，抹不去的是心头的记忆。

一个年轻的生命留在异国大海的浪花里，一首歌永远留在一个伟大民族的心里。

致友人的一封信

××兄：

寄上我迟来的信，给你们全家拜个晚年！

年初一月十一日来信，如期收到了。谢谢你详尽地叙述了过去岁月中经历的一切。这些风风雨雨的往昔事情，很多是为我所不知道的。在你如报流水账一样的文字中，流露出一个诚挚好友的真情。世间最珍贵的，是朋友的真情。面对那些密密麻麻的字，我能说什么呢？我和我的老伴，读了两三遍，都有一种说不出的感动。

在这个多灾多难的我可爱的国家里，因为你的家庭比我“高贵”，就使你受了比我更多的磨难。但岁月也给了你一个坚强的心。在贵州山地机械研究方面，你作出了出色的成绩。那些不快，随着时间的烟云，会慢慢飘得无影无踪，而磨练中人生的一点酸甜苦辣的获得，却是我们这一代人充满悲剧色彩的珍藏。这也许就是上帝对于我们这一代人的特别的“厚爱”吧。

前些年里，是在长春树人的家里，听到他说过，到贵州出差，找到你家见面即问：“你还认得出来吗，我是谁？”大约开始，你的考试是不及格的。后来当然是哈哈大笑的喜剧结局了。我要是去贵州你家，你可能更是不认识这块老又胖的“石头”了。老友的久别重逢，是难得的人生的一大快事。我盼着这一天的到来。

我北大毕业后，被分配留在系里，当研究生。爱人张菊玲，大学的同班同学，也留做研究生。我学的是现代文学，她学的是古代文学。64年结婚。田肇生由大连军委俄专，考来清华读书。到我们这来玩，那时我们还没成家。盛情招待他的，就是“暖瓶煮挂面”。即打一暖瓶滚开的水，将细挂面放在里面，盖上，焖上三分钟，倒出来，加上点酱油，香油，即开始品尝也。那时真还吃得有滋有味儿。可惜那时还没有改革开放，不然，我真可以申请这个便捷快餐的“专利”了。在经过看着人家手里拿着窝窝头都馋得流口水的时代，能吃上香油的暖瓶挂面，就真是美味佳肴了！可惜，你60年夏天经过北京的时候，我们还没有成为一对儿，没给你尝一尝这项60年代的“方便面”。

64年结婚后，我当了半年班主任，即被派往北京郊区延庆县的穷山恶“水”之地搞“四清”。那里几乎没有水井，挑水要到走十几里地的山沟里，一瓢一瓢地接所谓的“泉水”。张菊玲生小孩，我也没有工夫回来。她一个人，65年12月到南京家里生的。此生只此一个女儿，名曰孙清。取朱自清文章语“一个人应该老老实实地做事，清清白白地做人”之意。不久“文革”开始，江青走红。一时间很多小孩子，都起名什么什么“青”。光我的孩子幼儿园一个小班，就有“王青”、“李青”、“赵青”、“廖青”等十三四个人。后来，她考上北大社会学系，要改名字，就说我：“都赖你这个笨蛋爸爸，没给我起个有趣儿的名字！”

因为北大“池深王八多”，当时我这个刚刚毕业的小人物，也就成为系里的小字辈儿，没有吃过什么大苦头。66年12月，我还带着四个学生，出外“大串联”，从西安串到重庆，从重庆串到成都，昆明，沿路返回又串到你的住地贵阳。因为买不到回车票，在山城贵阳一个中学住下，印传单，往聚会，看批斗，逛花溪，足足在那里呆了15天。当时的什么家国大事，如今早忘得一干二净。给我印象最深的，就是贵阳的“甜酒水”（酒酿）和大油条。住的一个中学外边，就有一个炸油条的，黄澄澄，热呼呼的，又长又粗，吃起来真叫香。可以买一叠小牌子，一次用不完，第二天还可以去用，方便得很。酒酿，我在北京没有吃过，64年去南京，虽然吃过，一种放指甲大的小元宵的，元宵里没有馅，他们叫“乌龟子子”，一种是纯糯米酒，但除了那个可笑的名字之外，印象不深了。在贵阳吃酒酿，碗大，味纯，对我这个北方佬，喝上一碗，真是妙不可言。好不容易弄到票，在贵阳站等车，车迟迟不来，我们还冒着误点上不去车的危险，专门跑回一家店里，一个人再美美地喝一碗酒酿，才回来再等车。后来走南闯北，到过很多地方，也喝过不少的江米酒，但怎么也没有贵阳那里的够劲儿了。这一生里，就去过这么一次贵阳，这，可算是终生难忘！

倘如此生能有幸再去贵阳，我一定要再去吃那大大脆脆的油条，再喝上几碗那里的“甜酒水”。

因为出身富农，社会关系又有“杀关管”的，要求入党近二十年，终于73年加入了我们可爱的中国共产党。那时我在学校机关，编《新北大》小报，为“四人帮”在北大的爪牙卖命，累得犯了高血压病，当时天天是120—180，晕得天天旋地转，领导大概怕以后“追认”麻烦吧，就让我填表，开会，通过。我就成了我党忠诚的一员了。我刚39岁，一个人坐在图书馆昏黄的灯下，填写入党志愿书，手抖得写不成字。后来整整吃了一百多副中药，才将不平衡的阴阳，调节过来。

噩梦一样过了十年。以后，就是80年代。一个喜爱业务的人，到了45岁才开始务正业，开始了在同一起跑线上的竞争。这是我们这一代人普遍的悲剧。82年为副教授。83年至84年被派往日本东京大学讲学，俩人相依为命，在异国他乡呆了一年半。85年破格忝列教授。89年做博士生导师。3月被推举为中文系主任。没一个礼拜，胡耀邦去世，学生闹事，我一直处在紧张中。经过“六四”，经过“经商潮”，经过知识贬值，为这个系的建设，我没“死而后已”，也可算是身心交瘁。弄出个冠心病，住了两次医院，抢救，业务也耽误了许多。“不为尽人满意，但求无愧于心”而已，我别无所求。背了5年半的十字架，实在想逃脱，就应日本神户大学之请，于94年9月再次到日本讲学。俩人又恰巧遇上了神户大地震。幸运的是，一切安全。三天后，断水电粮，无法生活，就就被东京日本朋友们接到那里，休息一个月余，才回到那废墟满地的神户之“家”，重新开始上课。因为我有博士生要答辩，就提前半年，于96年4月辞职归国。

现在，已64岁。仍上大课，仍带研究生，仍在疲于奔命写文章，整天舍不得时间干点别的，年前，为参加老舍一百周年国际学术讨论会，赶写论文，有时忙到深夜两点。张菊玲为中央民族大学中文系教授。去年退了，仍返聘，将两个硕士研究生带完了事。我大概应68岁(2003年左右)退休。虽然仍胸怀大志，有很多事要做，但总感力不从心了。

为开会或讲学，我们去过日本、美国、新加坡、香港、澳门、张菊玲还两次去台湾开会。我似乎对那里没有兴趣，有的会议邀请，放弃了。

在同辈的人里，我们已经很满足我们家庭的生活了。现在，孩子在日本。自由派，没结婚。今天打电话来还说："我对一个朋友说，你看，我爸爸妈妈还想让我给他们生个儿子呢，没影儿！"看来，我们老俩口，没有做爷爷奶奶的福气了。

在鞍山读书最后两年，我家搬到哈尔滨，因孩子多，困难，不愿要钱，我一个人一直在鞍山，放假也没有去过。55 年考上北京大学，是一个人从鞍山来的。我的爸爸妈妈，后来搬回沈阳，于 86、87 年先后去世了。均为 80 岁，也算高寿了。离开鞍山后，曾于 81 年到大连开会，去过鞍山一次，应命给师专讲了一堂课，他们拉着我，到一中转了转，但已是夜色朦胧，那座站在下面领取录取通知书的白搂，那些高高的白杨树，那个我喜爱的露天游泳池，都没有清晰地看见。只是在皮杰老师家里，吃了一顿晚餐。几次校友会、校庆，我都没去。有时因在国外，即使在家，对此也没多少兴趣。去年，实在推辞不了，同叶桂荣去过哈尔滨，参加那里的校友会。见到皮杰老师，跟我们一样，他也老了。但精神很好，在游览江船上，我们还一边聊天，一边含着泪水，慷慨高歌："我的家，在东北松花江上……"这次，见到你们班的一些人。

因为张菊玲的母亲还在，84 岁了，身体不好，每年春节，我们都要到南京去过。三十到家，初五返京。今年火车票极难买，只托人弄到了一张退票。她一个人去了。我一个人在北京过年。吃饭很简单，也就有了给你们打这封长信的自由。本来早应回信，为赶写我们俩人参加老舍会的两篇论文，年前就拖下来了。想你这个老友会原谅的吧？

92 年开始用电脑打文章。现在，老掉牙的 386，已经鸟枪换炮，换了一台 586 的奔腾Ⅱ，也联网了。可以发 Email。但是也养成一种懒毛病：不肯动笔写字了。这次，也是用电脑"打"信。按我的传统观念，这样做，不礼貌。给前辈的先生，写信，我还是用毛笔字，恭恭敬敬地写。对于同辈的你我，就不讲究这个了。而且我有一个正当的理由，这样，还可以多"说"一些话，特别是给外国朋友，说的多些。还更可以省去一些超重的邮费。

记得吗？四班有个女同学刘涛，住在旧台町的，考上了沈阳医科大学。毕业后她与一个年青的老师结婚了，不久突然因手术感染死去。当时她曾给我写过信，心情很悲伤。我当时寄了一本《红岩》给她，以安慰她的痛苦。后来听人说，她去了贵阳。不知你有没有她的消息？

最后要说的，是我前年(97 年)冬天，夜里突然咳血。到医院急救，原来是支气管扩张，有毛细血管破裂。虚惊一场。住院一月，顺便查一下心脏，各项检查结果，说我的心脏没有毛病。大夫问我："是谁给你戴的冠心病帽子？我们不承认。"我这一年多，心脏确实没有异常。与树人，见过几次面，常谈起你。我们"三剑客"的照片，仍至今珍存。"文革"中，自顾不暇，我们也失去联系。后来，他正在朝阳养病，躺在病床上，从收音机里，听到我发现鲁迅几篇佚文的报道，就给我写信，这才联系上。他和贾铭顺现在是多子多孙，且一家里好几个博士。搞东北亚开发研究，很热门的题目。我为讲学、开会、博士论文答辩，到长春，去过他家里几次，均为盛情招待。贾铭顺亲自腌的咸鸭蛋，黄红色，多油，吃起来真够瘾，至今念念不忘。最近来贺年卡，树人说，他带博士生到野外实习，领贾铭顺，一起跑了大半个中国。他的干劲比我足。真希望，我们三人能再聚会。我老是记得树人，梗着脖子，挽着裤腿，光着脚丫，带领大家大扫除的情景。他们俩，一个生活委员，一个体育委员，跟我这个"团支书"关系是最好的了。他是我小学同学。他家在腾鳌镇，我家是在离他 20 里的乡下。日本鬼子投降后，我家搬回农村，成了地道的农村孩子。而你是知识分子家庭，没想到一到中学，我们竟成了好友。这，与性格，人品，爱好有关，但我想，主要还是"缘分"。感谢老天！

中学同窗兼挚友，30 年的离别，有很多话要说。但即使是现代化的电脑，也得人"敲"，不能随便说说就可以了。只好到此为止吧。一切均为身外物，难得人间有真情。愿我们在北京或在贵阳见面再叙。

问候贤嫂及全家春节好！

玉石敬书

1999 年 2 月 18 日

让传统参与现代精神的塑造

——在“中国唐宋名篇音乐朗诵会”座谈会上的发言

今年春节，由北京音乐厅，刮起了一股“文化热”：一些优秀的唐宋诗文名篇，由著名的演员配乐朗诵，获得极大成功。十几天里，场场爆满。票价多高，人们似乎都不在乎。从电视介绍，到各种传媒，从普通家庭，到大学校园，亲友们，同事们，以平和而兴奋的心态，谈论着，赞美着，体味着……人们不禁要问：“北京人究竟怎么了？”

从电视里新闻里，我看到，我听到，孙道临那“车辚辚，马萧萧，行人弓箭各在腰。爷娘妻子走相送，尘埃不见咸阳桥”的悲愤深宏的语调，濮存昕那“君不见，黄河之水天上来，奔流到海不复回”的豪放顿挫的声音；我看到坐在音乐厅里的有些听众，眼睛里竟禁不住闪着泪花。作为一个观众，一个古典诗歌的爱好者，我也被感动了。我也不禁要问：究竟是什么样一种魅力，如此打动了千万个北京人的心？

中国可以说是世界上一个抒情诗发展历史最悠久的国度。到了唐宋时代，诗词和散文的发展，都达到了一个最辉煌的时期。许多伟大作家留下他们创造的艺术精品。这些艺术精品，作家以杰出的才华和满腔的心血，写出了一个富有良知的知识分子热切的时代关注，写出了他们对于国家、人生和人性的真切体认和思考，写出了他们心底里拥有的难得的一份人间真情和大爱，写出了他们对大自然美、心灵美和人情美由衷的歌咏和赞叹，写出了他们内心世界中汩汩流淌的或婉约，或豪放的富有个性的缕缕情愫。这些作品本身具有一种永恒美的品格。一千多年来多少心灵沐浴着它们的光辉。即使进入已经现代化的今天，它们动人心弦的魅力也仍丝毫没有衰减。T. S. 艾略特说过，一个民族的文化传统，有它的过去时，有它的现在时，也有它的未来时。许多唐宋诗词和散文名篇,能够在这么多人们的心中唤起一种强烈的共鸣,仍然能够给他们一种普遍的美感享受,我想,正是这些优秀传统文化中具有的“现在时”和“未来时”品格产生的历史必然。

随着社会现代化的发展,各种大众传媒和通俗文化的蜂起,建设和提高民族的文化素质和审美情趣,应该有多元的需求。对于优秀的传统文化,对于古典文学的诗词和散文的名篇,要能够为人们所接受,所热爱,我们要有一种立足于今天情境的“现代性呼唤”。这“呼唤”,也就是对传统的现代选择和诠释。五四时提倡白话诗,呼唤的是“元白”的传统,需要的白话,而不是诗的美。30年代一些诗人有一股“晚唐诗热”,需求的是传达的朦胧表现,不是诗的内涵。我们今天,物质生活发展超越于精神世界的建设,人们在紧张的余暇,更需要人性、人的情感、人的精神境界的陶冶,更需要品位高尚一些的愉悦,更需要历史中存在的美(精神的与艺术的)与自我心中美感渴求的共鸣。这为任何历史的与现实的说教所不能代替。朗诵会对作品的选择,朗诵采取的姿态,配乐音乐的创造,都具有浓厚的现代人的色彩的与风格,现代人的情感气息,这样,就极大地拉近了传统诗词美与人们现代需求和接受之间的距离。对传统文本的现代性诠释使人们得到了精神需求的满足。这个配乐朗诵会,为向优秀文化传统做现代性的呼唤,作出了一次可贵的尝试。

我非常高兴地看到了人们追求高雅艺术的情趣的增长。在电视里,我看到这样一段采访:老俩口都是教师,带着女儿和小孙子,一家四口人,都前来听朗诵会。老先生是中学语文老师。他在来之前,把要演出的篇目,全都重新抄了一遍。我很感动。我想,他会在熟悉中聆听那些美的获得,享受一番新的满足。而许多对有些作品并不熟悉的人们,由诗词内容到音乐节奏的更多陌生中,得到的又该是怎样的呢?在高雅的艺术中,走近陌生,征服陌生,进而享受陌生,不也是一种美的获得吗?

1999年2月25日

原载《中国文化报》1999年3月4日

“热”后余想

去年春节，由北京音乐厅，刮起了一股着实令人难忘的“文化热”的暖风：一些优秀的唐宋诗词名篇，由著名的演员配乐朗诵，获得极大成功。十几天里，场场爆满。票价多高，人们似乎都不在乎。从电视屏幕，到文字传媒，炒得沸沸扬扬；从普通家庭，到大学校园，从亲友，到同事，人们以或兴奋或平静的心态，在谈论着，赞叹着，体味着……有的甚至发问：“北京人究竟怎么了？”

这股“热”已经过去一年多了，却留给我们一些思考。“热”完了之后，我们又该得到怎样的启示呢？

对于唐宋诗词所代表的优秀传统文化的接受，鉴赏，听听配乐朗诵，仅仅是一种方式，它带有很大的群众的愉悦性；然而，更主要的方式，还是对于古典诗词，自己去阅读，体味，咀嚼，把它化为自己的血液，溶入自身的文化素养之中，让它们成为丰富自我精神空间与内心境界的一个永无止息的源泉。前一种，对于一般人，也就够了；后者，对于一个读书人，对于一个作家来说，是一个最起码的要求。

记得在80年代，王瑶先生思考现代作家吸收中外文化营养问题的时候，曾经提出过一个公式：对于传统文化的吸收，是自然形成的，对于外来文化的吸收，是要自觉追求的。我以为，这个公式，对于五四一代作家，如鲁迅、茅盾、冰心、郁达夫等一辈人，可能是符合实际的概括，而对于后来的作家，特别是近五六十年成长起来的作家们来说，就不尽然了。1983年，我在东京大学任教时，参观了他们的中央图书馆的一次“森鸥外文库展”，我看到森鸥外读过的《水浒传》、《金瓶梅》的藏本，里面不仅有许多颇有见解的批注，而且对于不同版本的全部回目，作了认真的校勘。翻开书，我看到许许多多用朱砂红笔写下的蝇头小楷，是颇受触动的。一个外国作家，对于别国的文化，能够如此，我们的作家又怎样呢？“作家学者化”的动议，已经提出很久了，可有几个人，下过如此的功夫？不说古典名著的批阅校勘，就是古典诗词的引述，古文辞语的运用，就常常出错儿，闹出一些笑话来。

远的不讲，应朋友之约，新近断断续续看了几集电视剧《大明宫词》。有一集里，演绎太平公主勾与唐代诗人王维，漫步宫中，叙念旧情。且不说公元 713 年（唐开元元年），太平公主勾结宰相等阴谋废帝（李隆基），帝先发，杀助逆者，赐公主死，此时王维（701—761）才刚刚 13 岁，如何可能“强扭”出剧中的那些与太子公主感情纠葛的故事？更让人不解的是，剧中让王维对太平公主读自己的诗《少年行》：“新丰美酒斗十千，咸阳游侠多少年。相逢意气为君饮，系马高楼垂柳边。”《少年行》共四首，这是其中的第一首，写的是游侠少年的豪迈气概。没有想到，电视剧中的王维，竟把诗的第二句“咸阳游侠多少年”的“少”（shào）字读成“多少”的“少”（shǎo），“少年”一词硬是被分开，读成时光过去的“多少年”，本来是歌颂“咸阳游侠多少年”的豪放诗意，于是就变成了诗人慨叹自己生活时光流逝的沧桑之感。剧情发展，人物语言、心理，可以随意演绎，随意进行“现代性”的诠释，导演和演员总不能随意去改变古典诗词的文本，“误读”就更不应该了。

有感于此等等，在唐宋诗词名篇配乐朗诵“热”的余响中，我想得更多的是，让这种传统文化“热”的“堂前燕”，不仅“飞入寻常百姓家”，更能进入高层次文化人，特别是作家的“自觉追求”中，使优秀的古典文学作品的营养更多一些融入自己的血脉，以期在“化古化欧”的大气魄创造中，迎接一个民族新的文化辉煌时期的到来。

人的价值的发现

——世纪回眸之一

五四新文化运动是中国近百年历史上发生的一次最伟大的思想文化启蒙运动。觉醒的知识分子和广大爱国青年,以西方的先进思想为武器,唤醒处于水深火热之中的人民群众,反对军阀政府屈从于外国强权势力,奋起拯救祖国的危亡,但新文化运动与西方一些国家发生的思想启蒙运动不同,它一开始就具有了启蒙与救亡两者密不可分的双重性现实品格。许多先驱者既是勇于实践的启蒙思想家,又是热切关注并积极投入现实斗争的爱国者。

五四新文化运动的倡导者们以开放的意识,清醒的理性,批判的精神,对历史的一切,进行新的审视和价值的重估,表现了那一代觉醒的知识分子反帝反封建思想的彻底性。他们高举民主和科学,即"德先生"和"赛先生"这两大旗帜,就找到了引导社会政治与文化进行改革,使之逐步完成由落后的封建形态走向先进的现代化形态的根本。"要拥护那德先生,便不得不反对孔教,礼法,贞节,旧伦理,旧政治。要拥护那赛先生,便不得不反对旧艺术,旧宗教。要拥护德先生又要拥护赛先生,便不得不反对国粹和旧文学。"(陈独秀《本志罪案之答辩书》)民主与科学,至今仍然是我们进行社会经济政治和文化改革,实现现代化进程中不可缺少的思想旗帜。

五四新文化运动,与此前中国一切封建历史中发生的文化思想革新运动一个最大的不同之处,在于对"人"的发现。"新文化"在根本上来说,是结束摧残人性、蔑视人的价值的封建制度和文化,确立"人的文化"。从清代末年就产生的"立人"的思想和改造国民性思潮,到五四时期"人的文学"口号的提出,对于"真人"出现的呼唤,到"救救孩子”的呐喊，乃至对于自我、个性、人权、儿童、妇女、弱小者与被压迫者等诸多问题的关注，都反映了理性超越蒙昧、人道超越强权的人文精神的高扬。

由以文言作载体的旧文学，转变为以白话文为载体的为新思想新道德服务的新文学的五四文学革命，是五四新文化运动的主要组成部分。这场被称之为“文艺复兴”的革命完成了中国文学自古典到现代的历史转折。它所开启的中国文学现代化进程是与中国社会现代化进程同步发展的。

五四新文化运动改写了中国历史。它给苦难的中国人民带来了走向现代化的新世纪曙光。它深刻地反映了中国人民渴望祖国与民族由贫穷落后走向富强发展的历史要求，反映了以先进姿态自立于世界民族之林的强烈意志，反映了光大传统文明和再建民族新文化辉煌的创造精神，因此，在本世纪近百年乃至今后整个历史进程中，它都将具有划时代性的不朽的意义。

1999 年 4 月《中国改革》

未完成的“文艺复兴”

——世纪回眸之二

1919 年开始的五四新文化运动的一个重要侧面，是早于它两年的中国新文学运动的发生。许多文学革命的先驱者，以他们创造的丰美成果，在中国文学走向现代化的历史上，写下了辉煌的一页。1935 年，蔡元培先生在为这个运动前十年成果——煌煌十大部的选集《中国新文学大系》所写的“总序”中，称五四新文学运动为中国的“文艺复兴”。他希望再经过两个十年，中国会出现如欧洲“文艺复兴”时产生的文学艺术大师。今天，事隔 65 年之后，我重读蔡先生的这番话，回顾新文学走过的艰难曲折历程，心里在淡淡的快慰之余，不禁升起一缕浓重的怅惘。

中国新文学的先驱者和后起的创造者们，面对充满苦难、凌辱、鲜血与死亡的大地，面对备受压迫、侵略、屠戮和愚弄的人民，以启蒙与爱国兼于一身的挑战者的姿态，用他们充满热忱与浸透大爱的文字，为我们写下了许许多多珍贵的文学作品。仅仅在 30 年的短短时间里，我们就拥有了像鲁迅、茅盾、郭沫若、老舍、冰心、巴金、沈从文、曹禺、艾青、丁玲、钱锺书等值得骄傲的伟大的或杰出的作家。他们的美学追求与选择各有所异，他们直面现实斗争的情怀或深或浅，但是，他们对于新文学的执著和创新精神，他们忠于自己的时代也忠于自己的艺术良心的品格，却大体上是一致的。他们或倡导“为人生的艺术”，或努力“为艺术的艺术”，或追求爱与美的哲学，或致志于发掘人性的美与丑，善与恶，或深切关注于下层人民的苦难与新生，都能用一个现代人的眼光，优美的现代语言，阐释着中国现代化实现的梦想与民族解放独立，与国民精神改造之间的深刻联系。对于人的个性尊严和艺术个性的自觉,使他们在现代性方面的追求和实践,远远超过了清末的启蒙文学思潮,也开启了我们后来者的方向。他们和其他许多富有热爱人民与创造个性的作家们一起,为我们这个世纪留下了“民族魂”的雕塑群像。

他们的成功,在于独特的天资,在于丰厚的传统文化素养,在于汲取世界先进艺术营养而又善于消化创造的能力和气概,但是,更重要的一点,是在于他们对于整个民族生存和人民命运的深切关注,对于人道精神,人的爱与美的深深开掘和呼唤。80 年来,从“人的文学”到“文学是人学”的一路呼喊,正是五四新文学运动一个可贵精神传统和艺术哲学的显示,也是“文艺复兴”先驱者们美学理想最后的指归。

当然,我们的文学哲学里面少有宗教的玄远和超越,更多了一些现实性“人”的挚爱与土地的沉厚。没有“终极关怀”不一定就是我们新文学作家的缺憾。“为什么我的眼里常含泪水?因为我对这土地爱得深沉……”大诗人艾青的这两行诗句,唱出了所有忠于时代的作家内心深处的良知、痛楚与凝思。他们的心与眼,可能在现实和艺术的天平上有所轩轾,成就有所高低;随着时间距离的拉远,有些政治的现实的因素,可能会愈加淡化,艺术美的价值,可能会愈加浮出地表;人们也会对一些作家的创作的文学价值和文学史的价值,作出历史的区分,有着这样或那样的褒贬与评述;但是,忠于历史也忠于艺术良知的研究者们,会平心静气地告诉我们的后代人,从五四开始的新文学,有着怎样只属于这个世纪中国作家的独特的历史品格。在对一些疏离政治(或可说选择了另一种政治人生)而执著于艺术的作家作出公平的价值重估的时候,对于那些始终热心于以艺术努力改造现实和人生的作家,那些为了整个民族自由解放而毅然放弃了自己人生幸福和艺术个性偏爱的作家,那些为了人民解放和人民民主事业甚至毫不犹豫地献出了自己年轻生命的作家,我总是深深地怀有一种尊崇之情,并且坚定地相信,历史将会给他们以更多一些敬意。

内忧外患,民族耻辱,黑暗专制,迫使大家辈出的时代和艺术的气候,异彩纷呈的文学流派与社团以及他们的艺术探险,几乎都没有得到充分的发展,就以短命而告终。

由于“左”的文学理论的褊狭和某些权力政治的制导,更由于作家们受到十年"文革"文化窒息政策和各种生命灾难的摧残,新文学运动的发展在很长时期里被扼杀了走向真正"文艺复兴"的生机。即使一些有希望成为世界性大师的作家,往往也不能善其一生,"曲终奏雅",或被迫无法实现他们梦想更大的高层建筑的完成。

他们留给我们的,是一场未完成的"文艺复兴"!

80 年代以后文学的繁荣和喧嚣,给人们带来了更大的复兴希望和期盼,也带来了更深的失望和冷静。20 年文学发展的巨大成就留给历史去评说,我所要说的是在辉煌之下的遗憾。人才辈出却没有高峰的产生,接受五四的哺育却丢掉了五四的精神;"超越五四",为一些人以嘲蔑先驱的姿态和急功近利的心理所笼罩,成为他们半是时髦半是呓语的口号,而他们却没有带给人们太多真正的实绩。我们的作家缺乏的也许不是天资。现在需要的是复兴期文学大师们的沉潜和冷静,是对于中外艺术传统吸收与改造的大气魄,是对于现实和人生关注的大爱情怀,是对于艺术创新追求超常的坚苦卓绝的品格。

在纪念五四新文化运动 80 周年的时候,伟大先驱者蔡元培先生的一些话,好像又带我们回到了起点:欧洲的文艺复兴,自 15 世纪初期,到 17 世纪末期,经过了初盛晚三个时期,"人才辈出,历三百年","时代环境,督促吾人,不得不有奔轶绝尘的猛进"。他乐观地呼唤,"希望第二个十年与第三个十年时,有中国的拉飞尔与中国的莎士比亚等应运而生呵!"现实给他在天之灵的回答是失望。可悲的是这种声音至今还在继续。

在新的世纪即将来临时,我们应该发愿,再经过一个或两个 30 年的"奔轶绝尘的猛进",真正完成一场未完成的"文艺复兴",让它所产生的杰出人才和硕大成果,能够在世界文学的大舞台上迸放出特异的光彩来。

1999 年 4 月 18 日

原载 1999 年 4 月 24 日《人民日报》,发表时,题目被改为《待完成的文艺复兴》

文化反思的反思

——世纪回眸之三

进入90年代以来，随着现代文学研究的深入，许多学术问题和历史现象研究的突破，对于五四新文化运动精神的讨论，学术上有很大的推进，产生了不少有创建性的成果。一些青年学者成为学术队伍的骨干。这是对于五四新文化运动和文学革命进行历史反思的积极方面。没有这种反思也就没有现代文学研究的今天活跃深入的发展局面。但是，在众多的研究成果和感想式的意见中，也有错误的反思。这里只谈两个方面。

第一，是对于历史人物和历史现象的评价。例如，最近有些青年作家，认为鲁迅早已过时，成为一块应该搬掉的绊脚的"老石头"。这种话，实在是过分轻率的缺乏学理的判断。对于类似的意见，1938年老舍先生就曾这样说过："在长者们，也许暗中说句：'幸而那个家伙死了！'可是我们上哪里去找另一个鲁迅呢？""只写了小品文吗？据我看，鲁迅先生的最大的成就就是小品文。我敢说，他的学问限制不了后起者的更进一步，他的小说也拦不住后起者的猛进直前。小品文，在50年内恐怕没有第二把手，来与他争光。"（《鲁迅先生逝世二周年纪念》）当年老舍先生已经回答清楚的问题，在今天还有人当成历史反思中新的意见提出来，这种反思就很难说有多少科学的成分在内了。

第二，是文化研究中对于历史性原则的过分漠视。现代文学史是在特定的历史条件下发生和发展的文学现象的历史。任何反思性的研究，都不能脱离历史条件和历史环境，不能脱离作家自身的历史处境和生活背景，以主观的意愿抽象地进行错误的论述和分析。不然，就会出现人们所看到的一些令人不解的现象。卖国附逆的汉奸会变成"儒家文化圈”的爱护者。在黑暗与光明的生死搏斗中，“自由主义”的文人成为灵魂高尚的代表，坚持同情人民群众，描写民众苦难，追求光明理想的作家，反而成为丧失“自由主义”灵魂而走向“民粹主义”的文化牺牲品。类似这种文化“反思”的非科学的理论，已经给大学生和研究生带来一些学理上和学风上的负面影响。

现代文学就是这个即将过去的20世纪的产物。离开这个世纪的历史硝烟和血泪，呼号和牺牲，一味地用西方文化的尺度来衡量，来作为文化选择的标准，放弃那些为民族献身和忠于时代的精神品格去探索知识分子的精神世界，这是科学研究脱离科学本身性质的误区。我们可以超越五四，但是不能违背历史，超越和丢掉五四倡导的科学精神；我们可以反思五四，但不能让自己的反思走向谬误，以个人的历史的叙述代替了历史的真实，让学术研究成为完全经不起历史反思的肥皂泡：“豆腐渣工程”。

原载《中华读书报》1999年4月28日

一个充满痛苦与魅力的世纪文化

——世纪回眸之四

20世纪即将结束。在中国大地上，这个世纪充满了痛苦，灾难，悲剧与荒诞，血与泪，也充满了无数复兴的生机和艰难的创造。这一个世纪里的中国文化发展的全部历程，包括它的突进与落潮，成功与失败，经验与教训，都将会成为一份最具精神魅力的遗产，为现在与将来海内外的学人们所关注和研究。可以预见：20世纪中国文化的各个侧面，将如磁石一样吸引许多研究者的目光，成为下一个世纪中国文化研究中的一门“显学”。

中国在三千多年的历史中，有过从西周到战国文化与汉唐文化两次大的辉煌。两次辉煌的原因不尽相同。前者主要来自自身的吸收与多元的竞争；后者则与对于外来佛教文化等的大胆吸取有关。这两者的结合，为中国20世纪文化发展拥有的一个优势。中国“文化史上每放一次光，都是受了外来的刺激而不是因为死抓着自己固有的东西”(闻一多)。经过国势与旧文化衰落后痛苦寻求的清代末年，五四时代的文化启蒙思潮，到这个世纪最后20年至今不衰的“文化热”，中国知识分子最重要的一个特征，就是努力打破文化的闭关保守，追求革新开放，让“西学东渐”的强风越吹越猛，并使文化发展中找到的“民主”与“科学”的精神武器，成为征服一切阻力，推动一切有识之士觉醒、抗争、探索、创造、前行的灵魂。以打破中世纪封建宗法禁锢，实现人的自身和科学精神的解放为标志的西方“文艺复兴”，来比喻五四开始的新文化运动，是人们自然的思维选择，也是创造者们的历史取向。一个世纪以来中国文化的发展始终处在被压抑的“文艺复兴”大潮中缓慢前进。虽然波折不断，屡遭摧残，伤痕累累，代价惨重，但人们期待实现中国现代化的梦想,中国文化发展的现代性追寻,一直火种不灭。此乃20世纪中国文化发展的精魂所在。

20世纪的文化成绩虽远不如汉唐时代那样辉煌,但是它的与西方强势文化对话与交流的开放性,它对于各文化领域蜕旧变新的开拓与建设的气魄,它所呈现的外在现象与内在精神的复杂性,却是前所未有的。它在人类精神史文化史中的魅力具有永恒的探索价值。

进行20世纪中国文化文学,包括中国文学在内的研究和探索,研究者最需要的,是大胆的创新精神与坚实的历史品格。在一个东西文化大碰撞的世纪里,从文学、历史、哲学、艺术等各个领域,几乎没有一个不接受外来的影响而获得自身发展的。又几乎没有一个有成就的部门或个人,不是在大胆地吸收外来文化中进行自己的选择、消化、变形,最后转化为自己民族文化的创造的。这选择与创造本身就是创新。同时,这个文化发展历史的每一步,又都是与民族的生死存亡的命运紧密相连的。它充满了人道抗争的因素与悲剧的色彩。我们研究者因此不仅需要与此文化精神相适应,有对于开放创新精神的坚持,更要有历史品格的坚守。梁启超肯定有清一代学者们的"朴学"体现了一种科学的古典主义精神,对于大大超越了这一阶段的20世纪文化与学术的研究来说,无论在各自的分体上,还是在总体上,都应在追求创新的同时,要有一种对于历史的同情和理解,反思的热忱与清醒,避免历史阐释时的主观性,尊重历史,尊重客观,尊重实证,在经过几代人的实践中,努力铸造一种真正属于新的世纪的现代科学精神与学术规范。

原载《中华读书报》1999年8月4日

我们给中文系留下了些什么?

中文系要庆祝自己的90诞辰了,因为曾经为系里老师和学生们"服"了几个年头儿的"务",《启明星》的编辑,要我也写点什么,说别的几位先生都写:算挨不过去了。

说起中文系,自己在这儿整整生活过了45个春秋,夸大点儿说,差不多也快半个世纪了。没有话说?瞎掰!似乎有许多话,要从肚子里往外倒,但仔细琢磨琢磨,动起笔来,又觉得脑子里空空如也,没词儿。因为忙别的事儿,拖了好些天,一个字儿也没有。昨天晚上,忽然,令我"心惊肉跳"的期待已久的那个电话终于响了,组稿的萨支山同学轻声细语地说:"孙老师,稿子写完了没有?""还没有。""很快就要用了。"他听过我的课,我很喜欢他的机敏,聪慧。我不能推脱了:"明后天一定交给你,好么?"

写什么呢?中国20世纪,是制造废话最多的一个世纪。已经厌倦于这样应景的文章了。没法儿,再来制造一点废话罢。

90岁,对于一个人的生命来说,可以说是高寿了;可是,对于一个偌大的国家研究自己的国学门类的一个系来说,和整个世界的一些大学教育历史相比,还只能说是一个非常年幼的小弟弟。谱儿没得什么可摆的,更不要说大大夸耀一番了。可自惭形秽也不必。前年,我们庆祝了北京大学的100周年。去年,我们又庆祝了五四新文化运动80周年。北京大学中文系,就前身来说,可与自己的学校同时,过百岁了。而就真正意义的现代学科成立,也整整90年了,比五四这个再辉煌也没有的日子,还早上9年。这样的老牌儿的中文系,在中国,能找到几个?不说别的,在悠长的历史中,这个系,有多少位好的老师,开设过多少好的课程?

培养的学生究竟有多少？他们在中国近百年现代化的进程中，又做了多少贡献？谁说得清楚？然而仅仅这一点，还不值得在历史上写上一笔。我以为更重要的，在无形的历史中，中文系仿佛形成了自己的一种传统。

早有人说过："传统之力是不可轻侮的。"无论从大的方面讲，还是从小的方面看，都如此。创新，是突破传统，但哪一个新生者的身上，哪怕是最独特的创造者，能够没有一点点传统的影子？

这个传统是什么呢？很难说。

往大里说，是中文系与民族命运的联系。"铁肩担道义，妙手著文章"，这两句话，李大钊曾经书写过，以之明示自己的精神追求。那刚劲的字迹，浓浓的墨色，至今犹晃在眼前。我体味，两句话，前一句，讲的是责任和使命，后一句，讲的是事业和能力。90 年里，如果中文系培养的学生，一代又一代，在精神上，人格上，有什么可以宝贵的东西，简而言之，那就是这两句话。他们以国家的兴亡与强大，民族的自由和振兴为己任，用自己的才干和能力，自己创造的精神产品，服务于这样一个大的目标，在民族前进的历史上，流下自己的汗水，有的甚至献出了生命……我们的民族曾经被欺压凌辱，我们的国家曾经饱经沧桑，就是在今天，虽然站起来了，但人家还是可以欺侮我们，贫穷与落后的阴影，仍然笼罩着许多角落，多少饥饿的心灵，为不满于文化的匮乏而痛苦，多少贫困中的孩子，还瞪着渴求知识的眼睛，那已经改变的正在改变或将要改变的，都似乎是一个强大的声音，在我们的耳边呼啸：中文系在改变自己的时候，也要为一切的改变，写出自己或辉煌的或平实的"道义"与"文章"，写在历史上，写在现实中，也写在每个人自己的心灵里。而且，今后还要继续的"担"下去，"写"下去，"担"得更坚实，"写"得更美丽……我们不能愧对这个民族！

往小里说，是中文系自己葆有的精神。远的不讲，就近的 20 年来，中文系经历了许多磨难，完全破毁后的百废待兴的重建，遭遇政治风浪的重重沉压，饱尝经济大潮的无情冲击，中文系都总算是很顺利地走过来了。在我背着沉重的"十字架"的那几年里，我就屡屡感到来自全体教师内心的温馨。他们的生活是很清苦的。他们没一点的"喧嚣和骚动"。他们吃的是草，挤出的是奶，是血。一些很有才华的教师，过早地离开了我们。许多教师呕心沥血,默默地,不断开出好的课程,做出令人惊叹的成果。为什么?这似乎有一点什么秘密。国有国魂,民有民魂,人有人魂。我想,作为北大的一个文科大系,中文系有没有它的“系魂”呢?

1992年岁末,我在全系“尊师重教”座谈会上的发言中,讲了这么一段话:“北京大学中文系,有一种无形的精神特征,它像长城一样,永远是古老而又年青的结合体。电视连续剧《长城》主题曲唱道:‘我们走近你,不知道通常在你身边;我们离开了你,才知道你常在我心里。’中文系有刻苦严谨扎实创新的学风,有被校内外视为高水平的教学和科学研究,有磁石一般充满吸引力的学术环境与气氛,有一股相互竞争又相互关心,相互依存又相互理解的巨大凝聚力。这是中文系的系魂,是中文系发展与建设量可贵的财富。”

有的老师,曾把中文系统称为“君子系”,我很喜欢这个称呼。

但愿这个精神传统,在今后年轻人的身上,能够一代一代地发扬下去。

为此,我又想起了那件平凡的往事。记得,最难忘的七七级同学毕业的时候,全体同学用纸写了一份深情的大字报,一封给中文系老师的告别信,贴在五院一楼的南门里边的墙上。我是流着泪读完这封信的。他们用非常诚挚的情感,朴素的语言,向全中文系的老师,表示自己热忱的谢意和依依的别情。信的末尾,引的是徐志摩的诗句:“悄悄的我走了,正如我悄悄的来;我挥一挥衣袖,不带走一片云彩。”

这诗句,几乎成为每一届北大人毕业时在心里的声音。这感激和惜别的声音说:在学校的几年生活里,北大给了我们许多,中文系给了我们许多。以后,大约每一代毕业的学生也都会说:北大给了我们许多,中文系给了我们许多。

然而我想,为了中文系的精神长河里,永远闪着绚烂的彩虹般的梦,当我们的心里在响着“不带走一片云彩”的时候,能不能用自己的人生脚步,也永远这样地扣问一下自己:

“我们给中文系留下了些什么呢?”

2000年2月23日

原载《启明星》2000年1月第32期

走着一条通向太阳的路

人生是一条漫长的河。在她艰难而美丽的奔流过程中，多少生命的饥渴，多少说不完的故事，会长久地留在她奔流不息的生命里。有些时段，有些地方，她与他们之间的关联，虽然是若隐若现，似有似无，但却总有一种难以割舍的情缘在，于一生中，都将永不忘记。

人民文学出版社，就是我生命长河中的这样一块精神绿地。

我在鞍山一中读书的时候，参加了几个喜爱文学作品的同学组织的"文学小组"，一位语文老师，指导我们读书，写作，办墙报，"发表"自己的作品。我如饥似渴地读着一些中外经典名著，其中许多，是由人民文学出版社出的。

当时，我最喜爱的一本书，是厚厚四大册的罗曼·罗兰的小说《约翰·克利斯朵夫》。我太爱这部小说了，几乎把书中的人物，当成自己的生命偶像。我偷偷在一个小笔记本上，工工整整地抄了满满一本子的作者和主人公的"语录"，作为自己精神的珍藏。它伴随了我很长的生命时光。小说里主人公"个人奋斗"的悲剧历程，带给我的，是无穷的魅力。它给了我人生最高追求的强大力量，为了实现个人生命价值所需要的与命运拼搏的动力源泉。这本小说，和当时流行的《钢铁是怎样炼成的》、《卓娅和舒拉的故事》、《普通一兵》等书一起，融进了我生命的鲜红的年轮。

上大学后，和人民文学出版社发生文字之缘，是从 1958 年开始的。我们还是大学三年级的学生，连学术论文都不知道怎么写，就糊里糊涂地响应党的"号召"，不知天高地厚地起来批判学术领域里的"反动权威"，要"拔白旗，插红旗"，自己动手来编写《中国文学史》。经过一个暑假多的“奋战”，几十人参加撰稿的红皮《中国文学史》产生了，给我们出书的，就是人民文学出版社。很快同学们自己就发现了这书的过分“左”的弊病，又动手修改成四大本的黄皮《中国文学史》，作为国庆十周年的献礼，也由人民文学出版社重新出版。以后，人文还内部印刷了《中国现代文学史》征求意见本，厚厚的一册，五十多万字，我也是参加编写的撰稿者之一。王瑶先生也参加了，他写的稿子，有的被改得面目全非，记得他当时还生气地说：“我不承认这是我写的！”以后，我做了现代文学的研究生，游国恩先生主编《中国文学史》的时候，因为我参加过唐代诗歌部分的编写，还和几位古典文学研究生一起，被调去“客串”了一年多。人民文学出版社，最早把我写的“学术”稿子，从文字变成了铅字，让我懂得了治文学史学术的路数、艰难和严肃。我成了这个阔大园地中一株生错了时候的小小的“野草”。

这时，我已经买了一些我最喜欢的书。有人文出的，也有别的出版社的。李白、杜甫的诗集，《红楼梦》、《水浒传》、《陆游诗选》、《普希金诗选》、《艾青诗选》、《洛尔伽诗抄》、《聂鲁达诗选》、《希克梅特诗选》、《巴金文集》、《茅盾文集》等等。一次，苏联十月革命节的纪念日，我在书店买到了何其芳的《预言》，上海新文艺出版社出的，薄薄的本子，淡绿色的套封硬皮封面，我如获至宝，一口气读完了，还在扉页写下：“伟大的四十周年……五七年，十一月七日，于北京。”这本小书，让我知道了什么是诗。诗人牛汉责编的那本年轻烈士陈辉的《十月的歌》，把我的精神人格与读诗的爱好，带进了一个新的境界。聂鲁达的《伐木者，醒来吧！》，成为我们 1957 年以前班上诗歌爱好者内心解放的呼声。《绞刑架下的报告》里尤利斯·伏契克最后一句话：“人们，我爱你们，你们可要警惕啊！”像刀一样刻进了我们的记忆。三年经济困难时期，在参加编写《中国文学史》期间，我用一起编书的吴文治先生的购书票，买了一套 1961 年版的《鲁迅全集》，它几乎陪伴了我二十多年，帮助我完成了关于国民性研究的研究生论文，也伴我在文化沙漠一样的饥渴中度过了十年灾难的岁月。我读大学和做研究生的时候，生活还是挺清寒或紧张的，但我买了，也读了许多人文这块园地出版的文学书籍，我开始感到自己精神渐渐由贫乏走向富有。

真正走近这块精神绿地，已经是一个新的时期开始了。为了 1981 年出版的《鲁迅全集》中《坟》的定稿，大约 80 年代初，我被临时抽调到人民文学出版社。那是一座灰白陈旧的楼房。我在后院鲁编室附近的筒子楼里，住了两个多月。每周乘公共汽车进城，到南小街下车，走几步路，就到了那里，周末才回家一次。

我们在一间朝南的狭窄的屋子里，每天准时开始讨论稿子。参加的是我的前辈和同行，有著名的散文家秦牧，鲁迅研究的老前辈林辰，编辑室的负责人王仰晨，还有鲁编室的张伯海、李文兵，我参加过北大《坟》注释组的定稿，所以被请来凑数。

对于我，这是一次难得的学习机会。我很早就读过秦牧的散文，喜欢他的开阔博识和潇洒文笔，没有想到，他那么个大作家，却非常朴素，平易近人，每天和我们在一起，反复讨论每一条枯燥琐碎的注解，是那么认真，字斟句酌，一丝不苟。我注意到，一到休息，或大家聊天的时候，他除了有事出去一会儿之外，回来，就坐在那里，翻字典，翻《辞海》、《辞源》，翻《百科全书》，无声而专注，若有所思，好像在寻找什么，又好像什么也不寻找。几乎是天天如此。我在无意中似乎窥见了一个终生在“艺海拾贝”的作家精神的一角：即使在最零碎的时光里，他也不虚度自己的生命，而是在知识的海洋里徜徉，拣拾一切闪光的珠贝……林辰是一个温厚的长者。他对于鲁迅著作中的古典文学引述，对于新文坛的掌故，对于重庆和抗战时期文学的情形，简直是如数家珍。他对待我，总像父亲对一个孩子那样亲切，温暖，善良。可对于历史人物的臧否，却是爱憎分明，一身正气，怎么想的就怎么说。一次，谈起社会上对张爱玲的评价，他毫不客气地说，在重庆和大后方的作家，在上海孤岛的许多作家，为了民族，他们在干什么？张爱玲在干什么？离开了当时的历史，离开了一个人对民族大义的节操，把她的文学说得太高了，这哪里是什么科学的态度?！那次谈话，他情绪很激动，浓重的地方口音，质朴无华的语言，给我留下了深深的印象。大家在讨论中，非常认真，有时为了一个条目，讨论一个半天，有时干脆停下来，动手去查书，核对材料。

因为要回学校上课，《坟》的定稿讨论一结束，我就匆匆离开人文那间小屋，告别了那座狭窄的堆满了各种书籍纸张的走廊，那个只能在走道的小桌子上接电话的编辑室。但是，几十天里，我都有一个感觉，在那看似很简陋而贫困的地方，却在源源不断地生产着无数丰富人们精神世界的最优秀的产品。

在人文那间小屋里，我结识了很多的朋友。借调来专心致志于注释《鲁迅日记》的包子衍，是他代近代史所长李新约我写《中华民国史人物传》的徐志摩传，先两年就认识的。他就住在二楼最头上的一间屋子里，工作与卧室在一起，房间几乎全在书的包围中。因为晚上的"常住客"很少，我们也就来往较多。他的苦难经历和勤苦治学，在我们这辈人中，并不多见。我们谈得很多。后来回上海，我去拜访他家，他还领我看了就在附近的许广平被宪兵抓去关住的地方。注释《鲁迅书信》的马蹄疾，满面清癯，骨瘦如柴，做学问却坚硬无比，掷地有声。他来时见面说话不多，却别有一分风采。他常令我想起《孤独者》中的魏连殳。因为注释鲁迅，许多注释者也结下了一番情缘。湖南人民出版社出了一本书，书名叫《鲁迅研究百题》，请参加注释的学者，都写一两篇短文，将新发现的材料和过程，写下来，作为了解《全集》的一个补充。一次，厦门大学的应锦襄教授，来编辑部，正好遇上开会，她拿出带着的这本书，请大家一一在扉页上签名，留作纪念。我翻开一看，那里已经有横七竖八密密麻麻的名字了。至今想起来，她的这份珍藏，可能是新版《鲁迅全集》难得的一个工作纪念，也是这块绿地上一串精神跋涉者历史脚步声音的存留了。

从北京大学，乘 332 路汽车，换 111 路电车，再换乘 101 路汽车，到朝内小街，这条路往返，可能是北京城内外我跑得最多的路了。为了编辑出版《象征派诗选》的选诗和那篇艰难的序言，与责任编辑关克伦，字斟句酌，反复讨论。为了协助出版胡适《尝试集》，进行几个版本的校正，为了朱湘的《草莽集》的原版重印，我跑了不知几个来回。1990 年，我生病在朝阳医院住院的时候，责编王培元，那么认真地为我的书稿《中国现代诗歌艺术》提出了许多修改意见，我读了那封长长的审稿信，眼里禁不住含着湿润的泪水。我是一个有史料癖的人。人文出的《新文学史料》，因此成了我最喜爱的一份刊物。我到出版社，总要到那里看看,坐坐,和那里的人聊一会儿天。在那份杂志里面,除去一些少量的杜撰和粉饰,我更多地读到了中国几十年历史真实的脉搏和音容。那里有鲜血,有生命,有苦难,有抗争,有忏悔,有美丽,有丑恶,有沉重的脚步的记录,有无数真诚的声音,有历史足迹宝贵的发现。我在那里发表的几篇文字,也都是我用生命和心血煎熬出来的,远胜过我自鸣得意的一些鸿篇大论。我常常跟别人说这样一个事实:许多文学研究杂志,学报,我都可以丢掉,唯有《新文学史料》,至今是一本也不能丢的!

去年,我与几位友人曾造访过人民文学出版社。依然是那座灰白陈旧的楼房,依然是拥挤的院子和办公室。这座50年代初盖成的楼房,在过去的年月里,算是一个不错的建筑了。但在今天,一个国家最大的文学出版社,和周围的高大建筑比较起来,和其他出版社及传媒机构比较起来,已经显得非常的寒酸。

有时我路过这里,望着这座灰白色的楼房,常常投以敬慕沉思的眼光。

因为,我深深知道,就是在这块园地里,整整半个世纪的历程,都在演绎着同一个故事:多少年轻的人和年老的人,用自己的辛勤的心血,日夜浇灌着中国现代文学事业的花繁叶茂。奉献于这块园地上的几代人,以自己的物质的清贫和人格的坚守,不断地铸造着我们这个民族的精神属于今天的和明天的辉煌。这块绿地,以不断创造的优秀产品向人们声声诉说,一个具有光辉历史与自由灵魂的民族,不应该是物质上的富翁,精神上的乞丐。

这块绿地所在的地方,有个好听的名字"朝阳门内"。这个名字总是让我想起,那里的人们,走着一条通向太阳的路……

2000年12月5日

原载《我与人民文学出版社》,人民文学出版社,2001年

“如歌”的岁月里

四十多个春秋，如落叶一片一片地凋零。对于我们这些燕园的学子，苍老已不再是一种呼唤。如烟的往事里，纵使可以拾起多少沉重的记忆的灰尘，但是当我回想起那些曾经飘落于青春中美丽的音符的时候，心中仍然不免闪烁出点点的亮色来。也许没有欢乐与痛楚一起永远播种在心里，就没有我们这一代的人生。

我们生活的时代，是一个最容易让人忘记痛苦的时代。北京大学校园，一场使许多年轻人受到深深伤害的“反右派”斗争刚刚结束，略带兴奋的 1958 年的春天，就迟迟地到来了。

大约是全国“大跃进”的前奏吧，整个京城，开始掀起了轰轰烈烈的修建十三陵水库的热潮。我们这些刚刚步入三年级的大学生，走出“与人斗”的校园，来到了“与天斗”的京郊大地，有幸参加了这一造福人民的壮举。

北大中文系参加修水库劳动的同学们，依照“军事编制”，组成了一个大的方队，根据我们自己的意愿，被命名为方志敏团。记得当时的团长，是 56 级的调干生周倜，政委仿佛是新闻专业 54 级的杨扬。那时候，可能是刚刚读过方志敏烈士的《可爱的中国》不久，大家都很喜欢这本用生命与血写成的书，为这本书的爱国至情所深深感动过，也就都很喜欢我们“方志敏团”这个名字。当时，我们还自己编了一首《方志敏团团歌》，在练队时，大家引亢高歌，边走边唱。经过几天紧张的操练，很快就开赴劳动现场了。

我们年级的同学，在昌平山区的一个小小的村子里，安营扎寨。住的是老乡家里。房子都很狭窄，七八个人，睡在通铺的土炕上。小村子,在水库大坝工地的南边。每天从住处,赶到大坝工地,来回都大约需要走七八里地的路。早上,天还不亮,就匆匆出发,到了工地,立刻投入到那个异常热闹的劳动场面中去了。

同学们怀着一股真诚奉献的热情,确实是把“吃奶的劲儿”,都倾注到劳动里来了。除了有些人用筐挑土上坝外,多数的人,是挖土,装小车。装了满满的一车土,两个人,将纤绳往肩上一摞,一个人掌车,大喊一声:“走!”就飞快地,往大坝上一溜烟地跑去了。迅速将土倒掉后,再飞快地跑下来,装满土,再拼命往上跑。有一些同学,在大坝顶上,平土,打夯,唱着当时也来参加的延边大学在中文系借读的同学教给我们的朝鲜族民歌《嗡嘿哟》。我除了拉土车以外,也曾经在坝上,干打夯的活儿。几个人,围成一圈儿,手里都紧紧攥着粗粗的绳子,整齐地一拉一松,将一块又扁又圆的大石头做的夯,高高送上头顶,再让它重重落在地上。大家就这样,一遍又一遍地举起,一遍一遍地落下,一边打夯,一边扯着喉咙,唱起延边的劳动号子:“同志们呀,加油干哪,举起夯啊,嗡嘿哟!不怕苦呀,嗡嘿哟!不怕累哟!嗡嘿哟!修好水库,嗡嘿哟!造福人民,嗡嘿哟!……嘿嘿嘿——嗡嘿哟!”有些身强力壮的同学,还组成了现场突击队,他们拉着推土的小车,在坡度很陡的大坝上,上上下下,来回地飞跑。中午,我们就蹲在大坝上吃饭。记得当时吃的,多是玉米面窝窝头,就的咸菜,最好吃的,就是老乡特意给我们做的糖包儿了。吃完了,我们就躺在地上,稍稍休息一会儿,再接着在大坝上奔忙起来。那时候,大家都是年轻小伙子,真是豁出命地干活。没有一个人叫苦叫累的。到了已经是暮色苍茫的时候了,我们这个“小分队”的同学们才拖着疲惫的双腿,扛着铁锹,列着队,唱着歌,有说有笑,走回已是晚烟袅袅的小山庄。

几十年后,令我永远不能忘记的,是那支《方志敏团团歌》,是那早晨上工的路上歌声飘荡的情景。那是四月天,春寒料峭,曙色未现,满天晨星,大地一片沉睡的静谧。大家被清脆的哨声吹醒,带着一身的疲劳和困倦,匆匆吃过早饭,就紧张地集合上路了。在高低不平的山区土路上,在乱石铺满的干涸的河床里,大家静静地走着。因为太累,起得太早,我有时犯困,上下眼皮直打架,实在撑不住了,竟闭着眼睛,一边走，一边打起盹来，直到撞在走在前面的人的身上，才突然醒过来，恢复了精神头儿。

常常是在最困倦的时候，忽然那只高亢的歌声，在我的耳边响起来。我也加入了那洪亮的歌唱：

我们战斗在十三陵，
迎着朝霞顶着星星，
征服狂暴凶猛的洪水，
修好水库造福人民。
我们战斗在十三陵，
斗志昂扬高歌猛进，
我们有移山倒海的壮志，
我们有百炼成钢的决心。
方志敏同志鼓舞我们前进，
我们是方志敏团的士兵。
我们是劳动锻炼的新军，
我们是方志敏团的士兵。

这支歌，用的曲调，是列宁非常喜爱的，俄国工人游行的时候经常唱的《华沙工人歌》。我们年级的诗人谢冕，为这次劳动，特意填写了漂亮的歌词。这歌声里，似乎有一种神奇的魔力：忘记了昨天校园里发生的那一场痛苦的噩梦，忘记了一天里劳累的疲惫和辛苦，披着一身春寒，迎着满天星斗，我们1955级的几十个年青人，带着二十多岁人青春的壮志与豪情，带着岁月流在我们骨髓里的那一点无邪与天真和淳朴，同声地高唱着，行进着，行进着……这歌声，是那样的沉着，嘹亮，坚定，豪迈，甚至带一点沉重与悲怆的味道，飘响在寒风吹拂的黎明，飘响在北国早春的山野，也飘响在我们每个55级人的心里。如果没有了这歌声，那些酸甜苦辣岁月的记忆里，该会减少多少亮色啊！

在劳动的间歇，自己也会情不自禁地轻轻哼起这首歌来。一个人，静静地，站立于正在用土堆起的大坝上，远眺周围连绵不断的青山，近看一望无边的蛹动的人群，浮上心里的，一个突出的感觉就是：在学校里，我往往将自己一个人膨胀得很大，好像一个人就是一个世界；而在这里，感到自己一个人，是非常的渺小了，在黑压压的人群的海洋里，在远去的英烈和现在的人群中间，自己真的就像大漠上一个小小的蚂蚁，一个用手指头一抹，就会无影无踪消失了的蚂蚁……

多少年了，我常常哼起这首歌，想起那些与歌声相伴的火热的日子。然而，我的心里，同时又流着另一缕痛楚：青春岁月的歌声难忘，那个岁月却不全然如歌。许多如烟的往事，因之联翩而来。

1955 年 8 月，我从鞍山只身来北京，下火车后，乘三轮车，兴致勃勃地赶到东直门内海运仓的《中国青年报》社，在门房，找我在那里当记者的哥哥。等了好久，哥哥出来后，严肃地对我说：“这里正在进行肃反，很紧张，你一个人，还是先到学校去报到吧！”我当时不明白，这个国家，究竟发生了什么事情？

刚刚走进北大，反胡风运动引起的肃反斗争，大概正值尾声。我有时从学校南门进出，经过二十五楼的楼下，有时还可以依稀听到“打倒反革命分子！”的呼喊声。这呼喊声，给我恐惧，好奇，也给我深思。但似乎总觉得，这种事情，离我们还很遥远，很遥远。

幸亏老天赐给我们一段无限美好的时光。那是难忘的 1956 年。我们这些不谙世事的年轻人，整天沉醉在喜欢的书本里，新鲜的文学作品中。我们眼前展开的好像一片金色的海洋，吸收的一切知识成了我们心中的圣经。在这个知识的殿堂里，同学们几乎过着天之骄子的日子。这里许多人，是奔当作家而来的。听课之余，有的写小说，有的写诗，有的写自己喜爱的剧本，有的喜欢音乐，作曲，就是在课堂上，也一边听讲，一边画着他那一行行的“豆芽菜”……为了满足同学的创作欲，热心的邓美宣、李鑫两位同学，办起了手抄的墙上小报《小火星》，两张 16 开的纸，一片绿色的园地，自己组稿，自己排版，自己抄写，自己作美工……这里刊登有诗歌，小说，散文，甚至还有长长的电影剧本的连载。许多今天看起来，也算是最大胆的先锋文学作品，都在那里发表。记得，同班的大才子孙绍振，在一首诗里，写他怎样在未名湖山坡上，在黄昏的树丛里，窥见一对年青恋人在接吻，自己怎样自遣与害羞，又偷偷走开了。大家读了，常引为和他开玩笑的美谈。

为了享受一场人艺名流演员于是之、朱琳等演出的话剧《雷雨》，散场后，无车可坐，全班人，竟旷野放歌，夜走京城，几十里夜路在歌声笑语中被我们踏尽，等到了学校的西门，“咚咚”敲门的时候，已经是凌晨四点了。

我们宿舍的六个同学，费振刚，孙绍振，鲁国尧……个性与趣味各异，天南海北，无所不谈。后来有人提议，大家赞同，索性弄一张纸，用毛笔写了几个大字：“六味书屋”，贴在了宿舍的门口。

从内蒙来的喜欢写小说的张时鲁，是我们的老大哥。他用浓重的内蒙口音，给我们这些从中学来的“小学生”，经常大讲萧洛霍夫、杰克·伦敦、海明威……他赞不绝口的是：“真了不起啊，《静静的顿河》，《荒野的呼唤》，《老人与海》！《老人与海》！……”他就像杰克·伦敦笔下的一匹饥饿的“狼”，如饥似渴地吞噬着一些西方现代文学名著，总是埋头写他自己的长篇小说。才华横溢的孙绍振，读的书最多，最杂，也非常先锋。他的思想也像跑野马一样自由无羁。他和我们班的才女温小珏一起，常常把当时最先锋的作品的信息，传到班上来。他们说：“萧洛霍夫的《一个人的遭遇》，岳野的话剧《同甘共苦》，真是妙极了！”于是，我们班里很多人，“霸占”着那些图书馆借来的一本杂志，轮流抢着读这些作品，为萧洛霍夫对于战争摧残人道的描写所震撼，为一些老干部进城后的喜新厌旧而愤愤不平。

拉甫列涅夫的《第四十一个》，从小说到电影，班上人看了的，都交口称赞，简直崇拜得五体投地。普希金、莱蒙托夫、聂鲁达、希克梅特、洛尔伽的诗，艾青的诗作《宝石的红星》、《在智利的海岬上》……几乎成为我们几个喜欢诗歌的人口头议论的专利。

在学校出版的《红楼》杂志上，孙绍振的密友，另一个才子张毓茂，忽然发表了他的《汉高祖斩蛇》的历史新编小说，他那“偶尔露峥嵘”的才华，令我和同学们大为惊异。“这小子，真行！”大家常常这样羡慕地说。他画一手漂亮的碳笔画。他画的那张满脸大胡子的托尔斯泰头像，在宿舍里传看，让我赞叹不已。他的脸相，天庭饱满，地阁方圆，有一些连毛胡须，同学们送了他一个亲切的外号“卡斯特罗”。在宿舍里，教室里，孙绍振常常伸出双臂，尖声高叫地，朗诵着聂鲁达的诗篇：“伐木者，醒来吧！”诗人张厚余，是班上年纪最小的一个，长长的头发，潇洒地飘在脑后，用山西调子的深情的声音，背诵着尤利乌斯·伏契克《绞刑架下的报告》里的最后一句话：“人们，我爱你们，你们可要警惕啊！”

这种自由活跃的学术空气，这些“醒来者”的兴奋和声音，在57年那场摧残民主与自由的风暴到来的时候，完全被压抑和扼杀了。

为了达到5%的指标，班上原来没有右派，为此有两个同学，58年初突然被“补划”成了右派分子。有的同学，受到了不应有的团内察看和警告的处分。有的农村来的同学，因为敢于说了一些有良心的真话，讲了一点农民的疾苦，59年反右倾的时候，无端地被加上“现行反革命”的罪名，全副武装的警察，突然来到了我们班上，宣布他的“罪名”，给他带上冰凉的手铐，关进了监牢。连在我们这里借读，同我们住在一个房间，一起参加修十三陵水库劳动的延边大学的同学，回到学校以后，也横遭厄运，有些人被“补划”成右派分子。我自己，在这些和以后的日子里，由于家庭出身不好，自己“名利思想”的尾巴，也处于永远负罪的状态中。有写不完的检讨与忏悔，“小结”与“汇报”，与家庭划清界限的“自白”，为要求进步的“交心”。我经历了我们这一代人怎样蹂躏别人，也怎样蹂躏自己的心灵的痛苦与折磨。虽然许多是出于无知，幼稚，年轻和真诚，但这些，却多少给别人，带来了一些无法弥补的伤害。就在大家高唱“我们战斗在十三陵”的歌声的时候，一些受难的同学，有的带着“悔改”的沉重，走在行进的行列里。有的已经被迫地离开了55级的队伍，送去“劳动改造”了。毕业以后，十年灾难中，他们吃的苦头，受的难，更是我们所难以想象的。1998年百年校庆，55级同学聚会的时候，那个1959年无端被逮捕的同学，在安徽的农村，已经成了一个地道的“老农”，他来不了北京。他只淡然地告诉大家说：“我现在离不开家里，承包的果树，需要剪枝，错过了季节，就没有收成了。”在他的来信里，没有详细说他所经历的所有折磨与苦难。但我们已经从他的无言中，明白了他的一切。

“如歌”的岁月里，流淌在55级同学心中的，不光是歌声和短暂的亮色,也有更多的痛苦和困惑,哭泣和泪水。

我们都是北大中文系1955级的儿子。我们这个世纪应该更多一些地倾听像55级那些受难者们的声音。无论是过去,现在,还是将来。无论是为了自己,为了同窗,还是为了我们这个民族的永远。受难者和幸运者之间隔膜的理解与消除,带来的只能是,也应该是人的精神的升华。

那是一个我们都还多么年轻的岁月。那是一群多么风华正茂的青年学子。一些人的青春,无端的被伐刈了。许多人最好的年华,也无端地消逝了。回首往事,我常常想起聂鲁达的那首不朽的长诗。我觉得自己和别的一些人,曾经或多或少地充当了一个“伐木者”的角色。可悲的是,后来有些人,不再扮演这个角色了,又有别的一些人,仍然在正正经经地扮演着,现在有人扮演着,而且将来还会有人继续扮演下去。

如烟的往事,随着岁月磨洗惠与我们的苍老,伤痕渐趋抚平,人心亦入宁静。留下来的不再是嫉恨与怨悔,而是青春时期友情回味的珍美。像我们毕业时集聚一堂欢送“小钰出塞”所唱的那样:“同志们来吧,让我们举起杯,唱一支饮酒之歌。让我们回忆起,最珍贵的一切,唱一支再唱一支!”咀嚼珍贵比抚摸伤痕更加温馨。

我想,人生中或许并不存在真正如歌的岁月。如歌如泣才是人生岁月的沧桑正道。随着时间的流逝,如歌如泣的岁月里多少往事均可淡忘,然而45年的历史沧桑,折磨了多少知识分子青春和生命的悲剧,启示我至今不能忘却的,而且要刻骨铭心牢记于怀的,是智利大诗人聂鲁达对于整个人类发出的世纪性的呼唤,也是我们这个从无穷无尽的血泊与灾难中站起来的、伤痕累累的民族最需要倾听的声音:“伐木者,醒来吧!”

原载《美文》2001年第3期

飞来的一群

一首优美的蒙古民歌，至今我还常常或哼、或唱。

“北方飞来的大鸿雁啊，不落长江不呀不起飞，要说起义的嘎达梅林，是为了蒙古人民的土地。南方飞来的小鸿雁啊，不落长江不呀不起飞，要说造反的嘎达梅林，是为了蒙古自己的土地。”

记得刚入大学，我们中文系55级二班最活跃的才女温小钰，是班上的文娱委员。她常常教我们唱歌，《嘎达梅林》就是其中令我永远难忘的一首。

是那简单朴实的语言、激扬悲壮的曲调，那由低沉转而为高亢豪放的令人震撼的旋律，令我深爱？还是热血青年对嘎达梅林造反的英雄事迹的崇拜？原因很难说清了。但是，每当年逾花甲的我放声唱起这首歌时，想起班上那自东西南北飞来的一群人，怎样地好梦联翩，激扬文字；想起后来一些同学经历的种种人生沧桑的悲剧；想起教我们唱歌的班上年龄最小的小钰，已经永远离我们远去，我仍然会情不自禁地眼里转着泪花……

刚入大学，尽管老系主任杨晦先生宣布：“北大中文系不培养作家，想当作家的，给我回去。”可是，很多同学仍然悄悄地做着当作家的好梦。

一年级的时候，课很多。跑教室，抢图书馆座位，上课记笔记，下课对笔记，考试背笔记，日子过得非常紧张。但不知哪里来的精力，同学们仍然有很多时间，参加各种社团活动，听许多名人的讲演，读很多最新的文学作品。偷偷地在底下写自己的诗、小说和剧本……每个人都做着自己的好梦，每个人都有自己的一块“自留地”，一有功夫就在那里开“小片荒”。

张时鲁是从内蒙考来的。他曾因病退学，后又考上北大中文系。他高个儿，黑黑的脸庞，一身草原壮汉气。他读的小说最多，什么海明威的《老人与海》，杰克·伦敦的《荒野的呼唤》等等。我是从他那里听到并开始读这些名家的作品的。我知道他一直在默默地写长篇小说，我们常常模仿呼和浩特的口音，开玩笑地叫他“杰克隆东”。

张毓茂来自辽宁盖县中学，是我的同乡。这小子多才多艺，最让我羡慕的是他画的一手好素描。一次，他随便在一张纸上乱涂一阵，就出来一个长着长长胡子、深凹着眼睛的托尔斯泰老爷爷，真是惟妙惟肖，看了令我等吃惊咋舌，赞叹不已。我曾经死皮赖脸地将画抢过来，与从画报上剪下来的海涅像一起，挂在我二层铺上的床头。他整天埋头读书，业余就写他的小说。那时，同学们办了个铅印的《红楼》杂志，有一天，突然在新出版的一期里，我看到他发表的历史小说《汉高祖斩蛇》，读了之后，心里暗暗赞叹他的才华：“这小子，真行！”

孙绍振是个从上海滩考来的奇才。他不仅中外文学作品读得很多，英语也哇啦哇啦的呱呱叫，能读英语原文的文学作品，且能写一手语出惊人的“歪诗”。什么“我走在巴黎的大街上，/双手插在裤子口袋里，/向着那些布尔乔亚们，/吹出我长长的口哨……”原诗都早已记不得了，但那个戴一顶鸭舌帽、吹着口哨的姿态，那里面表现出的十足的现代味儿和才子气，却至今没有从我的记忆中抹去。

小钰多才多艺。她喜欢朗诵，喜欢话剧。她参加校话剧团，是那里的骨干和队长。一次最大型的演出是柯灵改编的高尔基的《夜店》，地点在办公楼礼堂，观众坐得满满的。班上另一个喜爱戏剧的李广才是导演。从东北考来的孙维张，演的是一个小瘪三，后来我们就按照剧中这个人物的名字，常称他为“小斗子”。小钰在戏里扮演的是个最下层的小妓女，外号叫“林黛玉”。她演得那么投入，衣着不整，亦癫亦痴，从形态到内心，把那个角色的卑微可怜、狡黠无奈、善良淳朴、痛苦自弃，都表现得淋漓尽致。小钰是酷爱戏剧的。当初她从云南来北京考的是戏剧学院，成绩、表演都合格，就是因为个头太高，没有被录取，才又考了北大中文系。演话剧是她兴趣与过人才华的一种释放。

那时的班上，除孙绍振外，我还有两个诗友，一个是张厚余，一个是李德身。我们常常传阅或讨论各自喜欢的一些名诗人的创作。从普希金到莱蒙托夫，从希克梅特到聂鲁达，从艾青的《宝石的红星》、《在智利的海峡上》，到闻捷的《吐鲁番情歌》，如饥似渴地吞咽着许多中外名诗精品。记得聂鲁达的《伐木者，醒来吧！》一首长诗，是怎样的使我们这些诗歌的"痴情"者激动不已。孙绍振向上伸出两臂，几乎是用他狂吼的声音，抑扬顿挫地朗诵着这首长诗的名句。高八度的尖叫的声音，似真要用自己的声音唤醒世界上一切沉睡着的人们。那情景，至今难忘。张厚余一口的家乡山西口音，说话和为人一样热情，好激动。他写得很多，每有佳作，就给我们传看或朗诵。他个子高，头发也长，向后披着，颇有一种诗人的风度。苏北来的李德身，跟我一样，个子不高，但他非常憨厚、勤奋。他喜爱中国古典诗词，这方面的修养比我深，喜欢写气吞山河一样浪漫气派的诗。有时笔走龙蛇，写得很长。我们俩人常常私下传看"诗作"，也交谈对诗、对文学、对社会的看法。对格律诗，更是同样地钟情。他默默尝试着他的十四行诗，我埋头涂着我的现代四行绝句。林庚先生的"马路宽阔得像一条河，/春天的工地正在建设……"诗作，在《诗刊》一发表，我们就爱不释手，从头到尾地背诵下来。公刘的一组八行诗发表以后，我们几乎是全能背诵。"登上景山最高处，/京华历历在目：/炊烟相招，鸽哨相邀，/半城宫墙半城树。//我住在北京城里，/北京住我心里，/纵然今日分袂，/毕竟终生相忆。"我们那时在房间里，放情朗诵这首《登景山》的声音，至今仍回荡在记忆的深处。"纵然今日分袂，毕竟终生相忆。"好像说出了我们后来命运的心声。

"咱们自己办个墙报吧！"不知谁先提出这个动议，很快得到大家的响应。于是同学们自己动手，一张手抄的十六开大小的墙报，很快就出现在我们班所住的十三斋一楼的墙上了。墙报起名为《小火星》，大约是这群年轻气盛的学生，或是把创作当成自己的一点小小的不值一提的游戏，或者想以点点的星火，给人以光亮和温暖，或是其中也隐藏着一种"星火燎原"、终成大志的夙愿吧。最热心的，当是从山东济南考来的李鑫和由江苏南通来的邓美宣两个人。从约稿、每期的刊头、版面设计,到动手抄写、配花边,以至插图,他们都做得十分认真、仔细。《小火星》文图并茂,内容多样,畅所欲言,无可挑剔。出来之后,俨然似一份真的小报,还招来许多外班的读者,后来,《中国青年报》上也作了报道。这份墙报,每半月出一期,大约出了不到20期,就停办了。班上喜欢创作的哥们儿,几乎都在上面一显身手。厚余送来了他冰心式的清新隽秀的小诗《踏雪》、《萤火虫》;德身在这里唱出了他的抒情得意之作《长河万里吟》;绍振仍然是他的性格,一首短短的抒情诗,引起班里班外的小小的冲击波:他写自己怎样于黄昏中,在未名湖畔山坡的树林里,看见一对热恋的情人在接吻,既想悄悄走开,又怕惊动他们……他的大胆与坦率,头脑清晰与善辩,是我们班有名的。大家不叫他"孙猴",常常喊他为"才子";毓茂也为《小火星》作插图,他和时鲁,有没有小说在上面发表,忘记了;记得清楚的是小钰和广才,竟送来他们创作的电影剧本,长长的大作,竟在这块小小的园地上连载起来,一次一小块,吊人胃口,令我等小子惊讶不已,且引来很多班内外的读者。

那真是一段自由的、无拘无束的读书时光。大家如饥似渴地阅读很多中外名著且不说,即使最新发表的一些作品,只要适合当时同学们的口味,就会在大家手中一一传阅,不胫而走。肖洛霍夫的小说《一个人的遭遇》,在《译文》上一发表,小钰、绍振、毓茂,得风气之先,就赞不绝口,介绍给大家。我是很少流泪的,但看了这篇小说之后,感动得流下了眼泪。我至今永远忘不了那个死里逃生、从敌人集中营归来的士兵,看到自己的家已成一片废墟,亲人全部死去,而自己在汽车中紧紧搂抱着一个陌生的流浪孤儿,喊他为"爸爸"的情景……后来,我们看了改编成电影的《一个人的遭遇》,都兴奋得不能睡觉,夜深了还躺在床上争论着这些作品怎样伟大,怎样有人情味,怎样给人以艺术的美。还有一个剧作家岳野,发表了一个话剧剧本《同甘共苦》,写一个老干部进城后,忘记农村同甘共苦的结发妻子,同一个年轻姑娘结了婚,后来妻子进城来看他,他却很冷淡等等。大家看了话剧不够过瘾,还争相传阅剧本,把一本新杂志传成了卷边折页的旧物;大家还进行热烈的争论,讨论老干部进城变质的问题。蔡其矫发表的那些别具风格的诗,一幅画着一个小女孩跪在草地上吹蒲公英的画,重版的何其芳的薄薄一册绿色封面的《预言》,诗人穆旦沉默多年之后在《诗刊》上重新唱出的那首《葬歌》……那时,都激荡着我们这群青年人爱美而又有些野性的心。

1957 年夏天之后,北大人这样的自由时光,很快就被冲走了。为安全计,《小火星》早早熄灭了自己的光亮。《嘎达梅林》中那种悲剧的气氛,光临到我们青年人的心里。《一个人的遭遇》、《同甘共苦》,都成了修正主义或反党的"大毒草"。我们三十二楼那个六个人住的宿舍贴在门口"六味书屋"那张纸,也悄悄地撕掉了。

1957 年,我们二班本来没有一个学生被划成右派分子。但到了 1958 年初,新的领导进校,认为北大反右派"右"了,上边要求都要达到百分之五,有的单位为什么就一个右派也没有?于是,再"补划"。厚余、德身俩人,就成了这个"补划"风潮的牺牲品,糊里糊涂地成了尾声中的右派分子。毓茂、绍振,也受了团内记过处分。小钰、广才,因为在话剧队里"贯彻斯坦尼斯拉夫体系,搞导演中心制",也在"整顿"中无端挨了一顿批评。我因在《小火星》上写过一篇杂感,说自己高中时一个同学毕业时卧轨自杀,自己是团支部书记,反省怎样没有做好"人"的工作,也被看做有攻击团的工作的嫌疑,成为被搜集的材料。直到后来有的朋友告诉我,才知道此事。一次,在第一教室楼参加一个干部扩大会回来,知道了绍振不划右派的消息,我经过文史楼图书馆,看见绍振正在那里读外文书,当时我很想把这个"好消息"告诉他,但又怕因此犯错误,还是憋着没说。

至今与绍振见面,谈起此事,我仍深深责备我的自私与怯懦。"文革"中,有人点我为"修正主义苗子",我并不害怕。一次,一张大字报中点我为"漏网右派",我看了,还真为我的"漏网"而深感后怕!

后来事情的发展,比我们这些简单而幼稚的青年想象的还要悲惨。班上的何淑淦,因为莫须有的罪名,突然被当成反革命分子逮捕,坐了几年冤枉监牢。另一个来自安徽农村的非常老实的同学尹克杰,因为暑假返家回来,讲了一些目睹家乡贫困和干部腐败强霸情况的实话,被汇报上去,也突然遭到批判逮捕。他经过无数的磨难,至今仍在安徽农村教书、种地。1998 年未能前来参加百年校庆,他说,自己种的几百棵果树,正在剪枝,出来误了农时,秋天就没法过日子了。厚余、德身划成右派后,经受了多年我所不能想象的磨难。虽然后来和现在生活、工作都不错,但他们那些留在心灵的伤痕,那些失去尊严也失去创造权利的岁月,是无法忘却、也无法弥补的。李鑫、林学球更是冤枉,他们都是很有才华才考进北大中文系的。李鑫办事热心,《小火星》停办后,他成了《红楼》杂志的编委,负责印刷、校对、出版等杂事。他说一口漂亮的山东快书,经常在班上表演《武松打虎》等类的节目,手里夹两个铜片,“当的各当,当的各当”,就说起来,逗得大家直乐,他却一点也不笑。班上人都称他为“小李鑫”。学球是来自福建的高材生,除古典文学功底深厚之外,还写得一手好字。1958 年大跃进民歌运动,上边要求每人一天写上百首诗,他头脑冷静地对干部说:“我写几首还可以,那么多,我写不出来。”他的这种没有奴性的耿直,常带给他许多麻烦。1957 年,他们俩人都没有什么右派言论,但是,就因为毕业时的一纸“鉴定”忽略了对于一个人未来命运的意义,他们分配到了所在的单位后,硬被把鉴定里的“中右”错当成为“中间的右派”,由警察持枪押着,在农场“劳改”了好几年。他们后来都做了中学教师,但那种长时间的无法言说的遭遇和痛苦,那种人生恒久的遗憾和伤痕,是那么深地烙在他们心中,永远无法抹去。

飞来的一群,又各自飞去了。他们各自承受着命运之手的安排。

当年做着作家梦的一群,只有分配到内蒙古大学教书的小钰,也是在“文革”以后,才算是真正圆了自己梦想的一个。

小钰成了我们二班的骄傲,她与浙成,成了全国有名的夫妇作家。但是,由于命运的捉弄,我们班最有才华也是年龄最小的小钰,却在病痛的折磨中最早地离开了人间。

人常常是人生的健忘者。北大百年校庆在一片欢歌笑语声中却忘却了几十年来她带给北大人自身的许多伤痛。比起许多同窗,我毕竟是一个幸运者。但当我在抚摸岁月足迹也在抚摸别人的和自己的伤痛,同时反思由于自己的幼稚病带给别人的伤害的时候,心中就忍不住升起一缕悲凉。我又轻轻地哼起小钰带领我们全班唱的那只悲壮的歌来:

“北方飞来的大鸿雁啊，不落长江不呀不起飞，要说起义的嘎达梅林，是为了蒙古人民的土地。南方飞来的小鸿雁啊，不落长江不呀起飞，要说造反的嘎达梅林，是为了蒙古自己的土地……”

原载《北大遗事》，青岛出版社 2001 年

寄语

——为中文系2002年迎新会

作为一个北大中文系的老师，一个47年前像你们一样怀着兴奋心情踏进北大校园的前辈校友，对于你们，在老师辛勤培养下，自己艰苦的努力下，光荣地考入北大中文系，我代表我们老师们，向你们表示衷心的祝贺和热烈的欢迎。

从小学一年级的时候起，我们就都知道一句非常古老的俗语："一日之计在于晨，一年之计在于春。"这句话让我们知道如何珍惜自己的生命和时光。现在我学着这句话，可以再说一句："一生之计在于大学的四年寒窗。"

这四年里，对于你们的一生，非常重要。如何一路走好，如何成为一个优秀的北大中文系的学生，成为一个真正合格的北大人？这可能是你们进校后，每个人都要首先去日夜思考的一个问题。

作为一个早半个世纪走进北大的人，你们的老师，我想像跟你们随便谈心一样，对于这个问题，发表一点自己的看法。

考入北大中文系，做一名北大人，这是很神圣的，也是很不神圣的。北大是全国最高学府，你生活学习在这个地方，就意味着你们会承受很多难得的给予，也意味着你们要比别的人肩负更多的责任。一百年来北大的发展与国家现代化命运紧紧相连。北大人有追求科学民主，追求国家现代化的优秀传统。国家未来的发展对北大人有更大的期待与要求。人民的眼睛看着你，父母的眼睛看着你，祖国的眼睛看着你。一个大学生将自己的生命如此与国家命运连接起来，这是非常神圣的。

但是，在四年生活里，你必须从细微处做起，必须刻苦学习，必须听许多课，参加很多考试，做很多的作业，写论文，参加社会实践，必须取得足够的学分,为此自己要付出许多心血,还必须在许多课外活动中磨练自己,锻炼自己的人生能力与经验。要做很多平凡的事,甚至很多琐碎的事。这就很难说是神圣的了。是你们必须去做的,也没有什么诗意可言了。

现在,随着社会的变化和教育的发展,大学生活里出现了许多新的问题,新的矛盾。你们都要面对。

一、面对物质生活的提高与家长求子成龙的心情,做一个大学生,应该学会自己怎样生活,并且学会怎样帮助别人生活。不要什么都不动手,完全依赖别人。要培养自己独立生活的能力和同学间互助的能力。互相帮助的风气要靠每一个人自觉要求养成。现代化催生的个性化伴随而来的是自私的膨胀。不能让自己成为什么也不会做,也什么人也不关心,只考虑自己,不关心任何人的一个自私自利的人。

二、面对来自各方面的种种诱惑,做一个大学生,应该学会如何冷静地坚守,提高自己生活的追求目标和精神境界。社会兴起的物质的或金钱的诱惑,传媒的或名利的诱惑,会给人,特别是年轻人,带来暂时的利益和好处,也会帮助你损害甚至毁灭了自己的未来。为一点物质利益而付出宝贵青春会使精神变得非常渺小。坚守并不容易。陷入诱惑的泥沼容易,拒绝诱惑难。一时拒绝诱惑容易,永远拒绝诱惑难。要真正做到"远传媒,淡名利,拒诱惑",需要个人精神上心理上有很强的自制力。

三、面对以素质和通才教育为主的新的培养模式,作为一个大学生,应该注意如何处理好素质教育与专业教育的关系。要多读书,勤思考。多读一些古典的中外原著。培养自己的搜集史料能力、艺术感悟能力和理论思维能力。这三者的养成是一个中文系学生必须具备的素质,也是一个中文系学生与其他系的学生区别的一个重要标志。养成多种兴趣,养成对美的领悟能力与兴趣,甚至技术,是一个精神丰富的人的特质。爱因斯坦说:死亡是什么?死亡就是再也听不见莫扎特的音乐了。科学,文学,音乐和其他艺术,是使人丰富、创造的精神源泉。不要将自己造就为一个仅仅会啃书本的人。

游长阳武落钟离山小记

6月2日,晨8时许,由三峡大学文学院胡绍华、胡德才两位院长及办公室主任陪同,与武汉大学青年教师金宏宇博士一起,往长阳,游清江。

驱车出宜昌城,过宜昌长江大桥,经旧三国古战场猇亭,约一小时路,到长阳市。穿隔江岩隧道,至清江水库9号坝。从坝顶穿行而过,左转,沿山麓稍行,约百数米,即至游览码头。

此地为清江水库,水库中一小岛,即武落钟离山,为古巴人发源地。古巴人,四川土家人祖先。马识途的长篇小说《清江壮歌》的清江,概即指此。

清江原为长江一条支流,江水清澈,然水不甚丰。据司机说,“过去这里,挽上裤腿,涉水可过。驻此地解放军,还曾站水里炸鱼”。建水库后,因水位涨高,成一山中湖泊,四面群峰环抱,山色秀美,水光潋滟,岛水相绕,树木葱绿,为宜昌附近一著名游览景区。

购票后,登一包租汽艇。小船在碧绿清澈水面,穿湖绕岛而行。约一时许,于十时,抵武落钟离山岛。此岛,原为群山中一峰,因修水库,下面为水所淹,遂孑然独立,四面绕水,高耸湖中。岛内为旅游景点,卖东西小贩及摊位甚多。并盖有几家饭店,供娱乐休憩,然这些建筑,遮蔽了观瞻视线,大煞风景。

下船,沿石阶而上。一小女孩,紧紧跟随。她手拿几束香,很胆小的样子,小声说:“先生,买把香吧。”胡德才问她:“几岁了?”答:“七岁。”“读书吗?”“读了。”“几年级?”“二年级。”“为什么来卖东西?”“交学费。”问她:“香多少钱一把?”答:“三元钱。”胡德才说不买,但她总是跟在后面，反复轻声说："买一把香吧。"她一直跟着，爬许多台阶，走了很远，胡德才送给她两元钱，说："给你钱，不要香了。"她怎么也不要。再给她，说不买香，她还是说："不要。""为什么不要？""妈妈不让要。"最后，胡德才给她四元钱，说："买一把香吧。"她给了一把香，不再跟着，也不找钱，就转身往下面走去了。

进山门，由此再至山顶，约300米。一边休息，一边攀登。山路甚险，约一个多小时后，抵向王庙。

据传，向王，为古巴人领袖。大禹治水后，率巴人留居此地，开发生息，繁衍后代。向王，名廪君，又名务相，后俗称为向王，又称大向天子。有歌谣曰："大向天子吹牛角，吹出一湾清江河。牛角低，潮水落，牛角高，潮水涨。牛角弯弯弯牛角，吹动弯弯拐拐清江水。"山顶，并列耸立有五个尖的山峰，姿态各异，挺然而立，向王庙即在一峰顶上。庙概此山顶原有，设旅游点时又新修复。香火极盛，烟气缭绕。庙下侧处，有二石刻俑人，一男一女，并列而立。拜佛后，在山顶林荫下休息，金宏宇等两人，去爬最高峰，峰上为求姻缘求生育处。于山顶远眺，见青山环抱，水清如碧，有一叶小舟，荡漾湖面，自由自在，如画如诗。想起古人的诗句来："一叶野人舟，长将载酒游。……渔翁似有约，相伴钓中流。"（唐王贞白《江上吟晓》）

沿阶婉转下山，于一转弯处，见一巨石，与山体亦联亦落，下似为一稍凹古洞，称"赤洞"。传说为古巴人领袖诞生穴居之地。史有记载，亦多据传说，年代久远，无可考矣。在山下花圃，见广玉兰（日本称"大山朴"，郭沫若曾为之写过一篇散文诗）、乌桕子树多株。约一时，返抵山门外，在景点内一土家族饭馆午餐，品尝清江鱼等特色菜。二时许乘船返长阳，沿原路而归。

返京，阅范晔撰《后汉书》卷一一六《南蛮西南夷传》载："巴郡南郡蛮，本有五姓。巴氏，樊氏，瞫氏（有日字边，音審），相氏，郑氏，皆出于武落钟离山。其山有赤黑二穴，巴氏之子生于赤穴，四姓之子，皆生黑穴。未有君长，俱事鬼神，乃共掷剑于石穴，约能中者奉以为君。巴氏子务相乃独中之，众皆叹。又令各乘土船，约能浮者，当以为君。余姓悉沉，唯务相独浮，因共立之，是为廪君。君乃乘土船，从夷水至盐阳。

盐水有神女,谓廪君曰:‘此地广大,鱼盐所出,愿留共居。’廪君不许,盐神暮则来取宿,旦即化为虫,与诸虫群飞,掩蔽日光,天地晦冥,积十余日。廪君思其便,因射杀之,天乃开明。廪君于是君乎夷城,四姓皆臣之。廪君死,魂魄世为白虎。巴氏以虎饮人血,遂以人祀焉。”唐章怀太子李贤注云:“按,今施州清江县,一名盐水,源出清江县西都亭山。《水经》云,夷水,巴郡鱼复县。注云:水色清照,十丈分沙石,蜀人见澄清,因名清江也。”

此系典籍所载古巴人发源传说,先民口头创造与敷衍浑一,史真与想象夹杂,颇富神话色彩。虽非信史,然初民群居生衍之历史痕迹,似多所存留。此次游览,风景无殊色,然得临此番古意胜地,亦觉所行不虚矣。

2002 年 6 月 10 日夜记

香山寻旧记二则

——京华寻旧录(一)

一　香山公园出土明太监碑略记

1月20日,上午打论《昙花》半月刊文章。下午休息后,甚累,一人乘车,到香山公园。入南门,经眼镜湖,穿水帘洞,至见心斋。

院内,有三五老人,用纯正京腔闲话。另年轻母女二人,女似为中学生,坐于湖边围廊槛上,随手投食,喂金鱼。湖水清澈未冻,金鱼游于水中,自由自在。稍休息后,信步至北院,第一次见一组古代石刻遗物,置放于墙边,供人赏阅。细心观之,知此为香山公园出土的明代太监墓葬之物。

其中规模最大者,为明权宦刘忠之墓。1980年修建香山饭店时发现。"简介"曰:刘9岁入宫,历孝宗、武宗、世宗三朝,生前享有"特赐蟒衣玉带"恩宠。发掘时得知,墓早已被盗,但建筑石雕,尚保存完好。主要为一墓碑,上面刻字为:"明故御马监太监着乙字库事栖岩刘公之墓。"碑文仍清晰可读。另有二太监墓碑,一碑文亦清晰可读,记其为明永乐年间,春秋74岁。宛平县香山煤厂乡人。现香山公园南路,仍称煤厂街,概沿袭明代称呼。由此可知,那时之香山一带,系属宛平府。旁边另有一横石刻:"霞栖岩",下面又一横长条青石刻:"清虚紫府刘仙翁之洞。"

后沿院内石阶而上,登另一院,正厅书匾有"玉凝堂"三字。堂前,有"昼星日晷"一方,立于院中央。日晷上,有星云轨迹刻印,但两枚石指针已断，几处字迹，模糊不可读。参观后，出见心斋，经昭庙，进院内，读乾隆方碑。知昭庙建于1780年，为迎六世班禅活佛修建。后于1860、1900年，两次被外国军队入侵焚毁。现存房屋建筑，墙院，琉璃塔和乾隆方碑等。方碑尚完好，碑阳面，有乾隆御笔诗一首，中有句为“黄衣宣法雨，碧墙散天花”。离昭庙，经知松园，小坐，阅听雪轩、望峰亭、来松亭，后到香山饭店内小憩。出香山饭店，至静翠湖边，在木椅上小坐。湖面凝冰，青松耸立，人影全无，万籁静寂，唯数喜鹊鸣叫之声，于远近树间，阵阵传来，历历可闻。黄昏暮霭中，身临此境，颇有“鸟鸣山更幽”之感。约五时二十分许，出东门，经买卖街，乘车归。

二　香山昭庙方碑小记

下午，乘车往香山。进北门，经眼镜湖，散步往东门。沿阶而上，往昭庙。至昭庙对面，有一小山，上有亭。亭西上端，有匾额，书“觐憩”二字，末署“甲子魏子凯”，并附嵌章。下小亭，有一太湖石所堆假山。再往西行，即昭庙前水池，春水溶溶，清澈见底，少许水草，生于水中。经水上一石制拱形小桥，沿石阶而上，至昭庙。

昭庙，全称“宗镜大昭之庙”，建于清乾隆四十五年(1780)。为清帝迎西藏班禅六世进京时所建行宫，仿日喀则扎布伦喇嘛寺建。1860、1900年遭侵略军两次焚烧，唯昭庙及琉璃塔等尚存。进拱形门长洞，至昭庙院中，内有杨树、柏树五株。

院正中央，矗立大理石方碑一座。碑正方形，下有座。上有顶，为一块整石所雕。碑朝南为正面，上刻有乾隆御笔《六韵诗》一首。北面，刻有满文。东面刻蒙文，西面刻藏文，横书。碑座略粗于碑身，四面均刻有图案，为云形，上端左右，各有牛角一。概藏神庙之物。兹录碑正面所刻乾隆御笔《六韵诗》并注文如下：

昭庙缘何建神僧来自遐因教仿西卫既建须弥福寿之庙于热河复建昭庙于香山之静宜园以班禅远来祝釐之诚可嘉且以示我中华

之兴黄教也是日自谒陵回跸至香山落成班禅适居此庆赞昭庙肖卫地古式为之卫者番语谓中俗谓之前藏班禅所居后藏乃实名藏者善也并以示中华是日当庆落便途礼脱阁见楞严经注唐语谓法幢也黄衣宣法语碧幢散天花是日本晴甫至经坛乃微雨皆以为散天花之喜云六度期群度三车藏妙车雪山和震旦一例并庥嘉昭庙六韵乾隆庚子季秋之月瀞御笔(印)

离昭庙,到静翠园,于湖边小坐。观水中墨色蝌蚪成群游弋,听树林远近传来阵阵鸟声。乘车归时,在四小府路上,回望香山,已是暮色苍茫矣。

2002 年 4 月 9 日

颐和园谐趣园寻旧三记

——京华寻旧录(二)

一　谐趣园楹联小记

颐和园谐趣园,始建于乾隆十六年(公元 1751 年),因仿无锡惠山寄畅园建造,故初名惠山园。1811 年,乾隆之子嘉庆,重修此园时,取"以物外之静趣,谐寸田之中和"意,更名"谐趣园"。咸丰十年(公元 1860 年),被英法联军烧毁,光绪十八年(公元 1892 年)重建。慈禧太后夏天住颐和园,常来此钓鱼娱悦。园内建筑,小巧玲珑,布局精致,既有江南园林特色,又多皇家气象,景物人文,涵蓄丰富,遗迹甚多,誉称"园中之园"。亭台楼榭,楹联之多,更别添一番赏趣。

入谐趣园宫门,沿彩绘游廊,南行,经一厅,再步行,至与正门相对之水榭。此水榭,分南北两座,二者相连,相映生辉。南榭,构宇开阔,正面朝西,面湖水。水榭两柱上,有楹联一副:

云移溪树侵书幌
风送岩泉润墨池

横额题匾为"饮绿"。读后,菊玲评说:"此'饮绿'二字,最妙。"沿此榭,往北,与前水榭紧联而建,为又一水榭。稍小于前者,然三面临水,北面,隔湖正对园中正厅涵远堂,其位置当更重要。前一水榭,为读书写字处,该水榭,概主要意为闻乐舞写丹青处,此中消息,从楹联可知。

水榭面西，临水柱上，有楹联一副：

宫征山川金镜里
丹青云日一壶中

横处悬有匾额，题为“洗秋”。此名，与“饮绿”比，逊色多矣。坐此榭中，望湖水正北，为园中最主要建筑——涵远堂。堂面水而建，可望天，可眺水，可观鱼，可闻乐舞，可览四季景色。门前有石砌平台，宽阔如舞台，可演戏，供屋内人，及对面水榭中人观之。眺望该堂正面，门外两柱上，有楹联一副：

西岭烟霞生袖底
东洲云海落樽前

出“洗秋”水榭游廊，沿小径，宛曲东行，至知鱼桥，于桥牌楼前，小立，望桥南湖水对面，有小厅一座。厅面北，临湖，可观窗外粼粼湖水，可望北面假山风物。该厅门柱，有楹联一副：

窗间树色连山净
户外岚光带水流

额匾题为“澹碧”。此楹联更多平民生活味，然多见过俗。唯此匾额含蓄有味，亦佳。匾上端正中，有一方章“慈禧皇太后御笔之宝”。此乃园中匾额及楹联，均有之。

经知鱼桥，过牌楼，沿石阶而上，于谐趣园湖水东面正中处，有一园内最高厅堂，匾额名曰“知春堂”。厅坐东面西，临水俯望全园景色，最佳。柱上有楹联为：

七宝栏杆千岁石
十洲烟景四时花

一股皇家气味，无足道。上联右上方，亦刻有“慈禧皇太后御笔之宝”嵌章。下“知春堂”石阶，沿北面游廊西行，湖北东侧，后面有一房，题曰“湛清轩”。竹林掩映，树木丛生，隐藏于假石山之后，不甚引人注意。有楹联为：

万笏青山朝北极
九华仙乐奏南熏

据载，湛清轩，原名墨妙轩，清漪园时期，此处存“三希堂”续墨石刻，廊壁间嵌墨妙轩法帖诸石。现乾隆“三希堂”石刻，已迁至园内宜芸馆，乾隆题词，仍留轩内。在湛清轩前，即为乾隆诗碑亭“寻诗径”也。

谐趣园楹联小记补遗：

入谐趣园宫门，右行，沿游廊往北，有一阁。坐西朝东，前面临水。有匾额，名曰“澄爽斋”，望湖看景，与知春堂遥遥相对。有楹联：

芝砌春光兰池夏气
菊含秋馥桂映冬荣

再往北行，有一座二层小楼。从外面看，因地势高，为一层屋宇，进院内，地势低，成二层楼阁。可俯瞰园内湖水，前面流水小塘内，一片芡实，葱绿可爱。楼有匾额“瞩远楼”。二楼楹联为：

俛看水波清流见底
红菱白芰入晚尤馨

楼下楹联字大些，为：

瑶阶昼永铜龙暖
金锁风清宝麝香

入谐趣园宫门，左行，沿游廊，在湖南处，有一小轩。临湖，坐南朝北，东面有小桥相通，有一古柳，斜向水面生长，枝条摇曳，掩映成趣。此轩匾额题“引镜”。楹联为：

菱花晓映雕栏日
莲叶香涵玉沼波

又，沿瞩远楼北行，有修葺假山一片，为太湖石累砌而成，绵延而行，直至东墙。涵远堂后，湛清轩西侧，太湖石假山，堆如屏风，上立青葱古树一株，势颇雄劲，中间有一横书石刻：“堆云集翠”，上端正中，有“慈禧太后御笔之宝”嵌章一枚。沿假山曲径，东行，至知春堂前，湖北侧，假山石堆中又有石刻二字：“云窦”，亦为慈禧太后所书，上面印章，已剥落。楷书，字比前稍大，颇柔润清朗。谐趣园中，除匾额楹联外，慈禧太后亲笔墨迹，即此二处，特记之。

二　谐趣园知鱼桥小记

谐趣园中，保留乾隆皇帝遗迹最多者，除“寻诗径”诗碑外，乃为知鱼桥。进谐趣园宫门，左行，由瞩远斋前，过一小桥，经涵远堂，“兰亭”诗碑，至知春堂，即石阶，即知鱼桥。

园中多水，多桥，然此桥为其中最长者。桥为乾隆年间所建。桥两边，各有石柱十八根，桥洞七个，桥中人行之处，由三条石板，接连铺砌而成。这“十八”、“七”、“三”，诸数字，据我推测，概均与佛教有关。桥势甚低，以近水，便于观鱼。

知鱼桥，系取自《庄子·秋水篇》庄子与惠子在水边关于“安知鱼之乐”的辩论。此意可供乾隆于水边观鱼时，思古抚今，引以自乐。

为此，东部桥头，特立一汉白玉石刻牌坊式门楼，正中刻有“知鱼桥”三字。牌楼上端各层所留空白处，牌楼东西两石柱各侧，有乾隆御笔刻诗多处，内容均与庄周言论有关。牌楼朝东，为正面，上除“知鱼桥”三字外，两面方形石柱上，刻有乾隆御笔楹联：

月波潋滟金为色
风籁铮琮石有声

牌楼西侧，亦刻有乾隆御笔楹联：

回翔凫雁心含喜
新茁蘋蒲意揔闲

大理石雕牌楼上，乾隆诸多刻诗，积久风蚀，字迹模糊，已不可全认。仅选其中较完整清晰者，录两首如下。知鱼桥牌楼北面石柱，外侧上部，有诗曰：

林泉咫尺足清娱，拨刻文鳞动绿蒲。
当自惠庄评论处，至今知者是耶隅。
乾隆乙亥春仲御题（嵌章两枚）

知鱼桥牌楼北面石柱，内侧上部，有诗曰：

香霞蔚覆净琉璃，极乐阁中解夏时。
便是游鳞那无乐，欲嗤庄叟太无知。
辛已新秋御题（嵌章两枚）

庄子言论，乾隆概不欲苟同，故反复以诗辩之。诗虽不佳，然临此桥，观此景，赏此水中游鱼，读此诸多题诗，想庄周与惠施辩论的故事，却能于休闲中回溯历史，颇有意趣。记如上，是为留念。因有字迹模糊者，有特殊字无法查找者，暂书如此，待日后订正也。按，乙亥为乾隆二十年，公元 1755 年。辛已，为乾隆二十六年，公元 1761 年。

三　谐趣园乾隆诗碑小记

入谐趣园宫门,沿游廊北行,经一小桥,至湖水正北,为涵远堂。堂东侧,湛清轩前,于游廊联结中,修有一高亭。亭临水,两面与游廊联,面积阔大,顶甚隆。亭面南,楣上正中,有一匾额,为慈禧皇太后所题“兰亭”二字。是匾非如其他:多黑漆金字,而颇独异,为木质,原色,无漆,字呈蓝色,概取绍兴兰亭诗碑亭多自然之趣。匾额至今保存完好,观之,觉古朴,新鲜,颇为别致。匾额上面,嵌刻一方形印章:“慈禧皇太后御笔之宝。”

亭中央,立一大理石乾隆诗碑。经岁月风雨沾侵,碑虽尚完好无缺,但已呈灰黑色,观之,于此园中,颇多沧桑感。

碑朝南,面水。中间刻有乾隆楷书五律一首。诗为:

岩壑有奇趣,烟云无尽藏。
石栏绕曲径,春水漾方塘。
新会忽如此,幽寻每异常。
自然成迥句,底用锦为囊。

末署“乾隆甲戌御题”。刻章有二。一“所书唯贤”,一“乾隆御笔”。按,甲戌,为乾隆十九年,公元1754年。

诗碑背面,正中镌刻楷书三个大字“寻诗径”。末有嵌章二,上为“乾隆御笔”。下为“陶冶性灵”。后章四字,篆刻极美,清晰可赏,有红色印墨迹痕,概近有来此拓者。碑身上端,有诗一首:“当?冲融间,诘曲逶迤处。自系斯道存,浅言亦知趣。于此论格律,何殊刻舟误。”末署:“庚辰夏日御题”。刻章模糊不可读。按,庚辰,乾隆二十五年,公元1760年。

诗碑西侧,上下端,均有刻诗一首。下端字大,上端字小。下端诗为:“古锦囊教奴子携,唯应愈湜解金鎞。如今懒问李长吉,题凑诗乎诗凑湜。”戊寅春日御题。按，戊寅，为乾隆二十三年，公元 1758 年。

诗碑东侧，上下端，亦均刻诗一首。下端诗为：“诘曲穿云复度松，山如饭颗翠还浓。诙谐白也苦吟杜，疑是曾于此处逢。”末署“乾隆乙亥仲春御题”，刻有嵌章二，一阳文“乾隆御笔”，一阴文“意境堪绘”。按，乙亥，为乾隆二十年，公元 1755 年。

颐和园赅春园寻旧小记

——京华寻旧录（三）

多年里，无数次到颐和园，因性喜宁静，常游后山。近年又屡经松堂，再西行，至一新修复古式院落，见前面立一介绍铜牌，上面仅有“前言”二字，有些莫名其妙，读内容，则知为“赅春园”介绍，说此旧迹，过去如何美丽壮观，1860年为英法联军所焚毁，至今只剩一片废墟云云。然过去经此，一直不曾登临，也不知该园仍存多处旧迹可读。

近日，与菊玲偶读新购的《京华古迹寻踪》一书，内载：颐和园后山西部，有一座精巧别致的园中之园，“依山筑室，步步递高，风格独特，景色缔丽，尤以满壁的岩石镌刻著名”。乾隆皇帝非常喜欢这座园林，以其诗里“春意此间赅”诗意，命名为“赅春园”。并详细介绍此园昔日之美，至今尚残留有不少摩崖石刻。这些有关残存古迹记述，引起了我们觅旧的兴致。

3月31日，周末，午后，天清日朗，宁静无风。为一睹赅春园旧迹风采，便乘车往颐和园。进东门，先至玉澜堂，赏阅玉兰花后，即登山。过后山多宝塔，沿小路下行，即来到赅春园前。

沿西面颓废墙垣，拾阶而上，见一巨型叠石，矗立于上。越此石，再往上攀行，为一废毁之大殿遗址。遗址中，有近时所立汉白玉石刻介绍，此殿原名曰“蕴真赏惬”。据石刻所记说明，昔日乾隆皇帝游园时，曾在此憩息。如今只可见废宫座基残迹若干，隐于乱石荒草中，余已别无他物。据《京华古迹寻踪》书载，大殿东，原有一游廊，通一座两间敞厅，厅内陈设物品，均为竹制，故取名“竹籞”。寻望之，只空留此名，当年旧物，早已荡然无存矣。

再沿石阶而上，为赅春园主要建筑——“清可轩”遗址。原来，这里为一片高大山崖,包蕴有一宫殿建筑。与园内其他宫殿相比,其奇特处,乃殿室依一片岩壁而建,轩屋以天然岩石为墙,房顶有巨大梁枋,现仍有旧木一束,搭在岩石之上,参差横陈,悬空而挂,如南方所见悬棺状。乾隆皇帝称此为“山包屋亦包”,因岩石与房屋建筑,交相包容,错落有致。仰望石壁上端,正中,有乾隆御笔题字“清可轩”三字,穿越历史风霜,依然留存至今,实为珍贵。

此处,即为摩崖石刻精粹所在处。与菊玲二人,在高大岩壁间,仔细搜寻仰望,一些字迹大小不一之题刻,仍清晰可见者,有“集翠”,有“诗态”,有“烟霞润色”,有“方外游”等等。在一侧面西向崖石凹处,有一诗句,字分二行,右五左二,因年久风化,有的字迹模糊,几不可辨认。我们半猜半认,终于读出,此诗句为:“苍崖半入云涛堆”,“堆”字,已模糊难辨,“云”字,字迹剥落不全,几不可见。

再往被掩住的岩壁东面看,菊玲突然发现,后面一大石上,刻有楷书大字“寒碧”,字体飞动潇洒,雄劲有力,此为我们所阅之《京华古迹寻踪》一书中所未录,乃为此游之一大“发现”也。

细览崖壁上,刻诗之多,字迹之美,深为惊叹。惜时光流逝,均多风化,字迹模糊,不可足读。伫足观之良久,于今日京华最近处,能有这么多三百年前残留之摩崖石刻,实为宝贵之至。

往西,再沿石阶而上,见一石洞。菊玲前行,我一人走进洞内,见洞深顶端,正中处石壁上,刻有乾隆所题“香岩室”三字。《寻踪》载,据传,乾隆来赅春园,常以此洞为静室,每至生日,在室内咏经拜佛,为父母祈福,并表示:“所期归政七年后,静坐其中阅梵书。”

出洞后,步至石室西侧,见崖壁上端,题有“留云”二字。此处原为一高阁,名“留云阁”。乾隆“昔游金陵永济寺,爱彼临江之悬阁”,回京,命人仿建,屋顶一半深入崖壁,一半突为悬阁,依山筑阁,高可留云,因以名之。如今,阁已不存,唯原阁内石壁上,刻有佛像浮雕,至今存留,浮雕中间,为释迦牟尼像,上下左右,为十八罗汉像,除右上侧一尊罗汉像,刻石脱落,雕像不见外,余十七尊佛像均在,只头部及像体,多所毁坏。然仔细观之,其造型,姿态,持物,均形神各异,雕工之美,依稀可见。

寻赅春园摩崖石刻等旧迹毕，沿路由此上山。在近处松林下，于一片瓦砾中，觅得绿色琉璃瓦残片数枚，置一松树下后，即漫步下山，乘车而返。

归来，再翻阅《京华古迹寻踪》，有乾隆赞赅春园诗句，录之如下：“北山早识幽居有，南国遍有胜地无。”

赅者，完备也。赅春园者，春色齐备于此园也。

2002 年 4 月记

购雕龙青玉柄镶铜圆镜小记

公元2002年4月24日下午4时许，与一别42年归来的克杰及其他同窗诸友，游长城归来。在定陵门口停车等候时，于一旅游礼品售货摊上，购得圆形小镜一枚。

镜包铜皮，有青玉长柄。自镜顶至柄端，长14厘米。镜直径6厘米，玻璃镜心4.5厘米。镜外包镶铜边，云状回旋花纹。镜背面铜皮，布满细碎花纹，上面正中，镶有鲜红色珠子一颗。铜面中，有凸出的"二子戏虎图"：两边各一男女童子，中间为两童子所牵一扮演老虎者，作相拉跳舞嬉戏状，人物面部，眼睛表情，笑容可掬。所压线条，均朴拙天真，甚是可爱。镜柄，由铜皮包一淡青色玉石钩。包铜皮长柄靠镜底处，有铜雕双鱼，向上斜置，鱼嘴各与圆镜下边处相衔。青玉镜柄，由铜皮包裹近半，铜皮上压有盛开莲花一朵，中有蕊，花瓣八，有花萼。花上，横有六圆点，似水珠，花下，有云状回纹。柄长8厘米，为一整块青玉雕成。柄正面上部，靠镜处，雕一长方形回首龙头，长2.5厘米，扁状，面有须，鼻，嘴有缝。柄下部，为龙的弯曲回尾，长4.5厘米，上有简约装饰雕花，雕花尾部与下面石柄间，有镂空圆孔四个，概可用穿绳，挂于身上。柄背面，有一雕空凸出圆形石钮，似亦为系绳用。石柄及铜饰，均有斑斑旧迹。

小镜乃以15元购得，聊当民间旧物。是真，是假，是今人作旧，是旧时原物，可勿论，但为个人喜爱，即可谓珍贵。已获逾数日，置书橱内，摩挲赏玩之余，匆作小记如上，殆以自悦。

2002年5月

读画小记一则

读鲁迅藏包公超作《山水》

《鲁迅研究月刊》2002 年第 3 期，封四“鲁迅藏画欣赏”题下，有彩印国画一幅：包公超作《山水》。

画幅下部，约三分之一部分，为山脚之一汪春水，灰白色，右侧有绿色长形半岛状小洲，伸入水中，洲上有一柳树，枝条下垂，嫩绿色，洲边有无数倒影，呈深绿色。左部水中，有小舟一叶，自在荡漾，舟两端，有二渔人，坐视水色。画中部，下为近水依山之茅屋，小院，篱笆，小桥，杏花，树木。占主幅者为一山峰，在中间稍偏右处，皱折粗犷，颇富春意。另一峰与此峰之低谷，绵延至与画纸边处相连。上面，山峰背后，有数远山，隐约矗立。左侧，小桥内外，水流相接。画面整体上，和谐淡雅，笔调潇洒，宁静清新，春光明媚，如江南水国的人间桃源，又富现代生活的亲切感，给人以一种温馨的春意。画上部，约四分之一，为空白，左角，有题字，为：“溪山着秀，草木乍苏。濡毫宫(?)此，似觉春信从楮卷间来也。梅玉池山樵法　豫才先生方家指正　癸丑元月　包公超(章)。”画右最下角，嵌一红色微方形印章。

《月刊》说明：“此幅画是包公超托鲁迅同事好友戴克让所转赠。”查《鲁迅日记》1913 年 2 月 15 日载：“前乞戴芦龄画山水一幅，今日持来，又包蝶仙作山水一枚，乃转乞所得者，晴窗披览，仿佛见故乡矣。”仅言托鲁迅同事好友“转赠”，恐不全，应如鲁迅说的，此实乃自己“转乞所得者"也。鲁迅说"临窗披览",乃有"仿佛见故乡"之感,颇有思乡之情,于所藏画记中,实为不多见之语也。

2002 年 5 月 6 日

览书录抄片感

1925 年后，朱光潜留学英国时，写的《给青年的十二封信》里，有一封信讲他参观卢俘宫所藏《蒙娜・丽莎》一幅画时的感想。

一方面，自己为达・芬奇的这幅名画所折服，凝思遐想于它的美之中，从那轻盈的笑靥里仿佛窥透人世的欢爱和人世的罪孽，虽则见欢爱而无留恋，虽则见罪孽而无畏惧，一切希冀和畏惧的念头在刹那间都涣然冰释，只游心于和谐静穆的意境。于是陷于一种穆然沉思和悠然遐想：想象中世纪人们的热情，想象达・芬奇作此画时费四个寒暑的精心结构，想象丽莎夫人临画时听到四周的缓歌慢舞，如何发出那神秘的微笑。

另一方面的景象却是：正在想得发呆时，这中世纪的甜梦忽然被现世纪的足音惊醒：一个法国向导领着一群四五十个男的女的美国人蜂拥而来。向导讲后，这些远道而来的观光客露出几种惊奇的面孔，说出几个处处用得着的赞美的形容词，不到三分钟又蜂拥而去了。一年四季，人们尽管蜂拥而来蜂拥而去，而蒙娜・丽莎却时时刻刻在那里露出你不知道是怀善意还是怀恶意的微笑。

我登时发生一种不调和的感触：从中世纪到现世纪，这中间有多么深多么广的一条鸿沟！当时想看这幅画，非常之难，现在只像看一份破烂的朝报了。除了"效率""金钱"之外，"还有其他估定人生价值的标准么？""效率"决不是唯一的固定价值的标准，尤其不是最高品的固定价值的标准。最高品的标准"一定要着重人的成分，遇见一种工作不仅估量它的成功如何，还要问他是否由努力得来的，是否为高尚与伟大人格之表现"。引述勃朗宁一首诗，说记得里面的几句话，人生应该能惊赞热烈的失败，能欣赏一般人所嗤笑的呆气和空想，能景仰不计成败的艰苦卓绝的努力。他潜心默祝自己这封信里提出的超“效率”的估定价值的标准，能印入个个读者的心孔里去。他说现在的学生们、学者们和革命家们，“都太贪容易，太浮浅粗疏，太不能深入，太不能耐苦，太类似美国旅行家看《蒙娜·丽莎》了”。

读过这段文字，我心里思索很久。我仿佛回到了历史。仿佛也站在那幅永恒神秘微笑的美的画像面前，心里痛苦而沉重。我们许多阔起来的国人，今天不是正在扮演着几十年前那些在蒙娜·丽莎像前那群“蜂拥而来”又“蜂拥而去”的角色吗？我们不是也经常在内心里叩问自己和自己的民族：今日，除了“效率”“金钱”之外，“还有其他估定人生价值的标准吗？”

我希望自己，也希望我们的学生，我们的青年人，摆脱世纪病的传染，少一点贪恋容易，少一点浮浅粗疏，多一点深入，多一点耐苦，多一点高尚的精神美的追求和灵魂的升华！

说几句“读书”的话

全国高等学校教学指导委员会中国语言文学学科组，经过反复认真研究，确定了100部大学本科生的“必读书目”。这些“必读书目”的推荐，已经教委批准下发。有关出版社也将陆续重印或出版这些书。

这些“必读书目”，有古今中外经典性的文学语言原著，有经过历史考验的优秀的选本，也有少数近年来被学术界认同的代表性文本。将这样一些书，作为“必读”的文本，推荐给大学中文系的本科生，确是一个非常有意义的举措。

大学中文系的学生，与理工科的学生不同，除了听课以外，少有实验及其他野外实践可做。求知主要的手段，就是读书。听课，听讲座，是读活的书。写文章，搞创作，考试，是读书的延伸。作为一个现代大学中文系的学生，在有限的时光里，最重要的，是如何用已有的人类智慧最富有创造性的结晶，来丰富自己的文化知识拥有，提高自己的学术视界、欣赏水平与文化素养，在文化、知识与美的海洋里，让自己青春与生命的成长获得更多更丰厚的滋养。让人类智慧的光辉，点燃自己思想的每一个角落，融进自己生命的血液。你更多地接近书，那些充满了缕缕思想阳光的书，你也就更多地接近了智慧与永恒。朱熹有一首诗曰：“藏书楼上头，读书楼下屋。怀哉千载心，俯仰如椽足。”讲的就是这个道理。推荐“必读书目”，不是一种限制，而是一种风气的提倡。这种风气的倡导与养成，在当下大学生们面对诱惑时时侵袭，学风普遍浮躁，快餐文化流行的潮流，尤为重要。

中文系的大学生，与理工科学生另一个不同，是学生自己支配的时间弹性很大。除了上课，课外主要不是实验，解题，完成繁重的作业，而是读书。读教材，当然是必须的。但教材只是走进相关知识领域的“地图”。它可以告诉你历史与理论的脉络，但它的获得不能代替经典原著或历史文本的阅读价值。中文系大学生课外时间，量化的检查很难，有些像“猴皮筋”。你可以很勤苦地读很多的书，也可以很偷懒地读很少的书。规定的必读的书，你可以粗粗翻阅，或根本不闻不问，而自己喜欢的或时髦的书，却可以沉溺而不能自拔。如果绝大多数学生，都能按照“必读书目”的要求，规范自己的阅读行为，将主要的时间放在读那些属于自己学科最重要的书籍上，多余的时间，尽可以去广泛涉猎其他有兴趣的或新潮的书，就会形成一种良好的读书规范。大学生与研究生的不同，可以，也有必要去读一些富有经典性的选本，因为这些选本，提炼了这个领域的精华；但是更有必要的，还是要去多读一些原著与“原典”，如一个中文系大学生，就应该读《论语》、《孟子》等，因为其中不仅包含了中国传统文化思想的丰富资源，也蕴藏着几千年文化发展最初的本原。如果不读一些原典，只看选本，我们就会成为如一些有识者所批评的“选本文化”所造就的一代，这种文化“残缺”现象，对于未来的人材养成和文化发展，都将是非常可悲的。

有了“必读书目”，并不能全然解决学生质量的问题。更重要的是读书要勤于思考。刚上大学时，有的理科的同学对我说：“你们中文系的学生真舒服，整天的看小说。”其实这是误解。我们何尝是只读小说，还要读许多古今中外的理论书籍。有的很枯燥，很艰深，很难懂，甚至也很没有兴趣，也得读。即使是读小说，也与理科学生想象的不同，不仅要读，还要记笔记，要分析，要写出研究性的读书报告或论文来。这里要付出极辛苦的努力，这努力，就是思考，是创造性的思考，是吸收前人成果又要努力去超越前人的思考。“学而不思则殆”，这个颠扑不破的哲理，道尽了读书者全部生命体验的真谛。“读书破万卷，下笔如有神”，这“神”，不是参禅所“悟”的得道，不是羽化而成仙，是一种愚公移山的积累，一种月光如水的升华。这种“神”，就来自这凝聚了每个读书者自己的汗水与血水的“读”与“思”的神妙结合的境界中。

原载《中文专业本科生百部阅读书目导读》，高等教育出版社，2003 年

冷眼梦看“挽狂澜”

——致鲁研友人信

不知是不是有什么“正人君子”，或其他什么“不研究学术，专搞人事”的“学人”，在背地里“运动”，自去年9月末绍兴鲁迅会之后，一直到现在，新选出的鲁迅研究会领导班子，没有在一起碰头开过会，日常工作，竟全然无法进行。新选的理事会名单，据说也一直被压着，至今不准在《鲁迅研究月刊》上发表。为了某种目的，1月8日，主要由三两人凑成的所谓上海“六理事”，首先写什么“公开”信，“偷偷摸摸”（王观泉语）地发难，声言要为鲁迅研究会不再“进退维谷”，挽回“困难局面”；1月10日，北京的张梦阳君，异常迅速地为之“挺身而出”，说是要“力挽狂澜”，“捍卫鲁迅研究的学术正规性和纯洁性”（何谓“学术正规性”，不通！），弄得本来已并不算怎么“干净”的鲁迅研究“界”，倒似乎真的剩下一片“叔嫂斗法”的“乌烟瘴气”了。北京刚从《月刊》退下来的老实人王世家，被“六理事”等不点名地刺了一下“不合法”，冤枉而又愤愤，实在憋不住了，遂写一信，进行驳难。上海的一位王观泉老先生，实在看不惯了，生气得可以，也给陈漱渝副会长写了一封“语重情长”的短信，披肝沥胆，遥进“诤言”，算一位局外者对此事说了几句“打开窗子说亮话”的公道话。这事儿到今天，已经闹了三月有余，因纯属“学人”之类表演，且看戏，不理睬，足矣，也本不想跟你叨咕。然近日或出于无聊，或觉得好玩，还是将几份“公开”的和“不公开”的信，编“文件”序号，发上，“聊以备考”。

近闻，前几日，文物局领导到鲁博宣布2月28日签发的文件，正式任命：孙郁同志为鲁迅博物馆副馆长，现已经走马上任，开始主持工作。陈漱渝先生，因到年龄，于同一天，文件亦宣布：免去其副馆长职务。以新代老，时序更迭，自然法则，人间正道也。人事更迭，可算已划了一个句号。然这场打着继承鲁迅精神旗号却“完全背离了鲁迅精神”的“社戏”，究竟何时收场？各路角色还将演出怎样更添彩儿的“恶作剧”？且拭目以待。

另，已“走向末路”之区区，近日为公共选修大课学生讲穆旦《诗八首》，偶阅其先祖查慎行（1650—1727）行轶。觉此中故事，似颇具“黑色幽默”味。清康熙二十八年（1689），梨园冷落的京城昆班，因演《长生殿》传奇，竟连台爆满。作家本人洪升到京，一日，昆班特为之上演一场《长生殿》，发请帖甚广，一黄姓“小人”，未被邀请到，遂告密。以佟皇后服丧期间，忤“国恤”名，凡为官在座观者，一律革职。洪升因之离京南返。穆旦（查良铮）先祖——黄宗羲高足、著名诗人查慎行，及举进士及第刚十年，官至右赞善、明史馆纂编修的清诗人赵执信，也在其内。时人曾为赵作《竹枝词》数首，有句云：“可怜一曲《长生殿》，断送功名到白头。”查慎行，原名嗣琏，字夏重，号他山，因事被革去太学生籍后，遂更名改号，自名“慎行”，概决意自此将“慎”其言行，以自警省。康熙四十一年（1702），查53岁时，康熙巡幸山东，获召见，得“睿赏”，入值南书房，翌年赐进士出身，并选庶吉士散馆，授翰林院编修。后多次随康熙出巡，蒙赐御书“敬业堂”匾额。康熙五十二年（1713），辞官归里，放情山水。后因弟嗣庭，官侍郎，坐讪谤伏法，尽室赴诏狱。世宗知慎行端谨无他，寻放归。雍正五年（1727），卒于家中，年七十有六。有《敬业堂诗集》、《敬业堂文集》等行世。

因课事，为添些许“调味”资料，重读此以“演戏”而酿成的准“官场现形”或类“黑色幽默”旧事，不禁慨叹小人龌龊，皇上无常，宦海沉浮，吉凶莫测，真可谓：“月落乌啼霜满天，叔嫂斗法登圣坛。世事多乖真无奈，冷眼梦看‘挽狂澜’。”

孙玉石

2004年4月13日

一颗深系着亿万中国农民的心

——为釜屋修先生 70 华诞暨退休纪念

20 年前离开东京后，许多心灵相通的日本友人，让我于后来的岁月里不时地怀想，从中获得一种人间情谊的温馨，并将之长久地珍藏于心。此中，就有釜屋修先生。

釜屋修先生小我一岁，但总有他是我的兄长的感觉。而且不知道为啥，我一直以为在他的身上，有许多忠厚老实的中国平民知识人的气质。是他大阪外国语大学出身讲的一口流利的汉语？是他建交前的 60 年代就做了中日民间文化和贸易交流的年青使者？是他在平易的交谈中不时流露出来的中国百姓的诙谐和幽默？还是他内心深处蕴藏的对于中国文化中国人命运怀有的关注的真情？我一时难以说清，也无法说清。就让我这样想吧。

也许因为这些，我们的来往少了不少日本教授常有的一些礼节。在东京，我们曾一起随便交谈中国当代最新的小说，一起在他的大学讲演后吃日本料理，一起在一个幽静的咖啡店里聊天，然后步行到一个小剧场，观看演员们满头大汗地精彩演绎左翼作家小林多喜二战斗一生的话剧。90 年代初，先生来北大作研究。一次提着几条活鱼，来到我家，说："星期天，到六郎庄刚钓鱼回来，送给你们吧。"交往之随便至于此。五一节那天，我与先生及另一日本青年学者，骑自行车，从北大至紫竹院，绕天安门广场，经前门，至后海，登鼓楼，眺望北京四合院风景，再折返新开张的西城小吃街，品尝"白水羊头"等风味小吃，几乎绕了半个北京城。我们都很兴奋。后来先生告诉我："那天真有点累了。"这次研究终了前，系里请先生讲演"日本人眼中的中国当代小说"。结束后我与曹文轩教授请用晚餐，我把先生拉至中关村的肯德基店，以中文系的名义，请他吃了一顿肯德基。因为那时我竟傻呵呵认为，这是最好吃的饭了。到现在想起来，都还觉得可笑。我心里总觉乎着好像欠了先生一份情似的。

1995年初阪神大地震，我们夫妇由芦田肇开车从京都接至长野别墅避难。他赶回东京上课，就剩下我们俩人。在1200公尺的高山上，丛林蔽日，漫山大雪，万籁俱寂，四野无人。一个清晨，突然一辆“宅急便”车，冲破大山的寂静，驰至门口停住，送来一个大纸箱子：“是釜屋修先生送的！”打开一看，全是特意从横滨中华街买的中华料理的食品和调料。十年前我教过的学生白水纪子，用快递寄来御寒的毛衣。我的眼睛湿润了。在高寒的大山中，心里是一股淌不尽的暖流。过了两天，我写了一首诗《永远的溪流》，其中有：

高山上冬天的阳光，土地
与高山上飞舞的雪花
在我心灵的一瞬间
变成了一片永恒的
异国冬天的风景线

站在一千二百公尺高的土地上
如在一千二百公尺高的摇篮里

自神户回国快十年了，先生常有信来。每当新年，我都收到先生寄来的贺年信。2003年夏天，他在一封信里说，自己的主要“天敌”，是糖尿病，需要“天天吃兔子一样的菜，像幼儿园小孩子一样散步”。就是这个样子，他还在信中挂念我们“非典”时的情况。他信里常常倾吐自己为日本右翼势力和政府的错误行为而深深的忧虑和痛苦。作为日本中国当代文学研究会会长，他密切关注中国当代文学发展的动向，热心培养年青学者，主持编辑出版研究会报，操办两国学术研讨会。最让我感动的，是在当代小说中，先生特别关注描写中国农村生活和农民命运的作品。不论什么时代，同情最底层民众的文学家，总是最伟大的。现在，中国人富裕了，而深系广大农民命运的艺术却越来越少了。对中国当代文学这方面的每一个足迹，先生几乎是以他的整个灵魂来关注和守望的。他的心里装着大海彼岸的中国农民。也因此，在他有形的和无形的文字中，我读到了一颗充满大爱的深系着亿万中国农民命运的心。

为贺釜屋修先生七十华诞并退休纪念

2005 年 7 月 29 日于北京大学蓝旗营

北冈正子教授古稀并退休庆祝会贺词

从友人萩野修二教授二月初的来信中得知,关西大学文学部将于今年三月里,为北冈正子教授举行年届古稀和退休的庆祝会。我虽然远隔大海,不能莅临此盛会,也由衷地为此而感到高兴,并愿意寄上来自一个中国朋友发自内心的真诚的恭贺与祝福。

北冈正子教授是日本学人中为我素所非常尊敬的一位学者。她在几十年的时间里,孜孜不倦地教学生,坚实刻苦地做学问,在学术上所取得的显著成果和表现的探索精神,不仅为日本现代汉学研究界所公认,也为我熟悉的中国许多学术同行们所钦佩。

北冈正子教授自上个世纪 70 年代起,长期以来一直从事鲁迅日本求学时期的学术著作、留学生活、早期思想形成与日本及其他外国文化关联的研究,中国 30 年代中国诗歌会及其诗人的研究。在中国与东西方学界整个鲁迅研究的历史中,她最早地关注鲁迅早期著名文艺论文《摩罗诗力说》中所介绍的西方与俄罗斯诗人的众多材料的来源问题。她显然早已经清晰地意识到,追寻并弄清这些材料的来源,弄清在何种程度上借鉴、转用,或有新的理解与创见,对于准确认识和把握鲁迅这篇论文的精神内容,它与当时日本文化思潮之间的联系,以及科学客观地认识评价这篇论文在阐述鲁迅文学思想中实际具有的价值和意义,都是非常重要的。为此北冈正子先生花了近十余年的苦工夫,翻阅大量难于查找的原始资料,一一寻找出鲁迅的《摩罗诗力说》一文所介绍的外国诗人材料的引述来源,至 80 年代初就已经发表了非常有分量的系列学术论文《摩罗诗力说材源考》,后来并结集由中文出版,在日本和中国的鲁迅研究界都产生了很大的影响。这是北冈正子先生在鲁迅研究领域中的一个具有学术史意义的突出贡献。在完成这项课题之后,她又接着做鲁迅留学日本生活史实与改造国民性思想来源的考证论述的工作,在重新发掘和发现一些重要的新史料基础上,分别发表了《鲁迅在日本异文化中——从弘文学院入学到"退学"事件》、《鲁迅改造国民性思想的由来——加纳治五郎给第一批毕业生讲话的波澜》等多篇论文,并结集出版,同样也得到了学界同行们的一致好评。我的朋友丸山昇先生于《日本的鲁迅研究》这篇著名文章中,在谈到后"竹内鲁迅"的1960年代以来日本鲁迅研究所表现的"实证倾向"以及"进一步深入鲁迅的内心世界,开辟更多的领域和方法"的时候特别这样说道:"近年来北冈正子的研究是划时代的工作。她梳理鲁迅留学日本期间所写论文依据的材料,绵密地揭示出青年鲁迅有时用'剪刀和浆糊'组合的文章,以及即便如此,在他对剪刀和浆糊的使用方法中已显出自己很强的独立性。"北冈正子先生做学问意识自觉,清醒冷静,能下苦工夫,能甘于寂寞,有新意,很坚硬,她的介于传统朴学的实证与现代影响比较之间的方法以及成果,显示了在日本现代汉学研究中自身方法与路数的独特性。

还是在二十多年以前,1983年的夏天里,我同东京的友人们一起,到长野的春日望月旅馆参加日本中国1930年代文学研究会"合宿"的时候,就认识了北冈正子先生。北冈先生特意从大阪赶来参加这个非常认真的学术聚会。她言谈中那种直率而豪爽,认真而亲切,给我留下了最初也最深的印象。十多年后到神户大学任教的时候,1995年的9月初,我应邀参加关西中国文艺研究会师生组织的在小豆岛召开的一次合宿研讨会,丸尾常喜教授在会上认真地作了关于北冈先生《摩罗诗力说材源考》一书的报告,阐发了这一学术工作和成果的意义和价值,使我对于北冈正子先生学术探索的价值与功力,有了进一步的认识和理解。听说北冈正子先生那次因为照顾婆婆的病,未能前来参加,虽然感到一点遗憾,但也使我更了解了先生作为一位女教授精神世界的另一个侧面而为之感动。2001年,与北冈正子先生一起,在绍兴参加纪念鲁迅诞辰120周年国际学术研讨会,我有机会再一次聆听了先生所作的非常严谨而扎实的学术报告。之后,北冈正子教授与她的先生第一次来北京旅游,我曾有幸在北京大学校园里接待先生并作短暂小聚。听到北冈正子教授与她的先生讲述对于北京的故宫、景山、天坛等许多传统建筑所包含的文化的哲学的与美学的意蕴体味的独到理解和赞叹,深深感到他们对于北京的那一份珍贵的感情。那次我们一起在曾是名人会聚的燕南园小路上漫步的时候,还偶然还遇见了正在园里散步的九十多岁的著名诗人林庚先生,一起照相留念。2004 年 11 月,北冈正子先生应邀来北京大学中文系讲学,讲演题目是《在东京独逸语专修学校就读时的鲁迅》,她的讲演内容和她的治学风格一样,得到了中文系前来听讲的老师们的认同与赞赏,也为我们年轻的研究生们带来了日本学者注重科学实证学风的示范。

北冈正子教授这次讲学之余,还和她的先生一起登上了八达岭长城,参观了明十三陵,此外的时间里,大都远避大城市的喧嚣,在宁静的校园里小住,得以充分览阅和观察未名湖畔的景色以及中国大学生日常生活的情景,独立地体验北大幽静而充满生机的校园风味。记得那时候我曾经同北冈先生说,我的友人芦田肇教授曾在北京大学作学术研究,住了一年多,就喜欢上了北京,特别是喜欢北京的胡同,从那以后,他几乎每年里都要来北京一次,他还称自己是个"燕迷"。北冈正子先生听了之后,随即开玩笑地对我说:"我也是个'燕迷'了。"从这样一些细枝末节的生活点滴里,从二十余年与许多日本友人的接触交往中,从在日本三年多生活的体验感受中,我深深感到,日本的一代富于良知的中国现当代文学研究者们,对于中国文学、中国文化,对于中国社会和中国人民所拥有的那一份真诚,那一份关注,和那一份特殊的焦虑、期冀与真爱。北冈正子以及许多友人精神世界中存有的这样的情形,让我想起鲁迅先生 73 年前在赠给西村真琴博士的那首诗里说的:"精禽梦觉仍衔石,斗士诚坚共抗流。度尽劫波兄弟在,相逢一笑泯恩仇",这样一种在一个极为特殊时期里前一代中日两国知识分子之间信念与感情的动人写照,也可以用来概括和诉说我们这一代知识人涌动于内心深处的精神潜流。我相信人们心里的大爱是永恒的存在,因此我也相信,无论历史发生任何或大的或小的波澜曲折,也永远都割不断两国知识人内心深处蕴藏着的这种精神潜流的闪光。

我自己，并亦愿意代表北京大学中文系友人，衷心地祝愿北冈正子教授古稀之年学术上继续精进发展，成果丰硕，健康长寿，阖家幸福！

2006年3月7日于北京大学

走进这块圣洁的园地

——我与《北京大学学报》

1955 年,《北京大学学报》创刊的那年秋天,我进入北京大学中文系学习。我很喜欢学报这块崭新的学术园地。每当新的一期学报出版,我几乎都在文史楼三楼长长的鸽子笼式的文科阅览室里,或鸦雀无声的大图书馆旧式书桌的拉线式开关的昏黄灯光下,轻轻翻阅这本杂志里的目录,选读自己喜欢的文章,关于中国文学的,外国文学的,关于美学和文学理论的……虽然那些高深莫测的学术文章,离自己还是那么的遥远。

1958 年《北京大学学报》第 2 期上,发表了林庚先生著名的《盛唐气象》一文。因为正在听林庚先生精彩地讲授唐诗研究课程,我和许多同学一样,便怀着浓厚的兴趣去借学报阅读,非常欣赏那里面的深刻簇新的观点、浓郁的诗人气质与充满青春活力的理论气势。1960 年秋天,我留校做研究生之后,导师王瑶先生在学报上先后发表的《论鲁迅的〈野草〉》(1961 年第 5 期)、《五四时期散文的发展及其特点》(1964 年第 1 期)等闪烁着真知灼见和大家气魄的学术论文,都是我必须阅读的"教材"和学术训练时的楷模,而反复认真拜读过,并对我后来的研究产生了终身的影响。那里的每一棵蓊郁的树木,都散发着学院气息的芬芳。我曾梦想自己所写的文字,什么时候也能走进这块圣洁的园地。

1960 年秋天,导师王瑶先生开了一个必读的书目,指定我们首先要读的是鲁迅的作品。也许由于与个人兴趣的相契合,我认真阅读了《鲁迅全集》之后,一个重要的感觉就是:鲁迅不仅是一个伟大的作家,而且是一个伟大的诗人。他对于新诗创作和新诗运动的许多真知灼见，深深地吸引了我。我一边读一边作了细致的摘录卡片。在此基础上，我写了自己作为研究生后第一份像样的读书报告，题目是《鲁迅对于中国新诗运动的贡献》，交给了王瑶先生。他阅后，没有告诉我，就直接推荐给《北京大学学报》，并于 1963 年第 1 期上发表了。我写的这份第一篇学术性的论文，就是“脚踏两只船”：鲁迅与新诗。它成了我后来走入学术道路的一种象征。1959 年，我参与《中国新诗发展概况》抗战诗歌部分的写作，并发表于 1959 年第 4 期的《诗刊》杂志。1964 年，我完成了自己的研究生论文并通过答辩，题目是《鲁迅改造国民性思想的考察》，从另一个侧面，进入鲁迅纯学术世界的探索。我多年里学术研究的选择始终是徜徉于鲁迅研究与新诗艺术探索之间。它的起点，就是从《北京大学学报》开始的。

关于这篇论文的发表，有两个细节，我至今还记忆犹新。一个是，编辑部的李盐女士，送清样给我，我认真校对以后，即到编辑部还给他们。当时见到编辑部负责人苏志中。我文章中把“窠臼”的“窠”字，写成了宝盖下一个“巢”字了，他告诉我，应该是“穴”盖下一个“果”字，读“窠(kè)臼”。当时我很惭愧。但这个“一字之师”的指点和对我以后教学中严于文字的启示，是我永远不能忘怀的。虽然后来与我成为熟悉朋友的苏志中，可能早已忘记了。另一个是，过团组织生活的时候，有人因此批评我说：你这文章根本不是一份读书报告的样子，是你有意当做要发表的论文来写的，应该认真检查一下自己，这里有没有名利思想在作怪？听了以后，我心里有一种说不清的难过、压抑的滋味。

灾难性的十年过去之后，我重新进入鲁迅研究的一篇带有某种特殊性质的论文，又与刚刚获得新生的《北京大学学报》发生了密切的联系。1978 年，为了讲授五四一段“中国现代文学史”课程，充实教学内容的历史感与鲜活性，我几乎天天到北大图书馆旧期刊阅览室，泛览查阅那时的一些新文化刊物。在李大钊、胡适等编的《每周评论》杂志上，偶然发现了鲁迅署名“庚言”的《美术杂志第一期》、《随感录》(三则)等四篇重要佚文。而“庚言”又是当时刚刚被发现的鲁迅给钱玄同一封信里用过的笔名。我怀着兴奋的心情，到鲁迅博物馆阅读周作人日记手稿等资料，经过日夜兼程认真的考证，注释，写成文章，又请著名鲁迅研究专家唐弢、李何林、王瑶等先生作了鉴定,确认是鲁迅佚文无疑。我便将文章与佚文一起送给了学报编辑部,很快以《介绍鲁迅五四时期的四篇佚文》为题,在《北京大学学报》复刊后的1978年第2期上发表了。为此,新华社记者(北大校友)徐民和还特别写成一条消息,作为新闻通稿,向全国广播了,全国各大报纸都予以转载。一夜之间,新复刊的《北京大学学报》与鲁迅佚文的发现,成了一个走进千家万户的"新闻",我也因此得到了另外一些令我终生难忘的收获。

之一是:我的一个在吉林大学任教的自小学至中学毕业的挚友,"文革"十年里,久已失去联系。他因病重躺在辽西小城朝阳一个医院的病床上,从每天陪伴他的收音机里,突然听到新华社广播的这条消息,知道了我还在北大任教,便兴奋不已地给我写了封信……。从此我们又开始了密切的往来。是北大学报的文字桥梁,让我们的友谊得到了复原。

之二是:佚文《美术杂志第一期》,是鲁迅对于刘海粟1919年创办的《美术杂志》的一份重要书评,文中给予杂志的出版以很高的评价。刘海粟为中国现代美术教育之父,被郭沫若誉为"艺术叛徒胆量大,兴来往往作奇画"的艺术大师,多年来一直遭受不公正的待遇。鲁迅的佚文和我的考证发表后,我将一份《北京大学学报》,并问及关于《美术杂志》的一些历史疑难的信,寄给了上海市政协,请他们转给刘海粟先生。约两个多月后,我喜出望外地收到了刘海粟先生自北京友谊宾馆寄来的一封亲笔复信。信里说:

孙玉石先生:今天由上海转来惠书,欣慰之至。我来北京已两月,未能及时答复,愿谅之。北大学报发表鲁迅佚文《美术杂志第一期》一篇,系前上海图画美术学院出版美术杂志的评论,鲁迅对这本杂志的评价甚高,另外一篇你写的对佚文考证也极好。鲁迅此文实为近代中国美术史的重要文献,弟对中国美术运动亦由此而概见了。惠书所及有关事情及一些问题,就记忆所及,极愿与您谈谈,如有余暇能过我一叙否。临暑唯珍重不宣

弟刘海粟顿首一九七八年七月十四日

接到这封信后，我按照信上所书电话和地址，如约往友谊宾馆南工字楼 4205 房间拜会了先生，目睹了这位 20 年代就被称为“东方艺坛之狮”的艺术大师的风采，并向先生请教了关于上海图画美术学校及《美术杂志》的一些问题。先生和夫人还带我参观了一个他正在作一幅巨幅红松国画的画室。整整 27 年过去了，这封用随便的一块长方形边角不整的宣纸，以十分潇洒的行草率意写成的弥足珍贵的信，我一直珍藏，至今放在镜框里，挂在客厅的墙上。它是刘海粟先生对于鲁迅《美术杂志第一期》一文高度评价的见证，也是我与复刊后的北大学报发生密切联系的一份永远的纪念。

以后，我常常将自己认真写成的自认为比较坚实的纯学术性的稿子，送给《北京大学学报》发表。学报给了我开拓和陈述自己学术思考的园地，我也通过自己对于资料的发现，对于问题的探讨，通过学报这个渠道，送出一些可供人们参阅的学术思考。无论是有重要价值的史料的发现、是理论问题富有创意和深度的思考，还是对于传统研究课题带有重新整合性的阐释，我都愿意通过北大学报这个精神园地，吸引哪怕是些微的学术关注的目光，与那些或近或远的同行们进行无言的学术交流与对话。

1980 年，方锡德同志在 1919 年的《国民公报》上，首先发现了鲁迅的七篇散文诗《自言自语》和四篇随感录《寸铁》等重要佚文，我与他一起参与考证和介绍。这些发现，不仅有益于鲁迅重要作品的补遗，揭开了鲁迅自述用过“神飞”笔名而从未见作品的存疑，而且改变了文学史既成的叙述：将鲁迅散文诗创作的时间由《野草》发表的 1924 年整整提前了五年，同时有些趋于成熟的作品的出现，也更加丰富了中国现代散文诗发生期的历史论述。我们一起在考证与注释的基础上，撰写了《介绍新发现的鲁迅十一篇佚文》、《锋锐的〈寸铁〉光辉永在——读新发现的鲁迅四篇佚文》等论文，分别在《鲁迅研究》与《北京大学学报》上发表，成为 80 年代初期鲁迅作品最有价值的一次发现。唐弢先生还在《人民日报》以《花团锦簇》为题，介绍了这些佚文。1981 年新出版的《鲁迅全集》也将这些佚文全部收入。为纪念五四运动 60 周年，我应约为北大学报写的《鲁迅与〈新青年〉》一篇论文发表以后，王瑶先生曾经对我说,这篇文章写得很扎实,有新意,资料也翻阅不少,以后做学问,按照这个路子,就可以了。这些认可,也强化了我此后学术追求的自觉意识。除了上述谈到的几篇以外,在近二十七年的时间里,先后在北大学报上,我还发表了《郭沫若浪漫主义新诗本体观探论》、《中国现代诗国里的哲人——论20年代冯至诗作的哲理构成》、《〈正红旗下〉悲剧心理探寻》、《朱光潜关于解诗与欣赏思想的阐释》等十余篇论文。

自一代代优秀的学生接受知识熔铸智慧的课堂,教师们兢兢业业地传授知识和培养学生的辛勤劳动,到他们倾注心血不断创造出的一份份厚重的学术果实,这些有形的和无形的心与心的碰撞、契合与运转,构成了一个以崇尚学术为灵魂的北京大学闪光的"精神链"。北京大学拥有由这个"精神链"铸就的上百年的学术资源和优良传统。北大学报就是这个"精神链"中的一块生生不息的学术园地。这个园地里发表的许多文章,曾经给我和许多人以知识营养和精神世界的哺育。许多学术大家的治学精神与风范,从这里发散和辐射着智慧的光辉。我只是在这样的精神哺育和智慧光辉照耀下的一株小小的树苗,在无数株大树的庇荫下,由幼稚的学步而走进了岁月的沧桑。我们已经走进了另一片风景。如果说逝去的时光里,还有什么东西像我们的前一辈老师们所给予我们的一切那样,已经成为抹不去的记忆融入了我生命的年轮的话,那就是:永远的燕园,永远的北大图书馆,永远的北大学报。在恭祝学报"知天命"之年的时候,我从心底里要说:走进这块圣洁的园地是北大人的幸福!

原载《北京大学学报》2005年第5期

一份“掏书”的微茫记忆

——梁宗岱的《水仙辞》

上世纪 60 年代初做研究生时，读《晦庵书话》，就向慕唐弢先生介绍的梁宗岱译法国诗人梵乐希的线装新诗集《水仙辞》了。新诗之于线装，已属新奇稀有之至。何况先生说：“对过去商务、中华出版的书，我常表怀疑，而装潢亦未能使人惬意。此《水仙辞》却为例外。如果说我对中华书局的书有什么好感，惟《水仙辞》与《五言飞鸟集》两书而已。”后者，至今未曾有幸目睹，而一册线装的《水仙辞》，却给我留下一次“掏书”最难忘的记忆。

大约是 1981 年。我往厦门开会归来，途经上海，造访友人胡从经。到他家里，第一件事，当然是饱览一下满屋薰香的藏书。但是，书柜靠近底下一层的门，刚刚打开不久，才看了几本现代文学的珍存，他就匆匆掩柜收兵，如孔乙己用五个手指头按着茴香豆曰“多乎哉，不多也”一样，不想让我再继续“一饱眼福”了。

后来，他说带我往福州路书店去“掏书”。我当然感谢他的美意。

进了书店，我先跟着他，一边闲聊，一边瞧书。他不紧不慢地倒找了几本，我却毫无收获。这时，我恍然发现，跟着一位藏书里手来“掏书”，乃是一个“路线错误”。

于是，我有意无意离开他，到堆满线装书的架柜那边去转悠，信步寻觅，随手乱翻。没想到，在不意之中，竟忽然翻到一本混迹于古书堆里的《水仙辞》。这就是我心仪已久的那本线装的新诗集！唐弢先生在《晦庵书话》里曾三次话及，且因装潢令他非常“惬意”的新诗集！线装连史纸，仿宋字印。颇是精美。而且，此册别于唐弢先生介绍的 1931 年 2 月初版，是同一初版于 1937 年 3 月印行的第三版。

当时被进步青年斥为“陈尸人的装束”的线装新诗集，居然能很快售掉，且印行至第三版，实在不易！那时，我心里着实为自己意外的猎获而颇高兴了一番。我至今珍藏着这一收获，一如我珍藏着一次难于忘怀的记忆。

《晦庵书话》中的《“水仙”》一文说：“中译《水仙辞》载少年作全篇及近年作第一、第二两段，由中华书局印行，一九三一年二月初版，前附作者肖像及译者所作评传一篇。”就书的装潢说，介绍文字似嫌简略。此书印制非常讲究。封面后，有一空白扉页。扉页二，书名与作译者之上，印有“新文艺丛书”字样。扉页三，则印有：“献呈刘燧元　他比我更适宜于翻译这诗的　宗岱　一九二八，夏间。”此扉页背面，用三号仿宋字印有四行诗：

朝饮木兰之坠露兮
　夕餐秋菊之落英；
采支荷以为衣兮
　集芙蓉以为裳

——录屈原《离骚》句

最特别的，是在此扉页与梵乐希肖像之间，还有一页微黄极薄而透明可见的油纸，上面印有全红色四百余字梁宗岱写的梵乐希简介，其中特别说到，他于“一八九二年间，曾以二十余首精妙婉洁的诗参与当时如火如荼的象征主义运动”，“经过了二十余载丰富的沉思生活，与数理底研究——他底五百余行的哲学诗《年轻的命运女神》(La Jeune Parque)出版，这久给读者遗忘了的诗人才重现于法国底诗坛，而且，一跃而为当中底首屈一指了。”“他于一九二四年冬天被选，一九二六年夏天正式加入法兰西学院，批评家以为此举是学院底荣幸而不是诗人底荣幸。”透过这层透亮的淡黄薄纸，隐约可见的梵乐希“肖像”，为诗人全身侧坐照片。肖像背面，另印有一幅诗人黑白木刻头像。而头像后一单页刊有“一九二七年，初夏”写的“译者附识”，则是《书话》中所未提及的。《书话》中关于《水仙辞》的内容介绍,基本来自于“附识”中的文字。之后译者撰写的《保罗梵乐希评传》一篇长文,可视为上个世纪20年代末现代诗论中论述梵乐希与法国象征主义诗歌运动最有分量的论文了。它几乎占了全书一半的篇幅。

书话《“水仙”》,引了《译后记》中梵乐希《水仙辞》“少年作”全篇的神话及现实灵感来源,以及30年后“近作”第二、三段由凄婉唯美到理智沉思的走向,《译后记》中叙述译者在法国时与梵乐希的过从和给他写信的文字,则被省略了。这些文字是:

> 去年秋天一个清晨,作者谐我散步于绿林苑。木叶始脱,朝寒彻骨,萧萧金雨中,他为我启示第三段后半篇底意境。我那天晚上便给他写了一封信,现在译出如下:
>
> “……水仙底水中丽影,在夜色昏暝时,给星空替代了,或者不如说,幻成了繁星闪烁的太空:实在唯妙唯肖地象征那冥想入神底刹那顷——‘真寂的境界’,像我用来迻译‘Présence Pensive’一样——在那里心灵是这般宁静,连我们自身底存在也不自觉了。在这恍惚非意识,近于空虚的境界,在这‘圣灵的隐潜’里,我们消失而且和万化冥合了。我们在宇宙里,宇宙也在我们里:宇宙和我们底自我合成一体。这样,当水仙凝望他水中的秀颜,正形神两忘时,黑夜倏临,影象隐灭了,天上底明星却一一燃起来,投影波心,照澈那黯淡无光的清泉。炫耀或迷惑于这光明的宇宙之骤现,他想象这千万熒熒的群生只是他底自我底化身…”

梁宗岱在译诗里,评介里,寻找和阐释人与自然与宇宙契合的思想,已经成了他接受和理解梵乐希和法国象征主义灵魂的一种核心意识。这本半部是评论,半部是译诗的线装的《水仙辞》,以如此考究唯美的装潢与中国读者见面,也可见出诗人及出版者于当时过分直白或呼喊的新诗潮流中,竭力传播异域象征主义诗学艺术理想的一番用心了。后来我之偏爱梁宗岱的诗和诗学,概缘于此。而往日的这一次“掏书”的微茫记忆,更留给了我一点人生的自省:亦步亦趋踩着别人的脚印,是永远“掏”不到自己的梦想与美丽的!

2006 年 9 月 21 日于京郊蓝旗营

原载《书人》2007 年第 4 期

有用亦美

——《三叶集》漫忆

70年代末，一次往南方开会，路过沪上，稍事停留。得便抽暇，与友人往福州路中国书店一访。有些民国期刊杂志、图书，很多与我研究的方向接近，熟悉，很想购下珍存，然那时腰包有限，心向往之，却无力“该出手时就出手”，只能立于那里，摩挲翻阅，一饱眼福，然后老老实实地置于原处，略带些微遗憾，悻悻然离去。

当然，也偶遇喜爱而较便宜者，便喜出望外，咬牙买下。郭沫若、宗白华、田汉三人合著的通信汇编《三叶集》，便是其中之一。我喜欢那里面痛快淋漓的诗学文学与人生议论，喜欢里面洋溢的那个时代里人间难得的一番友情与真诚，喜欢封面毛笔酣畅楷书的题名，喜欢配画里那象征友谊的三片朴素而意味深长的叶子……

如今，从书柜所藏不多的旧书中，抽出来，翻阅此书，于封四之左下角，依然清晰可见，盖有一蓝色水印长方形的小小售书印章：“上海书店 0.80”。真是够便宜的了，不到如今的一瓶矿泉水钱。回想当时，我的月工资，为15年“一贯制”的62元。除掉寄与父母、养家糊口等各项开销，拿出一元、几元，以至十几元钱，买几本书，虽不会吝啬得“绝不出手”，心里头也总得掂量一番。那次我买了几本什么书，如今全记不得了。今天，有一句庆幸的话总可以说：“这本小书，买得值了！”

三年前，偶因需要，重翻读此书时，曾略题跋语曰：

郭沫若田汉宗白华通信集《三叶集》，一九二〇年五月由上海东亚书局初版，售行极好。此为一九二三年九月三版。多年前于上海书店访书购得。八〇年代初参与注释郭沫若全集，我适负责

《三叶集》部分，此书适逢其用。该注释中文部分由我承担，外文部分请绍振兄帮忙完成。全集成书后，稿酬极可怜，连一套《全集》也未赠送也。特记之。

玉石于二〇〇七年九月十二日

说起此书的用场，话就长了。先是1979年，往乐山参加郭沫若逝世一周年的学术研讨会，我特意为此写了一篇讨论郭沫若五四时期浪漫主义诗学思想的学术论文。这本小书，首先派上了头一番用场。再就是，忽然应“郭编”之命，承担《郭沫若全集》文学编第15卷所收之《三叶集》注释工作。手边拥有此原版小书，为我提供了极大方便。编辑中，与原书略有改动。郭、田、宗三人的通信，按书中原来的顺序，分别加上寄信者与受信人的名字及日期，作为标题，全文收入，然后根据统一原则，确定加了长短注释三百八十余个条目。其中，英、德文部分文字的注释，我个人特别请同窗好友孙绍振“义务劳动”，余下日文等文字，则请其他中外友人，协助阅核注释的。余下的，皆为我自己一个人“包圆儿”。《郭沫若全集》文学卷出版之后，记得仿佛付了我约200元的“酬劳”，注释版的《全集》文学卷，还是我自己掏腰包购得的。对于绍振等一切友人的支持，我只能口头致谢一番了事。为此至今，心中仍似有一种欠债的感觉。

注释中最让我不能忘记的，是与当时唯一还健在的“三叶”中之一片叶子——宗白华先生的结识，并曾经到他家里多次拜访。先生那时已年逾八十，住在未名湖北面朗润园公寓一层东面的一间屋子里。每次前去，他都非常热情地接待我。他用浓重的江苏常熟口音，与我漫言轻语，娓娓而诉，忆旧说今，海阔天空。多数不是谈《三叶集》注释中所询问的具体事儿，而是听他讲述在上海主编《时事新报·学灯》时，如何收到郭沫若从日本寄来诗作以及由他连续刊载的一些情形。先生讲述的他们，于通信中那种坦心露腑倾心交往与赤诚相见讨论文学的热诚与情景，仿佛把我带回到一个真正自由解放、精神昂扬的五四时代的历史现场，让我至今久久难忘。宗老工作生活的房子，空间不大，书堆如山，拥挤得很，几乎没有多少活动的余地。先生所坐左边，靠窗一面的桌子上，摆放着一座六朝或唐代石雕的女性头像，端庄美丽，古香四溢。我不忍打破它美的宁静和神秘，从未去询问先生这件文物来历中所隐藏的历史沧桑。我在一篇散文里，曾写到过平日里所见先生的影像：我住北大西门外的蔚秀园，上下班时，常见先生自朗润园，经未名湖，到西门内外散步时的身影，着一身褪了色的蓝布旧中山装，从右肩头，到左腰下，斜背着一个褪了色的学生用黄书包，走在自北大西门内外，经办公楼前草坪，未名湖畔小路，至朗润园公寓之间的往返的小路上。他常常是独自一人，低头沉思，默默无言，很少站下来与别人交谈。那幅令我永远不忘的略微弓腰的身影，像是一段长留于我心中的一部活着的走动着的历史……

如今，每当重新翻开这一册满披历史沧桑的小书，我便如重温那些远去了的历史和那位远去了的老人……

《三叶集》一书，版权页与广告页，计 2 页共 4 面，包括亚东书局出版的《白话书信》、《国文作法》、《胡适文存》、《独秀文存》、《吴虞文录》、《尝试集》、《草儿》、《冬夜》。其中多一般客观介绍书的内容，谁作序，收多少首诗，什么内容，不置评论。唯《吴虞文录》广告，略有不同，有颇带情感倾向的推荐："先生知道孔子之道何以不适合现代生活？先生对于孔教怀疑到什么程度？不可不看吴虞先生这部集子。"这种旧有图书的广告方式与内容，也给我一种那段时间里许多风云历史人物的遐想。

这本陪伴我三十多个岁月的小书，除留给我一点颇感"有用亦美"的哲思之外，引我注意，并让我不时猜测的，还有另一个当时曾经拥有过这本小书，而于我永远如一个美丽的谜一样的一位外国读者。

手头这册《三叶集》封面，靠书脊的右上角，有用黑色钢笔水书写的英文字，时隔 86 年，依然清晰可读：

K. T. Emerson

1924

Bought in Chung King.

我近时请系里一个自美国留学归来的小友，帮助作了翻译。她告诉我说，大意是：

K. T. 艾默森

1924

购于重庆

这位“K. T. 艾默森”,究竟是何许人也?他 1924 年为何造访重庆?他是否是一位诗人?或中国新诗的爱好者,或中国文化的迷恋者?我没有时间再去作一番深入考据,弄个究竟。只能让这几行谜一样的文字,给我自己和此文的读者们,留下一点美丽的猜想了。

重抚此书,于是我别有如此一番感觉:

有用亦美,猜谜亦美!

《新诗发展概况》历史书写答问录

——湖畔沉思录之一

1958 年夏至 1959 年，我参加了红皮、黄皮《中国文学史》的编写活动。在这中间的空隙里，于 1958 年冬，时任《诗刊》副主编的诗人徐迟先生，邀北京大学中文系 55、56 级的学生谢冕、洪子诚、刘登翰、孙绍振、殷晋培，加我，共六人，集体撰写《新诗发展概况》，并于 1959 年 9 月起，开始在《诗刊》连载。刊登四期之后，因故停止发表。近时，除已故的殷晋培外，一直从事新诗历史研究和诗歌批评的谢冕等其他五位学友，商议就《概况》一事，写些回忆文字，与往昔发表或未发的旧稿残编一起，汇为一书，作为一次新诗历史写作履痕的留存与反思。此书已由北京大学出版社出版。我曾就洪子诚设拟的一些提问，作了粗略的回应。对于这些未名湖畔内外参加集体书写活动浮光掠影的反顾，一方面是力求从个人的视角，为别人，也为自己，留下一点历史面影的沧桑；另外，也是更重要的方面，是想通过这一历史反顾，自揭一点至今尚被自视为"光荣"历史背后的伤疤，也向那些由于我们这个群体当时的浅薄、鲁莽和盛气凌人，给自己尊敬的老师和前辈学者们的心灵带来的永远无法抚平的伤痛，表示自己的反思、内疚和忏悔。

问：《新诗发展概况》的编写是如何发起、组织的？由谁提出？怎样形成这六人组合？当时你们是大学生，对承担这一任务有什么看法？

答：就我自己来说，开始是怎样接受写作《新诗发展概况》这项任务的，事情的缘起，以及最初的过程，今天已经几乎是没有什么记忆了。从远一点的一些事谈起，也许可以更能说明我所以能够接受这一任务时的氛围、内因和心态。

我接受写作《新诗发展概况》这个活儿，大约是在 1958 年底了。

就思想和心境来讲，早从这之前的1956年开始，我们这些颇有些自视不凡、胸怀大志的毛头小伙子们，就经由了由高峰到低谷又转入另一种错误“高峰”的思想历程。先是幸运地沐浴了“百花齐放，百家争鸣”、“向科学进军”等政策实施带来的和煦春风，一方面，我们大都陶醉于游国恩、魏建功、王力、高名凯、吴组缃、林庚等一些名师讲课的“名牌菜”令人神往赞叹和咀嚼不已的薰香里；另一方面，也如饥似渴地沉醉于普希金、莱蒙托夫、巴尔扎克、雨果、萧洛霍夫、《第四十一》、曹禺、艾青、聂鲁达、希克梅特、洛尔伽、阿拉贡等创造的美妙的文学世界，从中贪婪地吸吮人类精神文化的奇妙果汁，怀着“天生我才必有用”的异想，各自做着或写小说，或当诗人，或搞研究，或干一番其他事业的充满幻想色彩的美梦。没有想到，一年之后突如其来的1957年反右派运动的冷风和悲惨，将我们这些一个个的“梦中人”，都从各自如幻似梦的世界中吹醒了。许多喜爱诗歌的友人，富有文学才华的学子，获罹被错划为右派分子的不幸遭遇。我们这些幸免者，也多从“寻梦者”的幻想世界中，回到冷峻的现实生活中来，开始了一种不断自惭自审自赎，“原罪”式的小心翼翼的求学生活。当时的学生中，反对个人奋斗，反对走白专道路，反对成名成家的“正声”，使得渴望文学创作，渴望研究学问，渴望施展各自才华，去撷取人生或艺术的美丽果实的意愿，成了许多人藏匿于心之深处，不敢言说的被压抑的潜流。

从1958年春天开始，我们哼着“方志敏团歌”，投入修筑十三陵水库的战斗，接着兴起大跃进的高潮，又糊里糊涂地加入了如拆毁杨晦家燕东园小楼壁炉的耐火砖，砸了许多好端端的铁锅，用半米深的小土坑“大炼钢铁”那样极端的荒谬神话，这些“空前绝后”的壮举，似乎刺激了我们身上潜藏的兴奋神经。我们跟着来自上面头脑发热的“左”的劲风，自己的头脑也被吹得不断发热和膨胀。之后，又响应号召，不断下乡，下厂，下部队，写村史，社史，厂史，矿史，部队史，接受改造，服务工农，成了我们心甘情愿接受的获得自强成长的唯一道路。个人的多样兴趣和精神空间，几乎被压缩到乌有了的程度。

刚刚从轰轰烈烈的十三陵水库劳动归来，校园里又吹起了青年人要“敢想敢干”，批判资产阶级学术权威，“拔白旗，插红旗”，让“无产阶级占领学术阵地"这样一股狂躁的"热风"。在这种"热风"的吹拂下,1958 年暑假,我们 1955 级文学专业的全体学生,发起了集体编写《中国文学史》的工作。刘登翰、洪子诚他们 1956 级同学,也成立鲁迅文学社,瞿秋白文学社,批判王瑶《中国新文学史稿》"剪刀加浆糊"等"伪科学"。编写中国文学史,我参加的是唐代组,执笔写中晚唐诗的有关章节,并被指定为该小组负责人。全年级动员会之后,大家自愿放弃暑假,几乎全都参加,唯独有两位同学,因有事,要回家,表示不参加集体编写文学史的工作。其中就有后来《新诗发展概况》的成员之一,来自上海的我们中间年纪最小的殷晋培。记得当时一些好心的同学,还集体签名,在 32 楼四层楼走廊的墙上,贴出了一张大字报,劝两位同学不要走,题目是"请三思而后行!"经过近三个月日夜兼程的"奋战",我们集体编写的红皮《中国文学史》,很快于 1958 年 9 月作为国庆节献礼书出版了。我们的这一成果,是以所谓批判资产阶级学术权威的名义,以伤害自己的许多老师的情感、心理和学术尊严为代价的,它在理论上又接受当时介绍过来的苏联教条主义理论的影响,提出了以现实主义与反现实主义的斗争为主线,以民间文学是中国文学史发展的主流等作为贯穿文学史发展规律的错误观点,并以此将许多丰富复杂的文学史现象简单化了,将汉赋、谢眺、王维、孟浩然、韩愈、李贺、李商隐、杜牧、李煜,一直到晏殊、欧阳修、秦观、周邦彦、李清照、姜夔、马致远等许多作家作品,笼统地划为反现实主义文学的范畴,对这些作家作品,作了简单化的与粗暴的否定评价。红皮文学史出版后,我们 55 级在全国出了名,刮起了大学生写文学史的一股风,但也不断引起学术界的正常非议与严肃批评。作家协会与文学研究所,围绕几部已经出版的文学史写作问题,接连开了几次讨论会,何其芳在讨论会的总结中,发表了一个长篇讲话,直截了当地批评了 1955 级编写的两卷本红皮《中国文学史》的理论错误和简单化倾向。后来,我们听到了这些批评意见,对于写作的思想,文学史"规律"的认识,曾经有所调整,到了第二年年初的时候,原班人马,又开始了四卷修订本黄皮的《中国文学史》的扩编撰写工作。

就在这两部文学史写作间歇的时候,同年级的同学纷纷下乡,到平谷、密云、参加深翻土地、秋收。我与同班的闵开德,历史系的范达仁,奉命到邯郸驻军4587部队,与已经先期到那里撰写《猛虎连史》的郝斌、杨立文会合,身着军棉衣,头戴棉军帽,下连当兵,边搜集资料,边采访一些当事人,为那个部队编写充满光荣战绩的团史。经过三个多月后,大约寒假之前,我们完成任务,返回学校。这时候,谢冕突然找到我,向我说明了《诗刊》主编臧克家和副主编徐迟等人,委托他来主持,组织几位同学,集体编写《新诗发展概况》。谢冕向我说明了他们大概的意图和原委,邀我加入。我自己一直喜欢诗,那时候也练习写诗,孙绍振是同班的诗友,又在一个组编写文学史,分量最重的李白一章,就是由他与谢冕执笔的。我与谢冕、殷晋培、洪子诚、刘登翰,也都喜欢诗,又很熟,因此,我也就没有任何犹豫,当即答应了谢冕邀请的盛意。

本来我不大会写理论性文章,逻辑思维极差。1956年底,二年级将结束,快进入三年级的时候,照例我们要写学年论文。老师们将拟好的一些选题,张贴在我们住宿的32楼四层正对楼梯口的墙上。我喜欢唐诗,选了"浅谈杜甫的《秋兴八首》",指导教师是冯钟芸先生。但是,我当时非常弱于理论思维的训练,面对贴在床头墙上亲手抄录的八首名诗,我虽然能背得滚瓜烂熟,却不知文章如何下手。正在踌躇为难时候,到了1957年5、6月,鸣放热潮和反右派斗争开始了,教学活动已完全停止,学年论文写作,也就自然告吹了。

参加集体编写《中国文学史》工作后,逼着自己,开始学习阅读史料,提炼思想,组织观点,写作文字,还要阅读和改正别人的初稿,这使我的研究能力,得到了一次训练。这些,诚然增强了我参与写新诗历史的勇气和信心,但是古代文学史的写作,毕竟是学术历史积累很多,又有比较成熟的如刘大杰的《中国文学史》、陆侃如、冯沅君的《中国诗史》等著作可以参照,而新诗历史,几乎没有现成文本可供参考,比较全面一点论述的,只有臧克家的《"五四"以来新诗发展的一个轮廓》那篇代序文,又太过简略,我需要独立去搜寻资料,阅读文本,概括观点,写出新诗发展历史的部分章节,毕竟还是颇多胆怯,缺乏信心。当然也有另一面。参加编写中国文学史,就政治意义和学术价值来讲,负面意义的东西可能更多一些,但是对于我个人如何进入学术研究,如何让自己的文字变成铅字,却多少打破了一些迷信和胆怯心理。可能就是因为当时还有那么一点编写文学史留给自己的一点“余热”,那么一点不知天高地厚的“无知者无畏”的劲头,那么一点对于新诗的热爱和尝试走进新诗历史的真诚,以及对于谢冕等几位同窗“高人”的情趣相投和信赖心理,我也就抱着试一试的心情,走进了这个小小的写作集体。

问:在1958年前后,编写事实上是中国新诗简史性质的论著的动机是什么?

答:这个问题,当时接受任务时,我并没有怎么考虑过。那时候的政治和生活气氛,造就了我们这些人,是做一件事,往往首先是服从需要,不大自己去想里面的动机和缘由。不问动机接受任务,似乎已经成了我们那时的一种思维惯性。现在仔细回想起来,就《诗刊》方面来说,当然他们是有比较清楚的想法的。好像我们集聚在一起,启动工作的时候,徐迟等人的谈话中,确实给我们简单谈过他们要实施这个选题的意图。就《诗刊》方面来讲,大约首先是受到当时各种“写史”风潮的刺激。而当时的“写史”风潮,体制的主要领导者,倡导的外在目的,是为了教育大众,也让大众教育自己,而背后潜藏的意图,则或是以自己的既成理念和政治需要,去塑造过去的历史,也就是塑造当权者自己的今天。

《诗刊》的编者们,当然也主要从具体的政治需要,有从诗歌发展本身,有从学术研究出发的考虑。1959年是五四新文化运动发生40周年,共和国成立10周年。两个“大庆”,碰在一起了。当时的许多学术机关,都在发动集体力量,设计选题,动手书写与自己相关部门的历史。社会科学院文学研究所,就组织人手,集体编写了《十年来的新中国文学》的纪念性成果。隶属于作家协会系统的《诗刊》,作为诗歌门类的主要刊物,无论是上面的意图,还是自己的畅想,当然也会有这样一个写40年史的动因和意愿。也就是想通过一个叙述简要、文字通达的新诗发展的历史书写,第一,可以确认新诗走过的并不平凡的历史进程,回顾众多诗人们艰辛而光荣的足迹,重塑新诗的革命传统;第二,让热爱新诗的读者,通过书写的文字,比较具体地了解一些优秀的作品,增强新诗的吸引力;第三,当时的气氛,既有学术批判余波的影响,又有隐在的用实事求是的观点，比较全面地书写新诗历史的欲望。

就我自己来说，或许还有一个更隐蔽更私人化的动因，就是通过参与新诗简史的写作这个机会，进行一次科研的实践和训练。说得实在一点，就是想借此机会读一点书，多了解一点新诗走过的历史。刚刚经历过红皮《中国文学史》编写的全过程，给我最大的一个刺激，就是写作中暴露出来的我们这些青年学生的一个通病：不去花大功夫读书，啃读原作，翻阅原始资料，而是靠自己的理论头脑，想当然地去寻规律，说大话，下结论。将王维、孟浩然、李贺、李商隐、李煜、李清照等一些作家，统统贬为反现实主义逆流的时候，说句实话，无论持赞成意见的，或是持反对意见的，都没有实实在在地把他们的作品全部认真读上一遍，也没有翻阅更多的历史典籍，把他们放在当时历史的复杂社会生活里去思考，然后验证自己的结论接近历史实际与否。记得全年级的同学在进入编写之前，曾经集聚在32楼宿舍的一条长走廊里，先"解剖麻雀"，讨论社会上争论的关于《琵琶记》是否宣扬封建道德的问题。其中有的人，并没有读过作品，连作品人物名字，都还叫不上来，长长的发言中，称的是什么"男主人公"、"女主人公"怎么怎么样的，却可以大谈一番批判性的高深道理，一二三四地讲得头头是道。不认真读书就写书，"以论带史，理论先行"，当时几乎成了我们这些年青学生中一种主导的意识和风气。我们的老师，看到了我们的这个毛病。一些旁观者，也清楚看出这一问题。不过他们不当我们的面说而已。在这种情况下，我很想有时间多读点书，多看些材料。有了这样一个写新诗史的机会，能够改变一下匆忙应付任务，不看资料说空话的情况，当时自然是很乐意的。

问：请回忆当时编写的具体情况。集体性的科研在当时是一种方向，在编写过程中如何收集、阅读材料，如何分工，如何统一思想观点？《诗刊》的负责人在编写中起到什么作用？

答：当时集聚在一起之后，先是讨论怎样编写这个新诗简史。由于还保留写文学史的思想"余热"，好像是议论了要以进步的现实主义和浪漫主义诗歌为主线，对于象征派、现代派的诗歌，还没有一个开放的眼光，作出肯定评价的思维；虽然不再认为民间文学为主线，但还是强调突出新诗向民歌学习的传统,如何接受民歌艺术营养的哺育和影响,认为这是新诗发展的艺术生命的源泉;我们也议论到了在论述中如何突出一些与现实斗争关系密切、艺术成就比较大的主要诗人,兼着照顾面上的历史脉络和诗歌现象;每个部分要突出一些不同时期的重点等等。按照习惯的分法,大体确定了分五四时期、20 年代、左联时期、抗战时期、讲话以后、建国后、58 年后这七个部分,分别由刘登翰、殷晋培、洪子诚、孙玉石、孙绍振、谢冕六个人,依次序承担撰稿。谢冕是我们的总头儿,他除了执笔建国以后一章外,还要负责全面工作,包括最后通稿,与《诗刊》具体联系等等。刘登翰是一个快手,让他担任第一章五四时期部分的撰稿,这样可以早些交稿,能够保证首先按期刊出,给后面人留点缓冲时间,其他人依次负责,先后交稿。

那时候,属于大跃进和学术批判群众运动时期,图书馆要为集体科研服务。我们也借着这个便利,开证明从学校图书馆里,用集体科研的名义,借了许多五四以后的新诗集,以及其他有关的书籍,搬到和平里的住处。徐迟、丁力等先生,也从《诗刊》编辑部资料室,给我们借了一些书。一间不足十几米的房间里,桌子上,床上,都堆满了书。分工以后,各人就开始自己阅读材料。在阅读和讨论大纲过程中,大家不断地交换意见,讨论问题,统一思想。有时候,为了一个问题,争论起来,可以吵得面红耳赤。子诚和我,比较平和些,绍振、晋培和登翰,则常作激烈状,声音高亢而嘹亮,孙猴子(绍振的外号)说到激动处,有时会跳起来,口若悬河,手舞足蹈。他在我们班里争论问题时,也习惯于这样:总是要把自己的意见,说到最极端,直到刺激对方跳起来,才肯罢休。

当时是一个主流意志和思想笼罩一切的时代,又在经过"反右"的惨烈教训之后,我们六个人,在大的属于政治性很强的问题上,对于许多问题的看法,常常是不言而喻而互相接近的。个人的看法,可以保留,落实在文字上的,还必须遵守集体写作的原则,就是写那些为大家都可以接受的观点。似乎统一思想的事,并没有费很大力气和功夫。但这样的结果,每个写作者的独特之见与个性色彩,在发表的《概况》中,也就不那么明显了。

问:"反右"之后,似乎对现代文学史已经确立了基本的叙述方法和评价标准，你们都是爱好诗歌的，这种标准与你们原先的爱好、评价是否相符？如果出现冲突，如何解决？如何确定《概况》的体例、描述范围，确定诗人所属的“路线”，如何分配比例？

答：经过“反右”之后，国家大大强化了“舆论一律”对于意识形态，也包括文学史写作的制约和管束。学术研究中，无形中确立了一套基本的评价标准和叙述方法。一个不成文的“规矩”已经深印在我的脑子里：历史的写作者，往往必须离开历史研究对象的客观成就和实际影响，离开自己原有的爱好和趣味，按照已经形成的“公约”式的标准，格局，根据作家的政治表现进步与否，文学创作与关心民众疾苦的关系，去安排座次，分配字数，取舍历史。《概况》的写作，也不能不遵循这个既定的“规矩”。不能说这样做一定是违心的被迫所致，应该说，多数时候是已经潜入我神经和血管里的“自觉”。

我们几个人凑在一起，个人的兴趣，偏好，趣味，各不相同，可以说是“六味俱全”。谢冕喜欢潇洒，热情，孙绍振喜欢浪漫，豪放，同是来自上海的殷晋培，更喜欢接近清澈缠绵的东西。在住宿的房间里，孙绍振有时可以振臂高呼：“我是一条天狗呀！我把月来吞了，我把日来吞了……我便是我呀！我的我要爆了！”殷晋培则兴致勃勃地低吟浅唱，用他有点大舌头的声调、说话有点漏风似地朗诵湖畔诗人应修人的名句：“妹妹你是水！”吟读徐志摩《沙扬那拉》的“最是那一低头的温柔，像一朵水莲花不胜凉风的娇羞……”我最初喜欢冰心《繁星》、《春水》似的轻柔或哲思，后来迷恋于艾青的深沉和忧郁。“反右”开始之前，《文艺报》开始批判艾青，我还偷偷给艾青写过一封信，劝他能够认识自己的错误，得到谅解和“过关”，悄悄寄到《文艺报》，请他们转交。“反右”开始后，艾青被划为成右派分子，我心里很害怕这封信被转回来，因为那时候有一条杠杠是：同情右派，也是被划为右派的一个条件。“反右”以后的“整肃”，五八年的“交心”，《中国文学史》编写褊狭理论的“训导”，使我的意识深处，总是力争积极，进步，将自己个人的兴趣，名利思想，个人奋斗，全压抑在心底去了，尽管时常有所流露，但在集体书写的过程中，还是首先要调控自己，努力让自己原先的兴趣爱好，审美标准，统一到已经形成的政治理论“规矩”上来。

就我自己来说，当时已经听到了社会上和学术界，对于红皮《中国文学史》过分“左”的简单化的尖锐批评意见。本来，大家就对以现实主义反现实主义斗争划分文学潮流和作家地位，强调以民间文学为主流而过分贬低封建时代作家的主潮，存在争论，开始疑惑，转而想努力淡化、放弃，但又不愿也不敢放弃政治第一艺术第二的标准。以这样的复杂氛围和心态，参加新诗概况的写作，不免还很强的保留着过去简单化思路的一些痕迹，如强调 1942 年后《王贵与李香香》所代表的民歌体诗、大跃进民歌的重要性等等，但剩余下来的，更多的“左”的观念，则是要命的一条：就是要突出接近革命斗争主潮和现实人民生活的革命的进步的现实主义和浪漫主义的诗歌传统，对于那些与革命主潮有一些距离而在诗歌艺术探索方面有自己独特贡献的诗人和诗潮，则或视为逆流，或轻描淡写，或尽量减少评价文字的分量。像郭沫若、蒋光赤、殷夫、田间、臧克家、李季、陈辉、贺敬之、闻捷这样一些革命诗人，就很得到重视，而离政治斗争较远，或“反胡风”、“反右”等运动中出了政治问题的诗人，如冰心、戴望舒、艾青、卞之琳、林庚、废名、胡风、绿原、穆旦等这些诗人，就或被忽略，或被多少淡化了许多。虽然没有了明确的“以现实主义与反现实主义斗争”划线的提法，实际上贯彻的评价标准和论说思维，还是没有摆脱它的理论阴影。

进入讨论《概况》具体写作原则的时候，论述观点上，评价标准上，似乎也没有发生过什么很大的冲突。有过一些小的争论，如胡适《尝试集》，冰心的小诗，里面的母爱，自然爱，戴望舒早期的诗、何其芳的《预言》等等，怎么评价，但或经过纯学术的争论，或落实于文字的斟酌，都没有逾越“政治第一，艺术第二”这个大“规矩”，也就没有太多的纷争了。因此，每个时期的主要代表诗人，如郭沫若、蒋光赤、闻一多、殷夫、臧克家、蒲风、田间、李季、阮章竞、陈辉、贺敬之、郭小川、闻捷等等，也就比其他的诗人，得到更高的评骘，给予较多的篇幅。虽然并没有成文的约束，但需要落实于书写的商议结果，成就和影响多大的诗人，要给予多少文字，加什么样的考语，在那样的时候，都是不言而喻的事情。对政治思想价值的关注超过对艺术成就和风格独异的审视，革命的现实主义和浪漫主义潮流的描述淹没了其他艺术潮流的凝视和探索,也就是我们自觉或不自觉的必然的选择。忽略、漠视、压抑新诗发展中象征派、现代派以及其他唯美颓废诗人的诗性哲思和艺术探索,落实于文字中尽量淡化或完全回避对于他们的书写,也是我们无法逃脱的一种违反历史真实的话语方式。更突出的,是贯穿毛泽东关于五四新文化统一战线三种人分类的主流思想,以当代现实斗争的政治结论代替诗人成就历史的客观叙述的倾向。许多重要诗歌史现象,一些著名的重要诗人,便更多当成负面的例证被写进历史,有些非常杰出的诗人,甚至连名字都没有进入历史书写的视野。胡适、冰心、徐志摩、前期的何其芳、卞之琳,都成为文化统一战线中的"资产阶级右翼",评价甚低。40年代的"中国新诗"诗人群的穆旦、辛笛、杜运燮、郑敏等,都没有进入历史书写视野。我自己执笔的抗战时期,成就最为突出的艾青和其他"七月派"诸诗人,也用现实政治代替历史书写,为了保险起见,当时历史叙述中不仅冠上了"后来堕落成右派分子的艾青"、"反革命分子胡风"等恶谥,叙述文字中对其诗歌成就和影响的整体评价,也由此而抹杀历史实绩,写得非常粗暴而简单了。

话可能说得远了一点。现在看起来,具体到这方面,起码是我自己负责书写的部分里,比编写《中国文学史》所犯下的"左"的简单化的错误,更大大加剧了一步。写文学史,面对的是历史,是死去的人;写《概况》,面对的是现实,是活着的人。这些书写里,除了思想理论上的错误以外,还增加了一种不惜伤害历史、伤害历史当事人,乃至伤害自己的老师,以保护自己书写的政治上"正确"和"安全"的卑怯心理,一种为不犯政治错误而附和强权理论的犬儒心态。这些隐藏于内心底处的潜深性的东西,就不能一概都简单地用一般的出于政治热情、头脑简单、受错误理论影响所能解释的了。因此我常想,对于参加《中国文学史》编写者,特别是一些主要关联者,包括我自己在内,至今有时还在夸耀地谈论和享用那时获得的"战斗里成长"的"成绩"和"荣耀",而却很少,甚至几乎没有更深层次的自赎和反思,很少感到一种深深的内疚与忏悔。2005年3月林庚先生95华诞的庆祝会上,我曾在发言里说,我们年级在《北京大学学报》上撰文,错误地参与过批判林庚先生的"盛唐气象"、"少年精神"等,我自己也写过杂文式的东西,批判林庚先生的“布衣”思想，题目叫《“寒士”万岁！》，登在系里出的一份油印刊物上。我们曾经很深地伤害过包括林庚先生在内的自己的一些老师们，今天我们是有愧于林庚先生的。我觉得我们不应当在历史过失面前集体无记忆，集体失语。我那时候的发言，想要传达的，与现在反思自己《概况》写作中的过失，就是想说出上面要说出的我们这一代人应该感到需要并真正进行“内疚”与“忏悔”的意思。

我们这样一些人，甚至至今还没有，也不能体会当时那些被当做“白旗”加以无理批判的老师们内心的伤痛和愤懑。尽管有1962年前后以党组织名义的“甄别”道歉。

也正由于此，上个世纪80年代初开始，我重新开始审视新诗复杂多样的历史足迹，更多地凝视于挖掘和清理五四以来被贬抑的象征主义现代主义诗歌潮流，讲授从李金发到穆旦们的新诗作品，对于自己和对于学生，都显得那么陌生又那么新奇，那么兴奋又那么愧疚。这其实正是过去书写历史的偏至，被太多的贬抑、扭曲和遗忘造成的必然反动。也是一种借着走近历史，对自己曾经书写过的历史的错误的一种“忏悔”和“自赎”。对于历史过多的失衡和颠倒，必然逼着出现更多的历史重写。回顾参与《新诗发展概况》写作走过的那一段道路，与这个小小集体那些逝去的难以忘记的时光相比较，更值得反思和记忆的，还是我们这一代人所经历的因为这种价值观念和理性标准的失衡，对于新诗历史本身和许多创造历史的人们的不公与伤害。我们今天重印这本已经陈旧了的《概况》，提供当时或一种出于“谬误的真诚”发出的历史声音，回顾和呼唤对于历史的某些既难忘又痛苦的记忆之外，一个更沉重的意义，应该是在这里吧。

问：《概况》每一章开头、结尾，都引了一些诗人的诗句。这些诗人和他们的诗句的引用，是怎样确定的？

答：《概况》这种“小花样”，每章开头、结尾，都摘引一些诗人的诗句，在一个诗歌刊物上，又并非严肃的学术著作，可能会增加一点吸引力和可读性。过去有些文章和著作里面，也有不少用过的，并非我们的发明。年轻时的写作，往往喜欢玩这类“小花样”。我后来写《〈野草〉研究》，每章之前，就用了这样的“玩艺儿”。现在想起来，自己都觉得很幼稚可笑。写《概况》时，最初是谁首先提出来的？是不是浪漫十足的谢冕兄灵感一动的原创？都记不起来了。总之是当时大家都很赞成这种浪漫的提议，也就照办了。现在看，当时的意图，很明白，就是借此突出每章的“主旋律”，突出每章的主要代表诗人。只有那个章节里的最重要的诗人，才能享用这种“殊荣”。至于在阅读接受中，是不是能起到这个作用，也是很难说的。

问：据说你们当时集中在一起，住的什么地方？吃饭等日常生活怎样解决？

答：1958年底，从邯郸部队返校，让我参加《概况》这事儿不久，我们就一起离开学校，搬到城里，被安排进位于和平里东街中国作家协会的宿舍里。这是一座五层红砖楼，已经有些旧了，朝南，院子靠外面很近，但并不临街。我们住在一层右侧的一个空房里。这是一个住家的套间，大约是两间住房，外面有个小小的“客厅”，兼吃饭、休息的过道，六个人，就在这里安营扎寨，集中住宿，过起了集体写作的生活。徐迟先生有空闲的时候，会来到这里，看望我们，多是问有什么困难，聊一些写作中的问题。这座楼里，住的都是作家协会的干部，作家。诗人邹荻帆，就住在另一个门洞的楼上，到房间里来看过我们，表示慰问。屋子里，没有暖气，我们在客厅里，生了一个煤炉，自己动手生火，往里加煤球，用以取暖，烧水，煮面条等。炉子如果灭了，还得自己动手，装木柴，用废报纸点火，放煤球，让炉子重新烧起来，这时候，往往就会弄得满屋里煤烟缭绕，乌烟瘴气，有时呛得厉害，流眼泪，打喷嚏。我们几个二十多岁的小伙子，当做像过家家儿一样，觉得好玩，也没太觉得麻烦和艰苦。附近，好像是中央乐团、中央歌舞团或者他们的人住的宿舍，每天早晨起来，常常会听见有人练习唱歌、吹奏小号的声音，有咿咿呀呀的练嗓子，有呜呜哇哇的号声，好像有意在给我们枯燥的生活增添一点乐趣的伴奏一样。

我们住的地方，离《诗刊》太远，又不能为我们单独开火，吃饭问题，只能是“自行解决”。记不得那个宿舍院里，当时有没有家属食堂了。好像我们吃饭，主要是在街上的小饭铺里“打野食”。几个人天天像是“打游击”的无业游民，到了吃饭的时候，穿着厚厚棉衣的几个年青人,就在这条并不热闹的街上,边谈天说地,边漫步闲逛。早上,出门往南,常在路西最近的一家小店里,随便喝碗稀粥,或一碗豆浆,吃一两根新炸的油条。中午,晚上,也在外面随便吃。有个也是在路西的一个小饭铺,面街有几块玻璃窗,位置,模样,还依稀记得,店名叫什么,却早忘记了。我们光顾那里的机会最多,差不多每天都去、跟那里的主人,师傅,也渐渐熟悉了。哪个菜做得好,哪个饭菜便宜一点,也都记得了。1958年夏天,北京热演一个话剧,是讲大跃进兴修水库的,剧名叫《降龙伏虎》,我们年级大多数同学,曾经乘公共汽车,老远跑到和平里的一个剧院,夜里看了一场演出。话剧里的主题歌,其中几句,至今还没忘:"盘龙山上锁盘龙啊,要叫那个水土不下山呀,不下山!"没想,我们几个人,几个月后,就住到这剧院的附近来,当起了这个地方的暂住的"游民"。那时我们没有得到预支稿费,没有生活补贴,除了谢冕是个稍微阔气一点的调干生,每月可拿25元,其他几位,家境虽然还算可以,但没资格申请助学金,靠家里供应,身上大都没有多余的钱。因此,几个月里,不敢下好一点的饭馆,不喝酒,也不买什么零食吃。我们几个穷学生,最大的谢冕26岁,最小的殷晋培20岁,其余几个是从23至21岁,偶然聚在一起,在一段愉快而清贫的日子里,进行着为新诗书写简史的任务。现在想起来,仿佛记忆中的那段清苦而快乐的日子里的友情和生活,可能比那些后来印在纸上而渐已模糊淡忘的文字,还更加值得我们留念与珍惜。

问:《诗刊》曾组织对《概况》的讨论,都有谁参加?提了那些意见?为什么概况在《诗刊》没有登完?发生了什么事情?据说原来要出版单行本的?

答:两个多月的寒假,很快就过去了。开学之后,我们六个人,从和平里作家协会那间宿舍,回到学校里。各自带着尚未完成的任务,一面继续撰写、修改,一面参加了系里各自的事儿。我和谢冕、孙绍振,又分别回到原来自己的小组,参加重新修订《中国文学史》的工作,要为当年9月底出版四卷本的黄皮本《中国文学史》,向祖国十年大庆献礼而日夜奋战。这中间,我们曾经到过王府大街64号新建不久的文联大楼,参加《诗刊》社组织的讨论会,见过主编臧克家,副主编徐迟,编辑丁力以外，是不是还有副主编严辰和诗人郭小川，记不得了。会后，还在文联大楼门口，挂满各种白底黑字的长条牌子前面的台阶上，照过几张相。从那时的照片上看，都穿着厚厚的棉大衣，应该是在冬天。后来六月份左右，可能又开过一次会，也是在文联大楼。这有至今保留的夏天穿短袖衣裳的照片为证。讨论的具体内容和情况，确实什么都记不起来了。

现在只记得，我负责的抗战诗歌那部分稿子，边参加黄皮本《中国文学史》的编写，边看些材料加以修改。放暑假的时候，我带着《诗刊》发给的八开600字绿格的统一大稿纸的一堆初稿，回到沈阳家里，修改，誊清，算最后把它完成了。我寄给在学校里的谢冕，他看后，转给了徐迟先生。徐迟先生亲自动手，修改，补充，从后来发表的样子看，徐迟先生自己动手，改了很多地方，特别是增加了不少他自己亲身经历，非常熟悉的抗战时期大后方诗歌活动情况的文字，包括一些诗人和诗歌刊物出版情况，有些是一般文学史叙述里所没有的。但是，徐迟先生的修改中，对于原稿文字里，那些给诗人政治定性的词句，如艾青、胡风等人前面所加的"恶谥"，却没有删去。那些过低的评价，也没有改动。我后来猜想，他显然是不会完全同意这些评价，这样的写法的，但为什么没有去掉呢？也许是当时出于对每个青年执笔者的尊重，也许是害怕删改这些政治性词句会给自己带来什么麻烦，也许是当时不得不接受既然已经如此的理论现实？今天，我非常尊敬的徐迟先生离开了我们，个别的历史细节，已经无法完全弄清了。现在看来，我自己对于《概况》这一章的内容含量，评价标准，文字传达，都极不满意，重读时不免有羞愧脸红的感觉。观点的极左和评骘的粗暴，且不用说，就史料的发掘和引述的例证，也没有什么太多新鲜之处，不过是对于王瑶、刘绶松先生新文学著作中诗歌论述部分的一种选择集中和重新组合，观点肤浅，没有创见，叙述缺少华彩，许多精彩诗句，少有引用，缺乏细部，干瘪枯燥。我至今一直以为，在当时，徐迟先生对于这一章书写的内容和文字，肯定是很不满意的，但又不愿意作伤筋动骨的过多改动，也就暂且作为一个差学生的一份作业，凑合发表了。我很喜欢读徐迟先生写的文章，他的文字一向很讲究，也充满着诗意和激情。后来谢冕告诉过我一件事：我做研究生后，于 1963 年第 1 期《北京大学学报》上，发表了一篇读书报告《鲁迅对中国新诗运动的贡献》，谢冕一次见面时，将此事告诉了徐迟先生，谢冕告诉我的是，徐迟先生听到后，只回答了一声："哦！"据我的猜想，这一声"哦"里，或许包含了徐迟先生对于我参与《概况》时写作能力实在稚嫩不佳的失望与了解，或许也包含了他对于我做学术研究的能力和文字的疑虑和期许吧。这个等于没有回答的回答，很久以来，我都一直记着，并以此无声地鞭策和激励自己：如何能够做得比那时更好一些。

1960 年 12 月份的《诗刊》上，发表了我写的抗战时期诗歌一章之后，就突然停止，不再继续发表后面其他几章了。其中的主要原因，当时不甚了了，后来猜测，大概是国家政治生活和意识形态领域的形势，发生了重大的变化所致。就在发表《概况》第四章之前的那个夏天，1959 年七、八月间，中央的"庐山会议"召开，并在后期，由总结大跃进经验教训、纠正"左倾"错误，转为批判"彭黄张周"的右倾机会主义的反党集团，继而开展了一场全党范围的大规模反右倾运动。这一运动波及党内外和意识形态的各个范围。北大参与彭真主持的农村调查的副校长邹鲁风，参与此项工作的哲学系汪子嵩教授，都受牵连，作检查，挨批判，邹鲁风还因之在燕南园 66 号家里上吊自杀了。我们同班的一个非常老实的同学尹克杰，因为从安徽萧县家乡过暑假回来，说了一些农村黑暗面的真实情况，被人"告密"，也以"否定三面红旗"、"攻击伟大领袖毛主席"的莫须有罪名，被定为现行反革命分子，突然遭公安部门逮捕，在监狱和劳改中度过了极为悲惨的漫长日子。可以想象，在那样一种举国反右倾的政治气氛之下，虽然《新诗发展概况》书写历史的整个倾向，已经够"左"的了，但是毕竟涉及了对过去历史的纷纭评价，特别是后面几章，还要涉及 1942 年以后至建国后以及大跃进民歌运动的新诗发展，谁知道里面会被挑出什么问题来呢？当时《诗刊》的徐迟和其他编辑们，凭他们的政治嗅觉，大概已经敏锐感觉到，《概况》不能再刊发下去了，如果再继续发表下去，可能会给自己带来大麻烦，犯错误。这样的情况下，停止刊登，也就是自然的事。由此，《概况》也就成了新诗发展的一部生不逢时的夭折了的"历史"书写，留存于我们自己和喜欢诗歌的读者们的记忆中了。

“四人帮”粉碎之后，除了介入“拨乱反正”的文艺和学术大潮，以新的视点重新评价新诗历史和其他文艺问题之外，在面对朦胧诗崛起大潮引起的激烈争论中，我们已进入知天命之年的几位“老九”，虽然身处北京、福建、辽宁三地，但对于诗的价值取向和审美情趣，依然是比较接近的。谢冕、孙绍振、洪子诚、刘登翰，都大力为朦胧诗的崛起“鼓与呼”，为新诗多样化与现代性的发展，进行热情而焦虑的真诚思考。我因主要从事现代诗歌部分的教学研究，几乎没有参与当前诗歌的争论，而是自觉地从20年代至40年代的象征派、新月派，到现代派诗潮的清理、研究和讲授中，努力以历史的真实书写为现实的纷争发言，也算是为“崛起”论者们一种推波助澜的呐喊吧。

在被称为“新时期”到来的时候，具体负责复刊后的《诗刊》的丁力先生，想将已经发表和未曾发表的《新诗发展概况》，集中在一起，能够作为一份史料和纪念，交与天津百花文艺出版社出版，结果未遂。当时我们几个人，也曾动议，请福建师大的快手孙绍振将《概况》统一修改定稿，后来，也因故拖将下来，无果而终。此外，好像我们还曾有过重写《中国新诗发展史》的动议。有两件事，可以为证。

第一件是：大约是为了重新撰写《中国新诗发展史》吧，需要得到一些前辈诗人的指导，倾听他们的意见。我与谢冕、子诚等几个人，预先写信或电话约好，到住在东堂子胡同的一个普通四合院里，登门拜访了臧克家先生。臧克家先生热情接待了我们。他那天谈兴很高，用他那浓重的山东口音，给我们讲了不少对于新诗的发展和现状，如何写新诗史等问题的看法。谈话之间，他还特意从书架上，取来很多已经出版的新诗选本，包括内地出版的各种版本，也有香港中文大学黄济持、卢炜銮（小思）等编选的《中国新诗选》，一边翻着书，一边对我们说，哪个本子里，选了艾青的诗多少首，选了他的诗多少首，选了田间的诗多少首，比起其他一些诗人来，他入选的诗是最多的。然后，他给我们讲，你们写新诗史的时候，也应该注意这样一个原则：对于一个诗人在诗歌史上地位的评价，不仅要看他诗的创作的质量，还要看他的诗创作的数量……臧克家先生的有些意见，我们并不一定完全赞同，但这次造访，还是使我们受益颇多。

另一件证明的事是:遵谢冕兄之嘱,我将自己执笔重写的20年代诗歌中关于文学研究会诗人群一节的稿子,寄给了过去在《诗刊》编辑部工作,当时在山西大学负责学报工作的吴家瑾同志,由于她的大力支持,很快在1980年第1期的《山西大学学报》上发表出来,题目是《年青的觉醒者的歌唱——〈中国新诗发展史〉之一节》,至于它的全章内容是什么样子,它与当时拟想的整部书稿之间是什么关系,连我自己,现在也很难说清楚了。从题目来看,也是以《中国新诗发展史》的框架设想重写来做文章的,而不是对于《概况》的修补和改动。

《山西大学学报》发表此节文字时,一仍过去的样子,还是我们六人共同署名。如今重新翻阅这一节依然十分浅薄的文字,我在这样想:也许这是我们六个人自1958—1959年合作以来,历经20年的沧桑之后,在新诗发展历史书写上最后一次见诸报端的集体"亮相"了。此后,谢冕、绍振、登翰、子诚,和我自己,我们五个人,或在南北高校,或在研究机关,虽然也都有其他新拓的研究领域的工作,但总还是没有离开新诗历史与诗歌批评这个圈子。只有晋培一个人,以一个非常帅气的海派才子,扎根落户于我的家乡东北的鞍山,活跃于小说批评,特别是长篇小说批评的领域,作出了令人瞩目的业绩,成为辽宁文艺界的名人。可惜的是,我们六人中这位年龄最小者,却于十多年后,壮年罹病,撒手人寰,遽然离开我们而去了。我愿这本沾满岁月风尘且已十分陈旧了的小书的记忆、回顾和重印,也算是对他远去的灵魂一份真诚的纪念吧!

原载《回顾一次写作——〈新诗发展概论〉的前前后后》,北京大学出版社,2007年,有删节

《概况》的自我“示众”与叩问

——湖畔沉思录之二

八十多年前，鲁迅有一篇小说，名叫《示众》。小说所绘绝妙图景，意在鞭挞“中国戏剧的看客”。被鲁迅拉出的“示众”者，应该是两个方面：一是被警察用一根绳子牵着在街头上“示众”的“犯人”；二是，而且是更主要者，那些在“示众”全过程中拥挤围观看热闹的众人，20世纪中国的麻木的群众。鲁迅用他那支最锐利也最痛心的流着血的笔，将中国国民性的自私、愚昧、顽劣、麻木、喜欢看热闹、无同情心等等极度的沉疴弊病，拉出来“示众”，用以唤醒沉默国民的灵魂。这次读了一遍刚刚出版的自己和友人过去和现在的文字参与的《回顾一次写作——〈新诗发展概况〉的前前后后》一书，“百感交集，五味杂陈”的感觉之余，在我自己，最突出的一点，是心理上产生的一种双重的“示众”感：自我“示众”和“示众”于人。

这样的感觉，与《示众》相同，也有两个方面。不同于鲁迅《示众》的，《回顾》一书的作者，不是被别人牵着出来“示众”，而是自我“示众”，即今天的自己把过去的自己拉将出来，向读者，向历史，也向未来，更向那些被伤害者，作一次自我“精神奴役创伤”的“示众”。我们于难于言说的“痛苦”与“沉重”中，期望于所收获的，当然是“让历史告诉未来”的一种呼唤，是对于一次偶然参与的历史写作的一种沉重的反思。

说“偶然”，也有并非“偶然”处。《回顾》一书的原作者们，大都参与了50年前那次“大批判”运动与“文学史”写作之类的活动。它只是那场“红色风暴”的一个延续或插曲。《回顾》原文重印的价值，因此也就不在它的“学术价值”本身，而在它为人们提供了一个“文学史写作”

进行历史反思的“典型文本”。几位当年的作者，过去留存的，和今天所写的，“概况”、“回顾”和叙述的全部文字，其意义在为这样的“反思”提供一种背景，一种冲动，一种话题的思路和靶子。但愿它在今天的出产，对于曾经笼罩一个时代的“大批判”与“文学史写作”的那段历史的真正意义上的“反思”，能够起到一点启示的作用。

反思那段“大批判”及其他写作文学史实践的历史，我以为应该包含体制的、学术的和道德良知的这样几个层面。道德或良知层面，我在《回顾》一书座谈会上的发言《湖畔沉思：“大批判”与“写文学史”》，已经简单说了一点（见 2008 年 1 月 2 日《中华读书报》）。这里我想要说的，是关于前两个层面的一些零星想法。

自 1958 年开始的那场以“拔白旗，插红旗”为最简单明了的口号，以“批判资产阶级学术权威”为主要目标，最终要实现让无产阶级思想占领一切学术阵地的“学术大批判”运动，从政治上来看，是领导者为捍卫某种权威政治思想路线的神圣性的一场学术“清场”；从我们这些参与“大批判”运动的“青年生力军”的大学生来看，则完全是一种学术上的“弑父”行为。我们当时和后来所津津乐道的红皮的或黄皮的《中国文学史》，今天自己稍重读一遍都感到脸红的《新诗发展概况》，以及当时我们那些刷在墙上或印在纸上的其他一些文字，都可以说是这种“弑父”行为的耻辱的而不是光荣的“行迹”。

自中国近代以来，科学意义上的中国文学史研究，作为一种现代学术史的发生和确立，实现“诗体大解放”的中国新诗，自“诗界革命”以至上个世纪末以来的发展兴盛，至今时间均大约不过百年。1958 年的群众“大批判”运动式的“文学史”的写作，处理的虽然多是已经远去的古人，但作为在“把被颠倒的历史再颠倒过来”中被批判的对象，则大都是上个世纪起那些开路拓荒书写文学史的先人父辈，或直接教导过我们的前行师长。我们六人执笔的《新诗发展概况》，所处理的现代诗人和诗歌现象，则更是与世纪同行的前辈诗人们殚精竭虑辛勤探索存留下来的足迹。那些历史的遗迹或刚产生的诗歌业绩里面，浸透着他们的智慧与心血，甚至有许多人为之做出了以青春和生命相许的奉献。包括他们思考探求中许多缺憾在内的理论的与艺术的果实，其有悠久价值者，已经成为属于中华民族的，甚至整个人类的精神遗产。作为后来者，写往昔历史，写当代史，当然有权依据文学事实，重新审视他们，甚至加以超越性的评骘，但却绝不能脱离开尊重历史、尊重文学历史事实的科学精神的轨道，运用一些错误的理论武器与简单性思维，轻率粗暴地进行历史的“颠倒”，否定，挞伐，删刈，甚至对于学者和诗人们进行精神上与人格上的涂抹和蹂躏。这是书写历史与尊重历史之间关系的基本原则。而在书写《文学史》或《概况》的那个时代氛围里，这些基本原则，都被我们所淡漠，所忘记，甚至有意背离，或完全丢掉了。我们否定或伤害的，正是近百年来那些披荆斩棘开辟学科道路和新诗生命历史的前辈与父执们的业绩。

从政治的层面上来看，我们自身当时也是另一类型的被害者。政治上充当了工具而不知，理论上陷入了泥淖而盲从。但我们自身又是立意谋划者的自觉实践人，具体贯彻人。1958 年红皮《中国文学史》出版后，北京一些大报纸发表鼓吹“科学研究”“新方向”的社论，报纸杂志纷纷刊登介绍成绩、经验的文章。红皮和修订版黄皮《文学史》出版后，先后寄给陈毅、康生，他们接到赠书后曾经写来称赞的复信。陈毅的信说得很简单。康生写于 1959 年 11 月 27 日的复信，所透露的学术背后的信息，就火药味十足：“学生可以写书，而且可以写像《中国文学史》这样大部头的书，这在两年以前，是不可设想的。对学生可不可以写书，可不可以参与编写教学大纲和教材，去年不少人是有怀疑的。他们以为历史上没有过的事我们也不应该有；前人所不敢作的事，我们也不应当作。特别是一些右倾机会主义者，总是害怕和反对新生事物和新生力量。他们在新生事物面前，总是评头论足，百般刁难，大泼冷水。当去年你们编写的《中国文学史》第一次出版的时候，也有过这样或那样的议论，说你们写的书这也不行，那也不好。但是，你们在党的鼓舞和支持下，没有被这股右倾歪风邪气所吓倒，今天又重写了这部 120 万字的新著。书摆在人们面前，事实打破了人们的怀疑，右倾机会主义者对你们的仇言也不攻自破。”以文学史为斗争“工具”的用意已很明显了。

从学术层面看，我们自己也丧失了“治史者”应有的主体和个性。

当时我们的蓬勃热情和活跃思维,并非被迫而是自觉的。因为我们的思维和理性,已经被纳入了受到权威舆论肯定的一个非科学的理论框架,用一种极“左”的简单的批判姿态和历史尺度,去处理过去发生过的一切纷繁复杂的历史现象。如《文艺报》自苏联搬过来的文学历史中如何须贯穿现实主义与反现实主义斗争的理论公式,如将一种民众崇拜的个人理论倡导推到极端而发生的“以民间文学为主流”而轻视作家文学创作的极“左”观念。这些所谓的文学史的“规律”,像两把刀子,被我们简单地贯彻在红皮《中国文学史》的书写过程中,用它来简单化地切割文学史丰富复杂的现象,将许多有成就特色的作家,轻易划入了“反现实主义”的逆流,进行贬抑性的评骘论述。虽然此书出版后,受到过来自学术界和社会的很多批评,我们自己的认识,也在冲击中慢慢进行着调整,但在《概况》撰写群体的指导思想里,原来的这些“指导思想”,还是得到了延续。它们如隐形的紧箍咒,套住了我们的历史叙述思路。

红皮《文学史》出版后,中国作家协会和中国科学院文学研究所,曾经连续召开几次文学史问题讨论会,历时数月。许多学者对北大中文系 1955 级编的《中国文学史》等三部高校师生编写的文学史著作,写作中存在的指导思想及作家评价等问题和错误,进行了严肃的讨论、批评和商榷。何其芳在 1959 年 6 月 17 日召开的第四次讨论会上,还作了题为《文学史讨论中的几个问题》的长篇发言。他对会议集中讨论的三个问题:现实主义和反现实主义斗争,民间文学是否是文学的主流,编写文学史应该用什么样的政治标准和艺术标准评价过去的作家等,作了冷静科学的阐述,坦率批评了文学史写作中的非科学性的错误,也提出了编写文学史著作的基本要求。此发言于 1959 年 7 月 23 日写出,1960 年 2 月 22 日略加修改,最后发表时还加有“附记”:“北京大学中文系文学专门化一九五五级集体编著的《中国文学史》修订本,已于一九五九年九月出版。我在这篇发言中所提出的问题,在修订本中很多都已得到了比原来恰当的处理或解决。这是我应该在这里加以说明的。”我们开始写作《新诗发展概况》的 1958 年冬天,正是编写红皮文学史和修订黄皮文学史中间的一段空隙时间。那时虽然已经听到一些对于文学史规律和评价作家标准的批评意见，但并没有彻底放弃原有的错误思路。《概况》虽然不再明确提以现实主义与反现实主义斗争、民间文学为文学主流的“规律”贯穿整个新诗历史，但实际上仍然保持了这样的“革命”精神，即以是否关心社会现实，关心民众疾苦，关心党所领导的民主民族革命斗争为划分的主线，强调以提倡、接近、吸收民间歌谣或运用民间歌谣形式进行创作的作家和潮流为主。

除了继续这两条“规律”变相呈现的思想线索之外，由于新诗历史比起古代文学史更接近社会现实，相当于今天的“当代文学”，许多诗人都在历史上或当下里，亲身介入了近期历史发展的进程，卷入了不同的政治的或思想的纷争，不少人还先后遭遇到灾难性的“沉浮”命运，由战士、“诤友”变成了“敌人”，因此《概况》也就比古代文学史的写作，在所述对象身份的划分上，在入史与否的选择上，在评价的标准上，所用文字的多少轻重上，都更增了浓重的“以政治代学术”的成分。主要表现，一是通篇按照毛泽东提出的五四新文化统一战线知识分子“三分法”的标准，据诗人的政治态度，划分他们所属的进步、中间和反动的阵营。二是必须考虑诗人在当下刚刚发生的政治运动，如批判胡适、反右派、反胡风等政治斗争中身份的变化和现实的处境，不能为一些非“进步”诗人过多说好话。因为这些政治标准的渗入，新诗发展历史中曾经做出过不同程度贡献的诗人，如胡适、周作人、刘大白、康白情、冰心、徐志摩、朱湘及其他新月诗人、李金发、戴望舒、卞之琳、30 年代的何其芳、艾青、胡风、阿垅及“七月”诗人群体，穆旦、辛笛、杜运燮、郑敏等“中国新诗派”诗人，或被斥为坚持反动政治立场的敌人，或被划入资产阶级右翼营垒，或被判为唯美主义颓废主义逆流，或因现实问题而戴上的政治帽子，浮光掠影地谈论他们的诗歌业绩，随意贬低他们的诗歌价值和艺术成就，或干脆让有些诗人的名字消失于历史叙述的视野之外。一些曾经做出过重要成绩和贡献，属于左翼，关注现实，激进革命的诗人，因为刚刚发生的政治“遭遇”，就连他们历史上有过的卓越成就，也被故意贬低或抹杀。由我所执笔的，也为我自己所特别喜爱的诗人艾青，抗战时期辉煌的诗歌成就，就这样进入《概况》中那些“不堪卒读”的历史叙述中了。今天重读一遍那些荒唐的文字，特别感到难过和自责！《概况》许多地方，还大段大段地以政治评价粗暴地代替了真实历史的叙述。而与此相反，对于一些属于“新文化统一战线”左翼的进步诗人，延安解放区和其他边区的诗人，一些接近民歌或写民歌体新诗的作者，则不惜笔墨，或用最高褒扬的字句，或一一设立专节，热情洋溢地评述。我们在历史写作中，完全背离了编写文学史著作的基本要求：“一、准确地叙述文学史的事实；二、总结出文学发展的经验和规律；三、对作家和作品的评价恰当。”（何其芳语）我们现在都还回忆当时怎样从图书馆借阅了很多诗集，但这种种的限制下，《概况》中被纳入的来自阅读原著所发掘的新鲜史料却少得可怜。《概况》历史书写所使用的语言，也如友人黄怒波在《回顾》座谈会后发表的文章里说的，“是一群无产阶级文艺斗士的语言。今天看来，实在令人汗颜”。用政治代替学术，用谬误代替科学，将学术政治化，它严重伤害了被叙述的历史对象，那些我们尊敬的诗歌界的“前辈”；但它最终伤害的，还是学术本身。《概况》不能成为信史的“真史”，而成为“弑父”的“谬史”，是一个必然的“学术”悲剧。

“不堪回首月明中”。今天我们还有“勇气”把这份确然“不堪回首”的“弑父”的“谬史”，呈现于众多学人、读者和自己面前，呈现于那些“被损害的”诗人灵魂的面前，我们这些已由青春岁月走进古稀之年的“示众”与“被示众”者，这些属于“30后”的一代人，于自我叩问的思索之外，所要追问沉想的应该是：

如何使这样“弑父”历史之政治的与学术的悲剧在今后不再重演！

载《文艺争鸣》2008年第2期

大批判与"文学史"写作

——湖畔沉思录之三

漫步未名湖畔，面对静穆屹立的水塔，缄默无言的碧波，回想过往岁月留下的种种生命迹痕时，伴着眷念与美丽的追忆一起，常会勾起给内心带来自我叩问的"沉思"。

令我毛骨悚然的"反右派"斗争风暴刚刚过去。不少昔日系里熟悉的年青老师，自己班级一些好友和同学，于一夜之间，莫名其妙地变成了"反党发社会主义"的右派分子，"敌我矛盾，内部处理"，遭批斗，戴"帽子"，或"下放劳动"，或"随班改造"，或"发配边陲"，或"销声匿迹"。我们这些刚刚沐浴了1956年"向科学进军"旭风的天真幼稚的学生，一下子由兴奋的峰崩，跌入冰冷的谷底。以后的路怎样走？心里焦灼而彷徨。自己虽然继续做追求入党的梦，仍被当做班上的"积极分子"，但因出身不好，又被视为"个人奋斗"、"名利思想"严重，精神上总是处在被别人蹂躏和自己蹂躏自己的交相压抑的"改造"之中，时刻小心翼翼地过日子，不敢再有什么高远憧憬和更大的企望了。

1958年春夏之交，随着"大跃进"热潮的兴起，学校里贯彻八大二次会议精神，开展向党"交心"和"拔白旗，插红旗"运动。一股"学术大批判"的"热风"也随之刮来。一天早上，我主动把自己涉及"名利思想"和"个人奋斗"内容的日记摘录，抄成一份大字报，贴在32斋4层楼梯走道的墙上，以表明与"旧我"决裂和向党"交心"的心境。"批判资产积极学术权威"旋风中，一向为自己尊敬的老师游国恩、林庚、王瑶等先生，一下子成了被批判的对象。《文学评论》、《北京大学学报》上，发表了1955级和1956级学生撰写的文章，批林庚的"盛唐气象"理论，批王瑶《新文学史稿》的"剪刀加浆糊"；大字报里批判游国恩的"楚辞女性中心说”,揭王力如何“摆谱”,外出开会回来,还在车站给系里打电话,要小汽车去接他,等等。我不会写学术文章,也不甘“落伍”,写了一篇杂文式的文字,题为《“寒士”万岁》,批判林庚先生《诗人李白》中论述的“寒士精神”如何“美化”封建阶级知识分子云云,登在系里编的一份名为《革新》的油印刊物上。那时的气氛,年青学生成了插“红旗”的代表。被拔“白旗”的老师们,只能沉默接受批判。他们的心境,他们精神上、学术良知上被伤害的痛苦,是我们这些充当“工具”而不知的学子们所无法体味的。

快到放暑假的时候,1955 级文学专业的同学,出于“插红旗”的驱动,开始动手集体编写《中国文学史》。我被分在隋唐五代组。我的研究能力,自己心知肚明。1957 年初,要作学年论文了。各位老师出了一堆题目,贴在我们住的 32 斋四层正对楼梯的白墙上。我喜欢唐诗,不知深浅,选了论《秋兴八首》,指导老师,是冯钟芸先生。虽然经过认真点拨,也囫囵吞枣翻阅了《杜诗镜铨》,还把作品抄下来,贴在自己床头,背诵得滚瓜烂熟,但就是不知道从何处下笔。这时候我似乎开始隐隐感到,很长时间里,沉溺于外国文学名著阅读和新诗的浏览与涂鸦,疏于理论训练,我的研究能力,是怎样的低能和薄弱。由此我暗下决心改变这种现状。这种“不可为外人道也”的私心,也许成了我接受编写任务,毫无犹豫加入“插红旗”举动的一个内因。

一个月里,轰轰烈烈,日夜苦战。在地学楼 103 阶梯教室,争论王维是否是代表封建地主阶级利益的反现实主义诗人;在 32 斋四层长长的走廊里,研讨《琵琶记》是否是鼓吹人性论和人道主义。《中国文学史》写作中,我们绞尽脑汁考虑怎样贯彻以现实主义和反现实主义斗争为主线、以民间文学为主流的原则。红皮《文学史》出版后,听取社会上批评意见,又“连续作战”,进行四卷本黄皮《文学史》的写作。两部文学史出版,先后收到接到赠书后陈毅、康生复信时那种激动欣喜的心情等等。从 1958 年暑假,至 1960 年 7 月毕业,几百个紧张纷争的白天,通宵不眠的夜晚,煎熬其中,至今尚记忆犹新。很长时间里我们沉醉于这段往事中。

为那场“风暴”,那些“成果”,我们 55 级获得了不少荣誉。报刊上连篇累牍发表彰显成绩和经验的文章。当时和后来我们成了出席作家代表大会的集体代表。我自己也出席学校表彰大会,接受陆平校长的接见。出席市委大楼举行的表彰座谈,得以与市委领导扬述见面,交谈。直至今天,黄皮文学史这一“成果”,还被正面写入一些历史叙述,或嵌入记忆文字,加以肯定或赞许。而对于“负面”的反思,体制的,学术的,道德的,无论哪一层面,却一直都被我们所忽略了。当时现实中,后来日子里,我们 1955 级的多数人,更多的是享用那时候收获的“荣誉”和“果实”,而忘记了我们所肯定或享用的“战斗里成长”的荣耀,是以对多少老一代学者,对自己尊敬的老师,对整个学术研究尊严的伤害为代价的。

那些“成果”需要时间和见识更深入地去思考与梳理。单就当时我们那种激进思想与批判姿态,那种以权威理论为支撑的气势,那种对于历史史实和历史叙述的扭曲,那场“红色风暴”对于高校学术大批判及集体编写教材风气推波助澜的影响,对于科学研究本身实事求是学风的冲击与损害,今天也需要客观面对,冷静思考,进行重新认识和深刻反思。

王瑶先生离世前后的一些内心流露,深深刺痛了我。它开启了我对于此问题思考的“缝隙”。1989 年冬天,往上海开会期间,王瑶先生因病,住进上海华东医院。肺已无法呼吸,割开喉管,进行抢救。一天巴金到这个医院来看病,行动不便,特让女儿过来看望他。11 月 27 日,王先生让我、女儿超冰、吴福辉一起,代表他,往家中拜望巴金,前去祝寿。这时先生已失去说话能力了。他躺在病床上,用颤抖的手,写了一张纸条,内容是:“表示我专程来沪祝嘏,最近十年,巴金学术研究收获颇大,其作者多为我学生一辈,如陈丹晨、张慧珠等,观点虽深浅有别,但都是学术工作,不是大批判,这是迄今我引以为慰的。”淡淡文字里,我感受到两位老人同病相怜的深厚情谊,也听到了先生自己对于伤害学人心灵也戕害学术尊严的“大批判”潜隐的不满。

先生逝世 15 年之后,我又听到了,也读到了,1980 年代一次前往香港访问期间,王先生对一位北大毕业学生访问的谈话录音,以及发表的整理文字。在那里,离开了不便言说的处境,谈得非常坦率。他第一次点着“始作俑者”学生的名字，谈了自己对1958年对他那些“剪刀加浆糊”之类“大批判”的深深愤懑之情。直言不讳的谈吐中，使我想到了多少受过各种运动精神折磨和“大批判”冲击的前辈学人们，他们内心深处所隐藏的从不向人诉说的伤痛。

由此我想到更多。1960年毕业前，我参加过系里组织的《中国现代文学史》编写，后来作家出版社出了内部征求意见本，厚厚一册。王瑶先生应邀参加撰稿，并执笔写了“巴老曹”的部分。拿到印出的书后，见不少文字被修改了，他按捺不住气愤地说：“那些不是我写的！”1962年，系里党的领导，对被批判的教授进行了“甄别”。对那些“甄别”，王先生始终抱有不满与怀疑。他多次对我说，“那都是些轻描淡写”。1962年，有的研究生专业考试，准备不充分，问题答得不好，先生和别的老师没给高分，学生遂向党委告状，说这是对1958年“大批判”的“反攻倒算”。先生当时内心里承受怎样的冤枉和委屈可想而知。我研究生入学初，先生看到我有急于发表文章的焦虑，曾对我说：“应该先打好基础，不要急于去写东西。将来，由文字变成铅字，是很容易的。”“文革”中我写的大字报中，却把这些肯綮教诲的话，说成是鼓吹“成名成家”思想，进行批判。连绵不断的“大批判”风气中，做过许多错事，傻事，为保护自己而伤害别人的事，我们是有愧于自己老师一辈的！

写至此，想起王瑶先生在生命留给他最后11天的时候，给女儿超冰写下的这样一句话：“我苦于太清醒，分析了许多问题，自以为很深刻，但不必说，不如痴呆好！”先生晚年非常清醒。他带着许多“不必说”，也不想说的话，于“无声”的夜里“无声”地走了。

“文革”后，先生对于过去那些“大批判”及其他行为带给他的伤害，几乎是缄默不语，从不谈及。他没有记恨那个年代里学生所做的一切。在我自己及其他学生的身上，他又倾注了很多关爱和心血。但是这能够成为我自己，我们集体，忘记往日过失的理由吗？

1989年冬，那次代先生去给巴金祝寿时，路上我临时下车，购了一个小鲜花蓝，代表北大中文系师生，送给巴金老人。在花篮窄小的红色绸幅上，于祝寿文字前，我写了八个字“民族良心　青年至友”。这是我自己发自肺腑的心声，也是历史向今天，向未来，应该说出的“真话”。

巴金用他的心和笔，启示人们：有良知，有清醒，有勇气，才会有反思。

牛汉先生将他的前辈，称之为“老生代”，将1980年代初发表朦胧诗的一辈诗人，称之为“新生代”。他自己一辈，则视为“中生代”。与牛汉先生比，我们这辈人，“不上不下”，“挤”在中间，只能算是“后中生代”了。巴金已经写出了永撄人心的“老生代”的“忏悔录”。牛汉一辈的“中生代”，也以许多带血的文字，写出了撕裂灵魂的真诚。我们这些常常自诩为“战斗里成长”的“后中生代”们，该怎样做呢？

集体失忆的时代氛围，强势思想的磨砺养成，似乎使我们的神经变得有些麻木。如今我们大都已过了古稀之年。“莺歌燕舞”的漫言，“自怜自赏”的絮语，“如烟往事”的温馨，“娱悦心境”的自白，需要去写，留些履痕。而自身“历史反思”的文字，也该去写。近时与陈丹晨兄通信中，我曾谈及“反思”一事，求之心切，言多峻急，他于复信中对我说：“这事无论怎样，是我们应该做的。这是我们的历史责任”，但是，因各人的处境，信念，现实认识和价值取向殊异，“对于具体个人而言，只能是随缘而发，不能强求的”，尤其是想到“自己年迈体衰多病，来日无多，能否在余生做点实际的反思，殊为可疑。故何敢苛求他人。”丹晨兄“老谋深算”的肺腑之言，道出我们的共有愿望，也使我于凝神“沉思”中，放平心态，瞩望曙色：置身于历史的过来者，面对历史期待，还是有些人想讲，也慢慢会去讲的！

2007年12月7日写毕，时为“大雪”

原载2008年1月2日《中华读书报》，题为《湖畔沉思录：大批判与“文学史”写作》

七七级，一首读不完的诗

我几十年的教学生活中，与北京大学中文系七七级这个特殊学生群体的精神联系，可算是一份永远闪光的记忆了。

经历噩梦般漫长的岁月，“解冻”之初第一批考入北大中文系的七七级学生们，怀着洒满泪花的兴奋和激动，开始了如饥似渴的学习生活。作为一个按钱玄同说法已到了“该杀头”年龄的“青年教师”，又十年里完全中断了学术研究，一无成绩，我也是怀着同样如饥似渴而更加上忐忑不安的心情，走上讲台，在那些难以忘怀的日子里，与这个特殊的学生群体一道，在课堂上，在生活里，进行着灵魂与灵魂的亲切对话，心与心的无声交流。

1978 年初，七七级学生入校不久，我们现代文学教研室就研究决定，给七七级和即将入学的七八级学生一起，系统开设中国现代文学史课，当时分工，首先承担这个任务的，是由我与袁良骏兄搭档。我分工讲五四和抗战时期两段，袁良骏则讲 30 年代和“讲话”之后的两段。经过不到半年时间的备课，读作品，翻杂志，写讲义，于 1978 年 9 月初旬开始，我就首先仓促“上阵”了。

记得是在二教的一个很大的阶梯教室里。七七、七八级从已经是著名作家的陈建功到刚自高中毕业的苏牧这样一批“老少”学生们，还有刚走进北大的第一批研究生钱理群、吴福辉、凌宇、赵园等顶尖的“才子”，满满腾腾坐了一屋子的人。刚踏上踩一脚还有些颤悠的讲台地板，面对一大片充满兴奋也充满期待的眼睛，我的心怦怦直跳。这时我确然感到一种来自经验不多的内心压力，一种来自知识虚空底气不足的忐忑不安。

我1960年夏天大学毕业后留校做研究生，1965年初才毕业分配留校任助教。刚当了三个月65级二班的班主任，“抬轿子”式的给65级学生上过两次讲毛主席诗词的课，之后就奉命到郊区延庆山顶上一个小山村里，参加农村“四清”运动了。“第一张马列主义大字报”在全国广播之后的第三天，即6月4日，我才奉命，匆匆下山，回到学校。以后那动乱的十年里，我多数时间，是在学校机关做一个宣传干事，编资料，写公文，起草讲稿，最长的职事，是充当《新北大》小报的一个“黑笔杆子”。直到1977年“四人帮”垮台，才接受王瑶先生和袁良骏之约，回到系里，参加《鲁迅全集·坟》的注释工作。对于给学生讲课，特别是给二百多学生系统讲现代文学史课，我说自己当时内心有很“害怕”的感觉，确实不是今天故意编造的一种矫情或客套的饰语。

我给大家讲五四新文学运动的发生，讲三次“新旧”文学思潮的论战，讲鲁迅的小说，讲文学研究会和创造社等诸位作家的创作，多是源自别人书本，现炒现卖，真正属于自己的研究心得，是少得可怜的。而且，我性情板滞，不善幽默，上课时的效果，与良骏兄相比，往往干巴宁静多而轻松笑声少。就是在这样的讲授与交谈过程中，在日常生活的交往里，那个时代里年轻人共同拥有的对于知识“疯狂的饥渴”，对于民族灾难之后抚平伤痕、振兴崛起的焦虑，使我和七七级的“老少”爷们儿，成了心心相通的朋友，成了站在同一起跑线上与时间竞赛的拼命者。我们同是心灵“荒原”上互为传递薪火的播种人。

在一年多的紧张备课与教学中，我失去了宝贵的进行科研的时间，但却获得了与这个特殊人群之间进行交流所发生的精神闪光与心灵升华。他们不抱怨，不放弃，不疲倦，不停步，这样的渴望民族振兴努力自我奋进的精神，常常给我一种无形的激励。我在教学之余，与他们一样，以百倍的热情，想抢回失去的时间。为了备课，赶写更多一些给予学生知识资源的讲稿，为了鲁迅《〈野草〉研究》、《中国初期象征派诗歌研究》等书稿与学术论文的写作，常常开夜车，连轴转，通宵达旦，彻夜不眠。

学生们对于我的劳动，也非常尊重和理解。讲课中，即使有肤浅，有陈说，甚至有知识的错误或硬伤，他们也从未计较，褒贬讥笑。我讲授五四时期三次新旧思潮论战的时候，其中之一，是《新青年》阵营与《学衡》派文人之间的论争，《学衡》派一个重要成员，名胡先骕，课堂上我一直将“骕”误读为“啸(xiao)”，自己当时和课后，并未发觉，直至多时之后，偶然于一个场合，与友人谈起著名的生物学家胡先骕先生，才发现我过去讲授中的误读，自感汗颜，惭疚，但已事过很久，来不及向那些“学生”纠正了。我曾想，听过我课的，那么多七七级学生，那么多研究生，那么多进修教师，当时没有人出来纠正，决不是他们中没有人发现我的误读，而完全是出于对于一位“年青”老师的厚道与宽宥。这一字之误的经历，成为我此后一种引以自诫的警醒。

紧接着，1980 年 9 月，我又为七七、七八级学生、研究生，开设了“中国新诗流派”的专题研究课程，讲授象征派、新月派、现代派诗的专题研究。接着又开设了以李金发为主要对象的“中国象征派诗研究”一门课。这些都是属于我自己研究的最新思考成果，又以文学异端性思潮流派研究内容为主，特别是以一直被主流文学史视为“逆流”的李金发象征派诗为讲授对象，带有很大的冲破学术禁区的挑战性和陌生性，颇受学生们的欢迎。上课地点，是在第一教室楼。开始我以为，选课的人不会太多，让教务员定的是一个小一点的教室，可以坐几十个人就够了。第一次去上课，刚到了一教，走进大门一看，叫我非常惊讶：教室里已经坐满了人，外面还拥挤着许多学生，无法进去。没有办法，我找管理教室的工人，说明情况，他把进门右侧的大一点的教室打开，在走廊里等候的学生们，马上蜂拥而至，教室门上的玻璃“哗啦”一声被挤碎了。为此，我只能一面向工人道歉，一面恳求说：“碎了的玻璃，我们赔偿，还是请马上给开一个更大的教室吧！”值班的工友，看到当时的情景，没有说什么话，马上给我们打开了一教楼东头的一个最大教室，即一教 101 的门，所有来听课的学生，这下子都放进来了。一阵混乱过去，镇定一会儿，我开始了自己的讲授。在这个课上，我努力贯彻多样流派共生依存、相互竞争的文学史观，追求一种多种潮流并存的文学生态，对于几十年来被压抑的现代派、新月派、象征派的诗歌，进行客观历史地梳理和辨析，对于一些美或不美的难解的作品，进行文本细读和审美品味。七七级、七八级的学生们，在一个完全陌生的艺术天地里，扩大了自己的鉴赏视野，也在悄然改变着长时期被禁锢的单一性文学史观念。期末他们在交给我的考试、考查作业里，大胆地表达了自己的极为开放的理论见解，反过来又给我以启发和教育，激励我以更大的勇气进行新诗多元化的探索。我后来出版的以象征主义艺术眼光透视复杂性文本的《〈野草〉研究》、《中国初期象征派诗歌研究》、《中国现代主义诗潮史论》等系列成果，是与当时在思想解放背景下，与七七级学生们内在精神的理解呼应和宽松开放氛围分不开的。认真的老师可以培养提升学生，好的学生也可以创造老师，我从与七七级学生群体的深层精神互动中，嚼味出了这样的生活真谛。

这些战战兢兢中开始的讲课实践，使我自真正意义上迟来的教书生涯开始，就体味到了一把做一个北大中文系教师的最大幸福和快乐。后来，有两件小事，我至今不能忘记。一次，是我讲授李金发象征派诗的时候。下课后，前来听课的陈建功，走到讲台前面来，对我说，孙老师，因为要去开个会，下次课，我不能来听了，提前向您请假。我对他说，你可以不必来听这门课了，这于你写小说，关系不大。他回答说：不，我还是要听的，李金发的诗里，许多对于自然的新奇感觉和拟人化的方法，对于我小说景物的写作，很有启发。我了解建功是一个很真实很诚恳的人。我相信这不是他应付我的违心之言。他后来一直还是我选修课上的一名忠实的听众。另有一次是，七七级学生，那时已经离开学校两三年了，是80年代中期的一个夜晚，我应邀仍是在一教101那个教室，做一个也是关于现代诗歌艺术的讲座。前来听讲的学生，依然像以前那样，挤得满满一屋子。后面还有一些人，站着听讲，直到最后。讲课中间，有学生递上一个纸条来，我打开看，上面写的是这样两行字："老师，请您坐着讲吧，也可以休息一会儿，桌子上有热茶！"当时，我用稍微颤抖的手，轻轻把杯子托起，停在我脸前：我两眼模糊了，分不清眼里流的，是泪水，还是汗水。这时候，我想起了在这个教室里那些七七级学生们听课时候的情景，想起了他们那种流露着"疯狂的饥渴"的眼神，想起了那个群体所体现的北大一代又一代学人永不止息地追求的无数闪光的梦。

我一直珍存着这些学生们的作业。在1990年编辑出版的《中国现代诗导读》1917—1938 卷里，我收录了他们在课堂上，在考试中，写下的解读欣赏一些诗歌名篇的文字。这本书，与后来编成的《导读》1937—1949 卷、《导读》穆旦卷一起，去年又由北京大学出版社再版重印。书里面，至今镌有我所熟悉的名字：吴北玲、卢仲云、陈建功、夏晓虹……高少锋、郭小聪、江锡铨等人，还应邀参加了后面两卷的撰稿。他们中间，有的人，或经常，或偶尔，还可见面。有的人，如吴北玲，和因此书与我有文字之缘的徐启华，已经过早地离开了大家！愿这里的几行文字，为他们远去的灵魂，送上一缕温馨。

于 2007 年 7 月再版“后记”里，我写了这样一段话：

> 1990 年，北京大学出版社出版了由我主编的《中国现代诗导读 1917—1938》一书。那里面收录的，是在上个世纪 80 年代末之前的七、八年时间里，我自己，我的一些朋友，和听我讲授新诗专题研究课程的学生们，所写的关于新诗作品解读的文章。撰稿者中间，有许多就是令我一生教书生涯中永远难忘的中文系 1977、1978 级以及首届作家班学员们认真书写的课堂作业或考试作业。这本汇集了很多北大学子心血与情趣的书，不仅成为讲授新诗课程中，我与许多知音者进行心与心交流的一份永久性的文字纪念，也因其中丰富多样的解诗实践为喜爱和接近诗的读者们提供了接受诗、理解诗的思考可能与探幽路径。

这些教学、思考与耽美的心血凝成的果实，是我与七七级这个群体之间，一份教学相长的精神记录，一份师生情谊绵延的象征。这里留下了他们的真诚，他们的灵性，他们的才情，他们的哲思，他们在北大那段短暂时光里永远令人回味的生命与青春的迹痕。前些时候，我将这本再次重印的小书，送给夏晓虹教授留念。她说了一句话：“看了过去自己的那些文字，感觉今天还真的写不出来了！”

1990 年《中国现代诗导读 1917—1938》出版后，书中我写的一篇《解诗学小议》，题目是《美，可以到达的星光》，里面表述的，是我在给七七级同学们上课中反复讲过的两个意思：第一，这些入选的被解读的诗歌作品大多数都是经得起时间筛选的美丽的果实；第二，这些作品虽然有一定接受的难度，但是通过认真体味与解释，还是可以成为人们一种点亮心灵的美丽的精神拥有。又是一位我教过的七七级学生徐启华，毕业后在《文汇报》任副刊编辑。他来信约稿。我送去了这篇文字。区区短文，见诸报端，立即得到了一篇反驳性的回响。作者名字忘了，文章题目还记得，大概是《诗还需要解释吗?》。徐启华来信，约我作一回答。我依自己的习惯，采取了沉默。但从这个可能不仅代表一个人的声音里，我却得到了更多的激励和自信，我在坚持宏观历史与理论研究的同时，继续做着导读与解诗的工作，并从七七级学生教学开始直至退下岗位之前，一直带领学生们参与这样的诗学批评实践，还将20年来他们先后所写的作业文稿，像家传宝贝一样珍存。文稿的纸，有的已经发黄，变脆，甚至有些“发烫”。我将它们付梓问世，是让他们解诗的精神劳动，今天还能够给更多的人，带去阅读中启迪与引路的温馨。这是对于“诗还需要解释吗?”这样的质疑声音最理性的回答。

记得七七级毕业临走之前，写了一份向全系老师告别的信，是用大字报纸抄的，贴在五院小南门内走廊右侧的墙上。信里最末两段话是这样的：

“老师，不知您是否知道，当我们站在您那斗室里，看着您在如此狭窄的空间，如此简陋的环境中耕耘，播种，我们有多么辛酸。我们多想有点什么办法来改变这一切。可是一介书生，无能为力。一切都会好起来的，是吗？会好起来的，我们这样盼望着。

“我们要走了，谁说不带走一片云彩？你们的心血，已经融进了我们的生命，无论我们走到哪里。”

这些话，说得很动情，也很触动每一个老师的心。我当时读了，颇感到温馨和自慰。

这样就足够了！作为亲自与这样一群中国教育史上未曾有过的特殊学生群体共同走过那段岁月的一名普通的教师，还需要去奢望比这番情怀、心意和思考更丰厚的回报吗？

七七级这个群体，如云彩般地飘散于四方了。他们的生命之树已经结出了许多灿烂的果实。但令我和他们一起铭刻于心的还是：他们在燕园几年里如饥似渴的学习生活，他们抚平伤痕后苦恋精神故土的记忆，他们吞咽下的岁月沧桑与苦乐，他们一路走去所曾经拥有的阳光或风雨，淡泊或辉煌，这就是一首永远读不完的诗！

2009 年 3 月 19 日于京郊蓝旗营

原载 2009 年 6 月 13 日《光明日报》

半间“小屋”旧事琐忆

毕业留校后，分配给我的第一个“窝”，是学校南门内 19 楼的半间“小屋”。

那是 1965 年春天了。1 月里，研究生论文答辩结束，外校来的同窗，陆续离校，返回原单位。为等候其他同学分配，到 1965 年 4 月，宣布方案后，我才从 29 楼研究生宿舍，搬进 19 楼那间小屋里。这算是我结婚后暂住的第一个不是“家”的“家”了。

严格地说，19 楼并不是“筒子楼”。在这里谁也不能个人“独享”一间住房。每个老师无独立的家庭户口，每家门口无烧火做饭的蜂窝煤炉，楼道里头无涮米洗菜的公用厨房，走廊内外无嗷嗷待哺或乱叫乱跑的小孩，每个房间里更无家庭必备的双人床，可以说，这是一个地地道道的“五无”世界。充其量只能称之为男性青年教师的单身宿舍，说得好听一点，可谓之“准筒子楼”或“类筒子楼”也。

中文系毕业留校，工作近十余年的，比我们年长一些的年青老师，或因尚未结婚，或因结婚而两地分居，或结婚非两地分居而女方于单位也未分到房子者，都一直住在这里面。

我住的一层楼这间小房，紧靠楼门口走道东侧，在应属传达室位置房间对面。与我合住的，是古文献专业的助教左言东。他爱人住城里婆婆家。每当星期六下班后，他便进城回那里。我爱人在城里学校任教，住集体宿舍，周末下班，才回到这个不算家的“家”里来。

就这样，进城离城，你来我走，周而复始，一直到 1968 年 5 月，我小孩两岁半了，因抚养她的老人，患眼疾失明，把她从外地送到北京前夕，我才告别这间小屋。如此轮流合用的半间小屋的“家”，在 19 楼这个小楼里，远不止我一户。今天看起来，这种荒诞的“家庭”住宿模式，也应算是社会主义后勤管理中一个充满智慧的发明吧。

因所有住户，均无法自己开火做饭，有时也会遇着人们的头脑里，冒出一些“智慧的火花”来。譬如，突然来了熟悉朋友，或中学老同学，临时做不了饭，又来不及到外面去吃了，怎么办呢？我就拿出研究生住集体宿舍生活时的发明——“暖瓶煮挂面”：到外面锅炉房供水处，打来一暖瓶滚烫开水，将抽屉里备用的一札挂面，一缕缕放进暖瓶里，迅速盖上瓶塞，闷上它五六分钟，然后用筷子，挑到碗里，加点酱油，香油，味精之类，一碗自制的清汤寡水“友谊牌”面，就可给友人聊以充腹了。一位自鞍山一中毕业的同窗好友，偶然自清华大学来看我，过了食堂吃饭时间，就是第一次品尝我“炮制”的这“美餐”的。45 年过去了，那番难以言说的“滋味”，仿佛都是“如今可待成追忆，只是当时已惘然”了。

这样“轮换”居住式似有若无的“家庭”生活，时间过得长了，与之相关联的白娱自乐式的“故事新编”，也就由之而产生出来了。

既然“准筒子楼”里，不能生炉子，不能烧火做饭，也不准使用“土电炉”，住在这里的老师们，“牙口”便都很好：吃食堂。一位与我一样拥有这样“轮换”式“家庭”的年青教师，爱人在城外另一远处工作，周末常加班，到周日早晨，才从老远地方，乘公共汽车，赶回这个“家”来。到“家”了，还没吃早饭。于是，这位老师便勤劳热情，去教工食堂打饭。临走前，对爱人还说了句：“你等着啊，我去买饭。”平日一向喜欢沉思默想的他，手上捏双筷子，边敲饭碗，边唱小曲，一路走一路想事，到了食堂后，竟全然忘了“打饭”这项“任务”了。他自己买了饭后，习惯地坐在那里吃上了，等饭吃完了，才空着手，又是捏着筷子，边敲着碗，唱着小曲，回到房间来。推开门，一见爱人在屋里，便发问道：“你什么时候回来的？”被编入“新编故事”的老师，研究过新疆阿凡提故事，这故事当时特别流行，人们也都非常喜欢那里的机智幽默，大家就对这段“口头文学”，权当做“阿凡提”故事之类，传之不已，听说者快乐一番，被编者脾气特好，不加计较，也不“勘误”，传来传去，也没有人再去花费心思，辨认是真史加工，还是向壁虚构了。

这类总题被通称为“迷糊的故事”的故事，在我们这个“准筒子楼”

里,颇为盛行。因之,19 楼中文系青年教师族里,就添了一个若有若无的开玩笑的“地下组织”:“迷糊协会”。记得那时的“会长”,似为晚我两年入学、早我于 1962 年留校的老师马振方。当时,好像还有个口口相传,而非文字可稽的“规章”:凡创造“迷糊事件”二三条者,或创造超级“迷糊事件”一条者,即可被认定加入此“迷协”为正式“会员”。“会长”以及其他一些“迷协”会员老师们,诸多精彩的“迷糊”故事,究竟还有哪些,如今已全然记不起来了。至于我自己,倒是确曾因为“创造”了一个“迷糊”事件,至今还记忆犹新。每重重提,仍不免为之一笑,自己也觉“惭煞人也”。

我喜欢游泳。一年夏天,我独自从“准筒子楼”,步行经蔚秀园,出小西门,穿挂甲屯,西苑冰窖,过稻田,转小巷,往颐和园去游泳。那时,昆明湖东岸的宽阔湖面,开了一个天然游泳区。岸旁路边的园墙里,临时用几廪席子,搭了个露天围篷,供游泳者更衣时使用。我到了后,气喘吁吁,汗流浃背,换好衣服,挂上围席,就匆匆忙忙,下水去游泳了。玩了两三个小时后,满身轻松,爬上岸来,冲洗一番,想去取衣服鞋子的时候,才恍然发现,自己脱下的衣服,随手挂在围席上,竟忘记去存放了。过了这么长时间,没有逢到好心的“雷锋”式人物,衣服早被别人“顺手牵羊”,不翼而飞了。去失物招领处,我问:“有送来捡到的衣服吗?”答曰:“没有。”怎么办呢? 没有别的方法可想,只好身着游泳裤,赤裸着上身,光着双脚,硬着头皮,匆忙登上 32 路公共汽车,向售票员嗫嚅地说:“对不起,游泳时,衣服丢了! 到北大。”之后,便低着头,躲在最后排座的角落里,不敢抬头,好像自己倒是个拿了别人衣服的“小偷”一样,狼狈不堪,满心怅然,紧怕见到熟人。到西校门,下车后,便低着头,溜着墙边儿走,悄悄回到了 19 楼那间“小屋”里。这件“迷糊”故事,我后来跟“会长”,还有一些楼友,大略讲述过后,我的“迷协”会员资格,也便无须申请,而自然认定了。

自 1965 年 9 月,至 11 月,我当了三个月 1965 级二班的班主任,担任每周一节的吴组缃先生讲授《水浒传》课的“临时”助教,讲了两堂毛主席诗词的课,在“准筒子楼”里,还没有住上多久,就被抽出来,去延庆半山腰上一个小小的营盘村,参加“四清”运动。七个月里,没有回到19楼来。直到1966年6月5日,“第一张马列主义大字报”在全国广播后的第二天,学校一声令下,我便匆匆告别呆了七个月的小山村,奉命撤回学校,参加“革命”运动。那时候,学校里已经到处是一片“革命”高潮的景象。校园里楼墙上,树上,贴满了红红绿绿的大字报,大标语。大饭厅东面路上,正浩浩荡荡游行的文二三班的学生,抬着巨大的标语牌,高喊着“打倒陆平彭珮云”的口号,在十分拥挤的人流中向前涌动。

外面已是喧嚣如海,走进“准筒子楼”,同样充满了不安恐惧。一年级的革命学生,入大学刚10个月,所知学校系里情况甚少,最直接的“革命”对象,便是自己的班级主任老师们。我因与学生,离开早些,相处时间甚短,又没上过几堂课,几乎没有学生给我贴什么大字报。接替我做班主任的黄修己老师,级主任安平秋老师,其他班的班主任谢冠洲老师,却品尝的“苦头”更多一些。有的大字报,竟贴到了谢冠洲所住19楼一层靠西面的一个房间门口边,屋内的床头上。听别的老师说,他面对门外床头“琳琅满目”的大字报,不敢去动手撕掉,不敢去与学生辩论,独自一人,仰卧床上,以书掩面,有时还饮声暗泣。昔日里活跃于“准筒子楼”里的“八仙过海,各显神通”的才子们,也多放弃过去喜爱的京剧昆腔,胡琴笛箫,金石书画,吟诗著文的清雅生活,被迫噤口哑言,陷入了面对喧闹中困惑无奈的默想观望和痛苦沉思。

在观望沉思、变幻多端的风向中,“准筒子楼”里的居民里,比起那些富有阅、头脑冷静的一些人的清醒思考,我与几个缺乏经验的“小字辈”,更多露出自己的幼稚胆怯、迷蒙和莽撞来。

洪水一般横扫“四旧”的狂潮,正在席卷学校,席卷北京城。偶然到城里,我亲自看到了这样一番“信史”之外的实况:一次进城,自动物园换乘2路电车,经西四路口站,似因群众游行,暂时停车。我便在车窗里看见,路北熟悉的新华书店隔壁的那个中医小店前,一位年迈的老医生,正从门口走出来,双脚颤颤巍巍,两手瑟瑟发抖,被边拉边推,站到凳子上,亲手把门楣顶上那块老旧牌匾,摘了下来,再换上一张新起名字的牌匾。刚挂上的匾额,写的是革命色彩很浓的名字:“向党整骨医疗所”。老医生怎么也没有料到,如此一番“赤心”,带来的,却是更大的灾难。瞬间里，站在下面围观的一群红卫兵，气势汹汹，一哄而上，呼喊口号，有的按头推腰，硬将他拉了下来，边打边吼，将他狠狠批斗了一番。看见这番景象，车上有乘客说："这医生可真是老糊涂了，怎么能'向党整骨'呢？"汽车开了。后来情形如何，已不得而知了。

这种横扫"四旧"的风暴，在校园里，吹刮得越来越猛了。我是个胆小怕事的人。住在"准筒子楼"里，与系里学生红卫兵所住宿舍，仅隔一路之遥，便更加胆怯起来。总是窃窃担心，这种"狂风暴雨"，早晚会扫到自己头上来。不久，便开始见诸"隐秘"行动了：我开始胡乱整理自己可怜的一点图书，物品，看有没有属于"封资修"嫌疑的东西。为了提前躲避被"扫"之险，增加安全系数，一天傍晚，我把研究生学友王怀通离校前送我的一册石印残本《金瓶梅》，一盆养得茂盛翠绿的吊兰，悄悄地送给了前来聊天，不在"准筒子楼"里而住在承泽园的辽宁同乡侯忠义老师了。

"大串联"风潮开始之后，我不想打派仗，便带领着65级二班的杨木水、吴用耕及三班的陈少耕等四名学生，离开"准筒子楼"小屋，往西安、成都、重庆、昆明、桂林、贵阳等地，一边游山水，一边闹"革命"。四名学生外，唯我因出身不好，不是红卫兵，一路便格外小心翼翼。但"事件"还是发生了：在成都往重庆的路上，快要到达的前夜，天降大雨，我们乘坐的"红卫兵专列"，刚给一列货车让路放过去，这列货车过去没多久，我们的火车突然停了下来。很快被告知说："刚刚过去的那列货车，因为大雨塌方，全部掉在江里面了。"我们一列车的人，便停在离重庆不远的江津车站，受到当地领导和群众的热情款待：他们送来热馒头，鲜菜，热汤，夜里还放映了《雷锋》电影，招待这些红卫兵"客人"。在那里，一直等了一天一夜，列车才于大雾蒙蒙中，极缓慢地过了刚刚修复的路段，我们也"死里逃生"，到了重庆。听说后面列车掉落江里，先一日抵达重庆的谢冕、唐沅、黄修己等几位老师，与我们见面后，紧张的心才放下。

自昆明返归贵阳时，闻到了停止串联的通知。因无车票，整整在那座山城里，等候了半月余，我们没有去黄果树瀑布游览，整日住在一个中学校里，刻蜡版，印传单，站在街口百货大楼高处，从窗子里，向外面撒放传单,参加造反派揪斗走资派的大批判会……得到车票后,我们便按时匆匆返回北京了。记得临离开前,袁良骏等学友,觉得每天品尝的早点,贵阳的甜酒水、大油条,太好吃了,在站前广场等火车时,还不忘跑回去,再美美吃上了一顿。因为害怕被说成为"假公济私",我没敢稍微弯一下路,自贵阳,经南京,停留两天,去看一眼从生下来就没曾见过爸爸的已经一岁多了的女儿。当时曾反复思忖过,我最终还是没有胆量,去圆一下这个父女相会的梦。

1967 年 3 月,在那场所谓反"二月逆流"的日子里,"准筒子楼"内外的一些老师,有社会经验,头脑还能保持一些清醒,甚至因为自己思考怀疑,或私下议论"中央文革"及江青等事,被打成"反动"小集团,在系里各班轮流批斗。我当时分在一个班上,也昏昏然参与了这些批斗的人群。我还与 19 楼里几个"小字辈"的老师,糊里糊涂,用"伏虎战斗队"的名义,依据红卫兵小报流传的资料,编了一份"二月逆流大事记",抄成很长的大字报,贴满了 19 楼东面的墙上,还将其印成传单,在校内络绎不绝串联的人群中散发。很多前来串联的红卫兵,争看那份大字报,到 19 楼房间来索要传单。中午休息了,有人还前来敲门,弄得无法午睡。传单已经发光,有人进楼道里来敲门,住里面的老师,不敢开门接待,只好从北面窗上,悄悄跳出来,"逃之夭夭"了。

不愿意参与打"派仗",我与"准筒子楼"内外的几位系里同仁,在燕南园 66 号楼,参与编辑出版名为《文艺批判》的杂志,实际上充当了江青批"文艺黑线"阴谋的工具。记得我与另一位系里老师,曾负责编辑一期"批判赵树理专号"。这期刊物上,全文转载了当时一份小报上刊登的赵树理在苏州反省院写的几篇"忏悔"作品,我们俩人,凭校"革委会"的介绍信,到文联大楼里,"外调"了著名作家刘白羽,请他"交代"赵树理"大连会议"上如何炮制"中间人物论"的过程,我还动手编写了长长一篇赵树理修正主义文艺活动《大事记》。刊物编就,我又被委派,独自带着这期杂志的稿子,平生第一次"出差",前往内蒙昭乌达盟通辽市,在通辽印刷厂,等了近半个月,等一堆稿子变成刊物后,再托运回来。后来学校清算"四人帮"罪行时,当时的这些"劣迹",算是没有人过问的"小事",没有清查,后来也已经渐渐被忘记得干干净净了。

但在我自己内心里，却一直抹不掉这一份不应忘却的黑色记忆。特别是后来，我零星获知这样一些惨象：赵树理被打成"叛徒"，在家乡批斗时，横遭蹂躏摧残，一个活活的大好人，一个知名的作家，生生在被批斗时，从椅子上摔下来，凄惨寂寞地死去了。我怎么都不能忘记，自己住"准筒子楼"那个年代里，所做的这些事。我当然也想，虽然生活中，不能说清楚一些事情之间一定有什么必然的联系，但即使赵树理的死去，与我的所为，没有任何联系，也不能抹去或减轻一个人良心自遣的理由。

"准筒子楼"里的同胞，属于系里的年青人族群。这里的居民，有不少或大或小的集体活动，其中也会有些最为开心，而且至今记忆犹新的事。夏天到附近公社里去收麦子，大约就算是记忆中的一件乐事。为少晒些中午暴热的太阳，常常是早上天没大亮，就吹哨起床，集合后匆匆出发。去的地方，稍远点的，是西北旺公社的乡野村庄，近处，则为海淀公社的圆明园大队。干的主要就是拔麦子、捡麦穗等活儿，并不是很紧张、劳累。最开心的，是干活休息的短暂时候。大家略感到腰酸背痛之际，哨子一吹响，便三人一堆五人一伙，躺在稻埂田边的树荫下，土坡上，已堆起的稻垛边，话匣子便打开了，或讲鬼故事，或说古今笑话，或谈往年旧事，海阔天空，瞎聊一气，大家常谓之为"麦田神仙会"。此段短暂时间内，往往又会扯起许多如真似假的"迷糊"故事来，有时被编入"故事"的当事者在场，有的好信者，便仰面朝天，认真进行核对起来："真有这个事吗？""哪里，哪里，这些都是瞎编的。"有时或"勘误"一些不实细节，或是默而不答，许多"迷糊"故事，也就往往因此只能"传而待考"了。大家听后，往往开心地大笑一番了事，轻松一下，再继续干起活来。

"麦田神仙会"中，另一个常常开聊的话题，则是"精神会餐"。老师们轮流各自给人家讲述，家乡最好吃的东西，具体描绘它怎样怎样的美味可口，大家听了，直往喉咙里咽口水。有家可住的人，也偶然与大家交流一点做饭吃喝的经验。胡双宝老师，就曾讲过他的如此亲身体验：如果这一天里，多吃了一点肉，写起什么文章来，便会感觉脑子更通畅一些。自己动手烙饼的时候，怎样先将饼的一面，烙的时间不要太短就去翻个，如果稍长一点，再翻烙另一面，这样，饼会更容易熟得快些。困难时期里，饥肠辘辘的饿肚子的体验，更有说不完的故事。这往往是聊得最多，也最容易刺激记忆神经的话题。我自己就给大家不止一次讲过这一类的故事：我从食堂刚出来，觉得未吃饱，见路上走在前面的人，手里拿个玉米面窝窝头，我会肚子发饿，馋得忍不住下咽口水。心里想：“我这时有个窝窝头多好啊！”住在东城的哥哥家，在海运仓附近的中国青年报社宿舍，他有两个小孩，一个四岁，一个刚刚两岁。我每次去哥哥家那儿，都要带点点心糖果什么的。一次星期天，我刚领到每个月一份的半斤点心票，就在海淀街上，买了最便宜的北京酥皮月饼“自来红”，照例乘车前往，去看侄子。没想到了平安里站换电车时的半路上，就觉得自己肚子饿得发慌，全身虚软，实在无法忍耐，便将手里的一包点心吃了。空着手再去吧，不好意思。于是便换乘车，原路返回学校里了。然后给哥哥打个电话说：“因为临时有事，今天不能去了。”

我住的半间“小屋”窗外，绿地草木边，是楼前的宽阔走道。下班后，假日里，19 楼的几个伙伴，常在门前，拉起网来，打儿场羽毛球。轮流等候的人，常在那里助威，呐喊，谈笑。我打得不好，也常会参与其中，享受点紧张日子里身心放松的快乐。自 1965 年 4 月，至 1968 年 4 月，去掉八个月的延庆“四清”日子，那仅有两年零四个月的“准筒子楼”生活中，像这样愉快轻松的时光，留在我记忆里的，不是很多的。

更多留在记忆里的，倒是那个被严重扭曲的年代，“准筒子楼”里曾上演的许多荒诞而痛心的悲剧与闹剧。有时候，头一天晚上，大家还很平静地过日子，推心置腹，谈笑风生。没料到了第二天早上，集合起来，进行集体学习的时候，住系军宣队的“排长”，突然在三楼走廊里，召集大家紧急开会。突然宣布：“把现行反革命分子 × × × 揪出来！”又一天，也是早晨集合学习，也是突然宣布：“把现行反革命分子 × × × 揪出来！”于是被揪出来的那位老师，便弯腰站在那里，挨一番批斗，吼叫，口号，低头，弯腰，其他老师，必须跟着一起呼喊：“打倒 × × ×！”他们究竟犯了什么错误呢？如蒙在鼓里的老师们，一时谁也说不清楚。后来稍加打听才知道，一个老师，住在外面的家里，有个 9 寸的小黑白电视，早上来 19 楼，参加“学习”时，有人问他；“昨晚上电视里，都有什么节目?”他默然无语,没讲什么节目内容,仅仅一上一下斜伸双手,双腿微弯,做个“万寿无疆”的忠字舞状,轻轻说一声:“就这个。”此事,被有的人举报了,便被扣上了“恶毒攻击伟大领袖”的罪名,惹出如此一番突如其来的横祸。另一位老师,被批斗的原因,也是“攻击伟大领袖”,但具体言论,因“不宜扩散”,只能“言论缺席”地批斗,大家都跟着喊一番“打倒”的口号,却不知道要打倒的言论是什么。直至今日,几十年里我还不清楚那次遭批斗者所说的是什么内容。就这样,很长一段时间里,“准筒子楼”里居民们的心里,几乎都蒙上了一层深深恐怖的阴影。

我们的“准筒子楼”,离学校中心区,离系里学生住地,都很近。北大“文革”那些最恐怖的日子,留在我记忆里的许多痛苦景象,是永远也无法抹去的。

1966 年 6 月 18 日,是个星期六。我目睹了北大历史上“最黑暗的一天”的太多惨象。早上,我从 19 楼出来,往 32 楼去参加学生的什么活动。忽然发现,路上的人们,正纷纷涌向西面的 38 楼。这是哲学系学生住的宿舍楼。我稍走近,看见人群已聚集在东侧门口周围,露在外面的楼梯台阶上,站着几个哲学系或学校的“黑帮分子”,低着头,挂着牌子,在呼吼声中,正在挨批斗。他们是哪些人,在远处看不很清,如今更记不起来了。

实在不忍在那里当“戏剧的看客”,我返回到中文系的 32 楼北面,没料竟又看到鄙系里的人群,正在那里集聚。不一会儿,层层人群包围中,被拉出来站在桌子上批斗的,是团委书记刘文兰,系党总支书记程贤策、系副主任向景洁等几位。就在那个“6·18”北大最黑暗的日子里,我亲眼目睹了一些撕裂人心的痛苦情景:女团委书记刘文兰,被揪上 32 楼门前的桌子上批斗时,脸上被涂上许多墨汁,头发揪得散乱不堪,竟还有系里的“红卫兵”,用楼道厕所里打扫卫生的拖布木棍,向她身上,乱打乱捅。中文系副主任向景洁,在这里被揪斗一番还不够,又被拉到二院系办公处的门前,一个“红卫兵”学生,突然从院内跑出来,将从厕所里拿来的装满手纸的纸篓,一下子扣在他的头上,肮脏的纸篓,盖满了他的脸。程贤策就在这次被非人性的侮辱批斗之后,不堪忍受,带着极端的痛苦与绝望,走向香山公园,饮敌敌畏自杀而去了。

目睹批斗“黑帮”热潮之后,我自己陷于极端痛苦不解的困惑之中。我独自走到刚入大学初期,为陪读蒙古留学生所住的五院门前,徘徊沉思。就在这时候,我又看到了这样一幕情景:在五院门前绿色的大草坪上,几棵青翠的松树底下,走过来一个高个子的成年人,他脸上还流着血,两只脚都只穿着袜子走路,手里仅提着一只鞋,低着头,缓慢地,从草坪中间细碎的石路上,向办公楼方向走去。我认识这个人,他是校长办公室主任严仁赓,有时学校大会,他会出来张罗具体事宜。他是一位我在学校大会上多次见到过的永远文质彬彬的人。我的印象里他像基督教徒一样的和蔼仁慈。我这时候想,刚才他遭遇了怎样的苦痛?他这时候心里想的是什么?他是怎样看待那些批斗他的人群呢?如今之时人们怎么会变得这么样疯狂了呢?我无法回答自己。

我作为“准筒子楼”的住民,国家配给供应的粮食、食油、布票等一些生活物品,使用指标,都按集体户口,拨到食堂里,虽然已经结婚,领了结婚证却没有独立户口。1965年年底,爱人往南京家里生小孩,孩子出生后,我正在山上参加“四清”运动。爱人自南京写信来,要我给孩子起个名字。因为太忙,也没时间去多寻思,即写信随便寄去了一个名字:“孙清”,并告诉这里的意思是:人活一世,要像朱自清先生说的那样,“清清白白的作事,清清白白的作人”。那时候,孩子户口,只能落在北京城里爱人一个同事的家里。除粮票、布票外,别的副食等,都给那个同事了。到了孩子两岁半了,她外公双目失明,才将孩子送回北京来。为此,经过一番颇费周折的申请,我终于获得了进入新的另类“筒子楼”的机会:在燕东园23号楼上,分得与另外两家同住一层的一间单独住房,虽然共用一个厨房、厕所、浴室,但总算可以过上有“家”的生活了。

近三年时间里“准筒子楼”生活的诸多旧事,于微茫中温暖我的心的,是许多朋友之间的理解,友情和帮助。我永远记得,最后辞别19楼这个“半间小屋”,往燕东园搬家的时候,于默默中给我以热诚相助,让我不能忘怀的,是1957年曾被错划为“右派”,当时尚未摘帽子的友人倪其心。

我不想为搬家事惊动别人。那天只请他一个人帮忙。他从学校后勤，借来一辆平板车。我在后面用力推车，他在前面将绳子扛在肩上，拼命往前拉。车面装的是我的全部“家当”：几床旧被子，爱人十年前从南京带来盛衣服的一只柳条箱，两三纸箱的旧衣服，几箱书籍，学校借用的一个小书架，两张桌椅，以及过日子用的零碎杂物等，从“三教”前面的东门出去，经过往槐树街、蒋家胡同的一条土路，爬上从吉永庄进燕东园的大上坡，再过一个弓形小桥，就到了桥东的新居。他帮我将全部东西搬上二楼房间里，仅喝了几口水，连一顿饭都没吃，就独自拉车返回，将借来的板车，按时还给学校去了。

从“准筒子楼”的半间“小屋”，搬至燕东园23号楼上的那间小家，没有多长时间，就完成了。可是这位自己平时并无太多交谈而却默契于心的学长与友人，当时他一路上低头曲背，拉车向前的那副背影，他外面纯朴善良和多年忍辱负重的内心伤痛，时至今日，乃至明天，是我心中永远都不会忘却的一份最沉重的纪念！

2009 年 11 月 17 日凌晨

翠禽无语向黄昏

——北大十三公寓编写文学史生活及后续漫忆

偶然与“被”是人生最亲密的伙伴。1960年夏，大学毕业之后，我偶然被宣布分配做王瑶先生的研究生。因等候外校寒假后录取的考生，先是在文学史教研室里，打了半年的“杂儿”，到冬天开学后，才开始进入专业就读。刚读不久，王瑶先生奉调前往中央党校一年，参加《中国现代文学史》的编写。我也和李灵年、孙文光、李银珠、李有德、张菊玲五位古典文学专业研究生同窗一起，被临时抽出来，参加游国恩先生主编的《中国文学史》编写工作。工作和住宿的地点，就在校内刚建好的朗润园十三公寓。于是在那里，除了与北大中文系自己熟悉的老师之外，我又偶然被安排与王季思、萧涤非等先生及其他一些同辈友人相识共事了。

十三公寓周边，环境宁静优美。燕园一道颇高的北墙，把朗润园与外面的世界，隔离开来。墙外面是一条小河，从远处流来，一直流进清华园里。这小河边的马路上，那时候仅通有一条线，即31路公共汽车，听不到一点市声嘈杂。马路的再北面，就是尚甚荒凉的圆明园废墟了。公寓楼前面对的，是一汪清澈幽静的湖水，与园内其他大小水面相连接。水里面，长有荷花，青蒲，各样水草，游鱼，青蛙，蜻蜓，那时还偶然可捞到菱角，和江南湖溪里才得一见的“鸡头米”之类。湖水对面，一座低矮的小土山上，立有一个供人休憩的圆顶茅亭。自门前向右，过一个翠竹掩映下外国专家住的青瓦小屋，再过著名外籍教授温德的小院门前，沿水而行，小路蜿蜒，石桥，土坡，矮屋，垂柳古桑，青葱芦苇，在水中留下惝恍的倒影 。这里如燕园内的一个“世外桃源”，给人们远离市声之外的另一番“野趣”之美。那湖水，茅亭，蛙鸣，倒影，难得的“野趣”,多年后,仍然吸引我有时前去踏访,拍几枚写真,想从中寻回一点心中存留的美丽记忆。

比之环境安静优美来,在十三公寓一年的编书生活里,让我更为不能忘怀的,是经济困难时期中那些不同年龄的师友们之间温馨的人情,那些一起愉快生活了一年时光的前辈老师们的风范。北大自己的老师,游国恩先生,季镇淮先生,已略书文字,这里且不说了。单就从外校而来,整日与他们一起相处的,就有中山大学教授王季思、山东大学教授萧涤非、北京师范学院的廖仲安、中国人民大学的吴文治、北京师范大学的邓魁英、李修生等许多学者名人。

我被安排在唐代文学组,与萧涤非先生、廖仲安先生、吴文治先生,常一起开会,学习文件,交流观点,讨论初稿,接触得更多一些。

廖仲安先生,西南联大和北大毕业,那时候36,才大我十岁。他与我同住在西门二楼的一个套间里,我与王季思的助手裘汉康住外间,他一个人住里间。我们几乎每天相见。在我的印象里,他是一个书生气十足的年轻“学究”。闻说周扬曾经赞扬过他是一个“才子”。我至今还记得这样的情景:很多的时候,他总喜欢用右手中指和食指,夹着一支香烟,叼在嘴里,于烟雾缭绕中,作默思沉想;说话的时候,不断地狠狠吸烟,缓慢而有节奏。不讲话的时候,又习惯于随便在一枚废旧纸片上,或翻过来拉平了的香烟盒上,用微微有些颤抖的手,匆匆写下一些密密麻麻的小字。他的许多精彩观点,独到见解,灵感迸发的思想闪光,常常就是在这个时候产生出来的。

吴文治先生,与廖先生同庚,均为1925年生。他不怎么多说话,总是喜欢一个人看书,沉思,写作。即使前往食堂吃饭的路上,也常常默然无语。他当时是有名的柳宗元研究专家,对我这个学生辈后生,却很亲切,关心。知道我是现代文学专业研究生,他一次问我:“你要买《鲁迅全集》吗?”那时候人民文学出版社刚出了一套新印1956年注释版的《鲁迅全集》,纸张较厚,也挺粗糙,但外面也很难买到的。他有一枚赠送的购书卷。我当然很高兴地接受了他的厚意。我很快到书店里,用他馈赠的购书卷,买回了这套书。这是我自己平生拥有的第一套《鲁迅全集》。后来做研究生的时候,我写的第一篇关于鲁迅与新诗关系的读书报告，后来写《鲁迅改造国民性思想的考察》研究生毕业论文，“文革”不能看别的书，只能看鲁迅的作品，参加《坟》注释组的工作，再后来写第一部学术著作《〈野草〉研究》，都主要凭借这部书的帮助才得以完成的。近20年后，1980年代初，我到福建讲学，路过南京，前往家里拜望吴文治先生，还心存感激地向他谈起这件让我不能忘怀的滴水之恩的小事。

萧涤非先生那时已是全国著名的杜甫研究大家。对于我这个无名小辈，非常和蔼可亲。他研究问题严谨，逻辑思考细密，注重史料坚实，而且还能从现实生活或政治经验的思考出发，来理解和阐释唐诗的意义和价值。我承担中晚唐一些中小诗人章节的初稿写作任务。一次大概是讨论刘禹锡等人的诗，先生在发言中，一面流畅地背诵《游玄都观》、《再游玄都观》两首名作，一面谈及诗里所传达的政治情怀，人生哲学，如何蕴涵有深层的现实意义。受此影响，我后来一直特别喜欢，并能背诵刘禹锡这两首诗：“紫陌红尘拂面来，无人不道看花回。玄都观里桃千树，尽是刘郎去后栽。”“百亩园中半是苔，桃花净尽菜花开。种桃道士归何处，前度刘郎今又来。”也由此，常常想起萧先生怎样一面背诵这些诗，一面讲刘禹锡曾与柳宗元等一起参加王叔文变法，失败后被贬官远徙，多年后重返长安，看不惯那些靠阿谀奉承爬上来的谄媚官员，作诗抒怀，因之再度遭贬。归来之后，依然如故，不改初衷，以诗骋怀明志。年过半百的萧先生，当时很看重诗人怎样痛快淋漓地抒发自己不怕打击、坚持斗争的倔强意志和不懈精神。还介绍了某位高级领导在谈及此诗时类似的肯定意见。时过境迁，回想起来，萧先生当时的学术见解和谈话里，是有很多现实感受在内的。记得说到皮日休，他讲了这样的意思：有些作品，看去艺术性不高，传达的思想，却非常大胆，能发前人所未发。如《汴河怀古》一诗：“尽道隋亡为此河，至今千里赖通波。若无水殿龙舟事，共禹论功不觉多。”从唐朝开始，一千几百年来，都异口同声，骂隋炀帝开凿运河，劳民伤财，奢侈亡国，可就离那么近的唐代末年，皮日休却能说出隋炀帝开凿运河的伟大功劳，并给以那么高的评价，不是很了不起吗？我体味并遵照这个意思，将这首诗，写进了文学史教材里面了。至今我还忘不了萧先生当时说的这样思想:看待一个人,一件事,即使所谓的真理,都应该客观些,有所分析。能够看出一个曾经做了那么多错事的人,也会做出了不起的好事,不是也应该有一种勇气,有一种胆识吗?平素不苟言笑,温和恬淡的萧先生,讲这些话的时候,感情是非常激动,声音也是很洪亮的,给我一种求实求真,耿介不阿的感觉。

与王季思先生之间,就有更多要说的"故事"了。王先生是在宋元明清组。我直接聆听他专门学术发言的机会,没有听萧涤非先生的那么多,但在感情上,在生活上,与他似乎更亲近一些。我在接触中感觉,王季思先生除了平易近人之外,更多一份平等,亲切,温馨。

王先生原来的夫人去世之后,刚刚燕尔新婚。年轻师母姜海燕同在这里,照顾先生的生活。他们住在十三公寓西门二楼的一个套间里。早晚间外出散步,同路往食堂用餐,见面随便交谈的机会很多。王季思先生身上,特别有一种兼长者、诗人和孩子的天真稚气。一年之中,与先生相处交往下来,我似乎作为他的一个孩子一样 ,对先生有一种亦师亦父的亲切感。

一别近十六年,风风雨雨过后,1977 年春天,我与袁良骏一起,为征求对于鲁迅《坟》注释本的意见,自南京、上海、杭州、厦门,转至最后一站广州。住进中山大学的招待所之后,我们首先到家里拜访了王季思先生。先生将我们这两位远道来访的晚辈,当做非常亲近的客人,盛情接待。一天清晨,先生让海燕师母,很早就到远近驰名的粤餐馆"南苑"占好座位,请我们在那里品尝正宗的广东"早茶"。服务员轻推一辆小车,上面摆满花样繁多的早点,来到桌前,任自挑选。我们细细尝味,加上王先生的认真讲解,那番滋味,那个情景,至今想起来,仿佛如在眼前。多年后一说起这事来,我依然念念不忘于那次"饮茶粤海未能忘"的记忆。

不久之后,先生应北大中文系之邀,来燕园小住一月,给系里的青年教师、研究生和本科学生,讲授元代戏曲研究的专题课程。住的地方,就在离十三公寓很近的专家招待所,习称"北招"。先生讲王实甫的《西厢记》,讲关汉卿的《窦娥冤》、《诈妮子救风尘》,讲关汉卿的散曲《南吕一枝花》、《不服老》……因为自己须上课,我不能全去听先生讲授,但就所听片断中,仍让我感到先生那种严谨认真一丝不苟的作风,那种娓娓道来、细细品味、引人入胜的风采。尤其是关汉卿《不服老》中的那段文字:“我是个蒸不烂煮不熟捶不扁炒不爆响当当的一粒铜碗豆。恁子弟每谁叫你钻入他锄不断斫不下解不开顿不脱慢腾腾千层锦套头。我玩的是梁园月,饮的是东京酒,赏的是洛阳花,攀的是章台柳。我也会围棋,会蹴踘,会打围,会插科,会歌舞,会吹弹,会嚥作,会双陆。你便是落了我牙,歪了我嘴,瘸了我腿,折了我手,天赐予我这几班儿歹症候,尚兀自不肯休。”经先生铿锵有力的诵读,仔细的分析讲解,古人那种不屈不挠,不肯罢休的精神,极深刻地印在我的记忆里了。先生讲授,素重文句疏证,解释。至今张菊玲翻开吴晓铃等编的《关汉卿戏曲集》下册一书,里面《诈女子调风月》一出戏,在篇眉,句边,页脚,十余页的书里,密密麻麻记录有很多蓝色钢笔小字,这里保留着当年王季思先生课堂上给学生们细读这个剧本时候讲解的一些内容。所记文字甚多,这里仅抄录一点:

(云住)

【村里迓鼓】更做到一家生女。百家求问。才说贞烈。那里取一个时辰。见他语言儿裁排得淹润。怕不待言词硬。性格村。他怎比寻常世人。

(文旁笔记)写燕燕在小千户的甘言引诱之下,思想开始动摇,她一面认为“一家生女百家求”,一面又觉得他不比寻常世人,不能粗声硬气的对他。“裁排”意“安排”;“淹润”意“宽和”;“怕不待”意“怕不会”。此段末记:“应是燕燕背着小千户唱的。”

(末云)

【元和令】无男儿只一身。担寞受孤闷。有男儿意梦入劳魂。心肠百处分。只得有情人不得来问。肯便待要成眷姻。

(文旁笔记)这支曲子还是她婉转拒绝小千户的,只是她在掩饰之中已流一点真情。(末句)问、肯是宋元时定婚的一种风俗。

【上马娇】自勘婚。自说亲。也是贱媳妇责媒人。往常我冰清玉洁难侵近。是他因。子管交话儿因。我煞待嗔。我便恶相闻。

(文旁笔记)当时婚事中一个节目。自己过去很难为男人所亲近,现在只管让他说那亲切的话儿,大概在亲事上说定是他的了。

偶或重读听课时所记的这些文字,会激起一种美好的回忆,也从这些已经淡化的字迹里,仿佛可以再见到先生当日授课的方法、声音和风采了。

为了满足学生的渴求,事先征得了先生的同意,我还带领两位温州永嘉籍的七七级学生,专程到"北招"去拜访了先生,向先生求教。他们得到了先生的亲切指点,热忱鼓励,满意而归。今天他们也都各自在自己的领域里,已经成了业绩卓绝的有名学人了。

我与张菊玲一起,到"北招"拜望先生。先生还答应我们的邀请,步行到燕东园23号楼上我们那间小屋里,前来做客,一起便餐,谈笑风生,一点也看不出一位大学者的架子。一位年已76岁的大学者,到无名小辈学生家里做客,吃饭,聊天,在我一生中,几乎是从未有过,也是"空前绝后"的经历了。那情景让我们此生永识不忘。先生回广州后,还给我们写信来,谈到在北大重聚的快乐,谈到"你们那个温馨的小家",让他永远难忘云云……

1982年冬,为参加《郭沫若全集》注释定稿工作,我又来到中山大学小住半月。我再次到家里拜望了先生和师母。归来后,先生给我和张菊玲寄来一帧书字,在我们送给先生的荣宝斋宣纸花笺上,用美丽工整的行楷小字,抄录了他作的那首著名的《苏堤曲》。这份珍贵墨宝,至今置于特别选制的镜框里,挂在我们小家的墙上。可惜后来,先生虽多次来过北京,还于开会之余,应邀来北大讲学,与我们合影留念,但却再也没有机会,来我们这个小家,一睹他馈赠的亲笔墨痕了。

王先生于年轻时写过新诗,留意搜集浙江和温州民谣,发表了不少民谣风的诗作。他出版过一本诗集《越风》,进行新诗与民谣融合的艺术试验。我后来读到这册1940年9月由金华国民出版社初版印行的诗集,读了先生讲他渊深家学和学诗经历的序言,更有一种特别的亲切感。一次中山大学为先生召开学术研讨与纪念会,北大中文系沈天佑教授专程前往参加,我用毛笔和八行纸,写了一份很长的信,以之表达北大中文系师生和我自己对于先生一生高风亮节的道德人格、铮铮硬骨和永可传世的学术业绩的仰慕之情。

书罢这些漫言,我又抬头默颂王季思先生亲笔书写的珍贵墨迹:

芳草何萋萋,十步五低迷;西湖女儿水,裙带作苏堤。苏堤日落停画船,断桥风柳袅轻烟,家家灯火方争夜,处处笙歌欲沸天。湖山歌舞朝还暮,花草伤心那得悟。葛岭惊传胡马嘶,钿车久绝西泠路。寒碧铮琮出石根,翠禽无语向黄昏;春来万树桃花发,更与西湖添泪痕。

录苏堤曲

玉石

菊玲　贤伉俪存念

季思王起

一九八二年冬

在十三公寓里与诸多友人的偶然相识,至今已48年!王季思先生离我们而去,已14年!曾为小字辈的自己,如今也年逾75岁,由青春而近迟暮了。回忆近半个世纪前那段难忘的日子,重温那时候开始的与王季思先生及其他诸位师友们的感情,且借用《苏堤曲》里“翠禽无语向黄昏”的句子为题,结束这些散漫文字,也许更能呼唤起我埋在心底而又不愿忘却的一些思绪吧。

2010年3月3日写毕